生徒会の九重
碧陽学園生徒会議事録9

葵せきな

ファンタジア文庫

1714

口絵・本文イラスト　狗神煌

生徒会の九重

碧陽学園生徒会議事録 9

【プロローグ～卒業式当日～】

『おにーちゃんが枯野《かれの》さんと温泉で密会しつつも空を飛んだらしいですっ、紅葉《あかば》さん！』

「はい!?」

　卒業式当日。

　午後から始まる卒業式の最終調整を行うため――という名目《めいもく》で役員全員が生徒会室に集まり、実際はキー君からの連絡《れんらく》をそわそわして待っていた最中《さなか》、林檎《りんご》ちゃんから私にわけの分からない電話がかかってきた。

　アカちゃんや椎名《しいな》姉妹《しまい》が何事かと見守る中、私は林檎ちゃんに訊《たず》ね返す。

「ちょ、ちょっと落ち着きなさい、林檎ちゃん」

『す、すいません。私、ちょっと入り乱れてしまって……』

「うん、それは取り乱したの間違《まちが》いではないかしら。一体なにと入り乱れたのよ。まだ落ち着いてないわね。ほら、深呼吸よ林檎ちゃん」

『ヒーハーヒーハー』

「随分《ずいぶん》陽気な深呼吸ね。で、落ち着いたかしら？』

『…………すやすや』

「いやそれは落ち着きすぎでしょう！　起きなさい！」

いけない、いつの間にか私が苛立《いらだ》ってしまっている。あ、相変わらず相性《あいしょう》悪いわぁ、杉《すぎ》崎《さき》林檎。仕方ないので、彼女がちゃんと覚醒《かくせい》するまでの間に、私はケータイの設定をいじって机に置き、部屋にいる全員で林檎ちゃんと喋《しゃべ》れるようにした。

『むにゃ……しゅいません。昨日、あれからずっとおにーちゃんのこと考えてて、全然眠《ねむ》れなかったんで……』

「あ、ああ、そうなの」

それは私達生徒会メンバー全員にも言えることだった。林檎ちゃんほどまではいかないけど、それぞれ、昨日は眠れぬ夜を過ごしたようだ。おかげで、卒業式ということも相俟《あいま》って、今日は朝からテンションが低い低い。これだけ静かな生徒会室も珍《めずら》しく、正直、林檎ちゃんの電話で空気が救われたぐらいだ。

数秒待ち、ようやく落ち着いたところで、彼女は改めて報告をし直した。

『おにーちゃ――兄からさっき連絡あって、その……飛鳥《あすか》お姉ちゃんと会っていたのは本当だったみたいで……』

　その言葉に、深夏《みなつ》が反応する。

「そっか……でも一体こんなタイミングでなんで……」

『あ、それ訊《き》いたら、兄さん、「うむ、それはそれとしてっ」って話切《き》り替《か》えました』

「逃《に》げたわね」「逃げたよね」「逃げましたね」「逃げたよな」

『えと、それで、なんだかんだあって、これから枯野さんと飛行機乗りますって』

『なんでだよっ！』

　全員で総ツッコミだった！　アカちゃんが代表して疑問を投げかける。

「なんでそうなるのよっ！　なんだかんだありすぎだよっ！　そこ説明してよっ！」

　枯野という人に関して、私達の中では「創作だかなんだか分からないけど、とにかくキー君と険悪だった人」ぐらいの認識しかない。が、少なくともこの状況《じょうきょう》で今一緒《いっしょ》にいる意味が全く分からなかった。

　しかしそれは林檎ちゃんも同様だったようで、情《なさ》けない声をあげる。

『うぅ……そんなこと林檎に言われても……。兄は、「そんなわけで、絶対卒業式に間に合うよう帰るから、色々心配すんな」って言ってくれただけで……』

「そうなのですか。でも、卒業式の件でしたら、どうして真冬《まふゆ》達に直接連絡しなかったのでしょう」

『あ、なんか搭乗《とうじょう》までの時間がなかったそうです。なので、とりあえず林檎だけに電話したそうですよ。…………。林檎だけに、電話したそうですよっ！』

本人的に大事なことだったらしく、二回言われた。

瞬間《しゅんかん》、生徒会全員の頭の上に『イラッ』という文字が見えたが、まあ今はそんなことを言っている場合でもあるまい。

私は「飛行機ねぇ」と呟《つぶや》き、電話をしながらもカタカタとパソコンをいじり、インターネットを閲覧《えつらん》した。

「林檎ちゃん、その電話っていつ来たの？」

『あ、ついさっきです。すぐ皆《みな》さんに連絡しないとと思ったんで』

「そうよね……」

徐々《じょじょ》に嫌《いや》な予感がしてくる。卒業式は午後からとはいえ、既《すで》に朝という時間でもない。

この状況でさっき飛行機に乗ったということは……。

キー君が乗ったであろう便の到着《とうちゃく》時間を調べ、私は思わず舌打ちした。

「午後までに着くには着くけど……それはあくまで空港まで、ね」

「ええ!?　そうなの!?」

アカちゃんをはじめとして役員達がざわめく中、一人この辺の地理に詳《くわ》しくない林檎ちゃんだけは電話越《ご》しにぽかんとした様子だった。

『え？　どういうことですか？』

「あのね、空港から碧陽《へきよう》までは、まだ結構かかるのよ。いくら飛行機が午後に間に合ったところで、そこからここまでは車で飛ばしたって……」

少なくとも普通《ふつう》に考えたら、とても間に合わない時間だった。これはまいったわね……。

室内に、重たい沈黙《ちんもく》が広がる。

……別に、キー君が卒業式に来れなくたって、そんなことは大した問題じゃない。昨日の段階での私達は、そう思っていた。

だけど。

椎名姉妹の転校を含《ふく》め、いざこうして碧陽学園での最後の日になってみると。

たまらなく、キー君が恋《こい》しかった。

それは、勿論《もちろん》私だけじゃない。皆《みんな》の暗い顔からも充分《じゆうぶん》気持ちが伝わって来る。

……私達にとってキー君は、仲間だとか大事な男の子とかいう以上に、多分、「この学園の象徴《しようちよう》」だったのだろう。

だから、いざ自分達がここを去るという時に、学園側に彼が居《い》てくれないと……私達は、何に別れを告げたらいいのか、分からない。何に手を振《ふ》ればいいのか、分からない。

一番大切なことにケジメが、つけられない。

だから、私達にとってキー君が卒業式に参加してくれるというのは、他《ほか》の生徒達が考える以上に重大なことだった。

でも、そのキー君が、とても間に合いそうにない。

『…………皆さん』

私達の空気を察し、林檎ちゃんまで落ち込んでしまう。……キー君の所在がハッキリしたことは大変喜ばしいけど、それによって、とても間に合わないことが確定もしてしまい、私達は複雑な気分に陥《おちい》っていた。

──と。

「……あのさ」

そんなどうしようもない空気を切り開くかのように、アカちゃんが声をあげる。

彼女は席から立ち上がると、いつもの笑顔で──こんな日、こんな状況だというのに、変わらないいつもの笑顔で、胸を張って告げてくれた。

「諦《あきら》めたら、そこで終わりなんだよっ！」

それは、本当にいつもの彼女で。誰《だれ》かの名言を、既に自身でも何度も言ったようなことを、さも今自分が考えたかのように堂々と告げる、いつもの、彼女で。

そんな彼女の空気に引っ張られるように、徐々に私達の空気が持ち直し始める。

「まったく、会長さんはホント最後まで根拠《こんきょ》無い自信に溢《あふ》れてるよなー」

「ゲームだと諦めも肝心《かんじん》ですけどね。真冬も確かに今回だけは、諦めたくないです」

『ふふっ、生徒会さんはやっぱりそうでなくちゃですねっ。ふぁっきん！』

そのまま、いつもの活気を取り戻《もど》し始める生徒会を、少し客観的に眺《なが》めてしまう。

……ああ、相変わらず敵《かな》わないなぁ、この子には。出会って、友達になった「あの時」から本当に、私には無いものばっかり持っていて。でも、本当は弱くて。弱くて弱くて弱いのに、だからこそ、誰より強くて。

「アカちゃん。諦めないとは言っても……空港から素早く碧陽まで来る具体的な方法、なにかあるの？」

「そ、それは今から皆で考えるんだよ！」

「……やっぱりそうなのね」

なのに隙《すき》だらけで、誰もが手を貸さずにはいられない子で。

「じゃあ、最後の生徒会、始めるよ！　今日の議題は『杉崎をパパッと運ぶ方法』について！　はい、意見ある人ー！」

「壊《こわ》した柱を投げて、それに乗る」

「飛空艇《ひくうてい》、空飛ぶ絨毯《じゅうたん》、ラー◯ア……あ、ル◯ラ」

「さ、最後までこの生徒会はぁ～！　うぅ、もういいよ！　知弦《ちづる》！　お願い！」

「……アカちゃんが脱《ぬ》いだら、キー君、驚《おどろ》く程《ほど》の速さで駆《か》けつけるんじゃないかしら」

「深夏も知弦も杉崎のポテンシャルに期待しすぎだよ！　あと脱がないよ！」

「困ったわね、万事休《ばんじきゅう》すだわ」

「早っ！　万事休すの早っ！　も、もっと考えようよ～。諦めちゃ、ダメなんだよ～」

アカちゃんが泣き始めてしまった。……ああ、やっぱり可愛《かわい》いわぁ、アカちゃん。

生徒会がいつものグダグダな様相を呈《てい》し始める中、まだ切ってなかった電話口から『あの～』と小さな声が漏《も》れてきた。

「あら、どうしたの林檎ちゃん」

『いえ、あの……。空港から碧陽までって、そんなに遠いんですか？』

「遠いっていうよりは、道が微妙《びみょう》なのよね。ほら、あの辺田んぼが一杯《いっぱい》あってね。そこのあぜ道とか使って一直線で来られれば早いんだけど、車だと道幅《みちはば》的に無理なのよ。市街地に入ったら入ったでまた、車だと若干《じゃっかん》遠回りしなきゃだったり……。かといってこの距離《きょり》で歩きや自転車だと、流石《さすが》に遠回りでも車の方が早いし……という感じかしら」

『そうなんですか……うーん』

「あ」

林檎ちゃんに状況を説明していると、唐突《とうとつ》にアカちゃんが声をあげた。

そうして、何か思いついたかのようにごそごそと鞄《かばん》をあさり、ケータイを取り出す。

私達は意味が分からず、顔を見合わせた。

「えーと……会長さん？」

深夏が声をかける。すると、アカちゃんはケータイを耳に当てながら、ニヤッと微笑《ほほえ》む。

「私にちょっと心当たりがあるんだっ！　任《まか》せて任せてっ！」

『…………』

アカちゃんに任せる……という、果てしなく不安な展開に動揺《どうよう》しながらも、私達は結局、それに縋《すが》るしかないのだった。

き、キー君、本当に間に合うのかしら……。

【生ダラダラ生徒会11ページ】

※要望が多かったため、今回は急遽《きゅうきょ》「会議前の特に話し合いもせずダラダラしている時間」の録音記録を、そのまま垂《た》れ流してみます。……お金は返しません。

レコーダースイッチオン

会長「……から、駄目《だめ》なのよ。まったく。あ、真冬《まふゆ》ちゃん、そっちの飴《あめ》さん取って」
真冬「あー、今ボス戦で手が離《はな》せないです。お姉ちゃんお願いします」
深夏《みなつ》「はいよ。ほうら」会長「わ、ちょっと投げすぎ――」
杉崎《すぎさき》「ですから、一概《いちがい》にそうとは言えないですって。知弦《ちづる》さんは美味《おい》しいのを知らないだけです」
知弦「そうかしら。じゃあキー君は、ラーメン屋のラーメンとカップ麺《めん》やインスタントラーメンを同じラーメンと類すること、納得いくというの？」

杉崎「いや、そうとは言いませんけど、インスタントにはインスタントの良さが――」
会長「ああ、飴さんがっ――杉崎、取ってぇー」
杉崎「ええー、もう、しょうがないなぁ」真冬「ああっ、ここでクリティカルとか無いです！　運ゲーです！」
深夏「どれどれ、真冬負けそうなのか？　ねーちゃんに貸してみろ」知弦「ねぇ聞いているのキー君。インスタントにはインスタントとしての良さがあるって言うけど、その発言は、裏を返せば、つまり店のラーメンとインスタントが違《ちが》うということを認めているということにもなるわよね」
杉崎「はい会長。飴。……で、なんでしたっけ知弦さん」知弦「だからね――」会長「わーい、飴さんだぁ！　ありがと、杉崎」
深夏「およ？　ごめん真冬、負けた」真冬「お姉ちゃんの中には回復という選択肢《せんたくし》が無いのですかっ！　もう……しょうがないですねぇ」
杉崎「でも知弦さんの言う店のラーメンだって、今やそれぞれかなりの違いがあるでしょう。知弦さんの論理で行くと、それだって、同じラーメンと類したらいけないんじゃないですか？」
知弦「それは違うわキー君。店のラーメンは味付けの違いこそあれど、やっぱりインスタントやカップ麺のそれとは未《いま》だ大きなレベルの差があるのよ」深夏「なあなあ二人とも、何の話してんの？　あたしも混ぜてくれ」

杉崎「ああ、深夏、あのな……」知弦「ちょっとキー君、さっきから貴方《あなた》私の話を聞いて——」会長「知弦ー、宿題見せてぇー」

真冬「ロードしなおしてっと。……うーん、レベル上げ行きますかね……。でも最早《もはや》乱数の問題なんですよね……このボス倒《たお》して次のエリア行った方が、レベル上げ効率も良さそうですし……悩《なや》み所です」杉崎「だからな、深夏。インスタントラーメンだって、店のラーメンに負《ま》けず劣《おと》らず美味しいものだってあるよなという話を」知弦「ちょっとキー君、そういう説明だとずるいわ。あのね深夏——って、はいはい、アカちゃん、宿題は自分でね」

会長「う、うー、知弦が構《かま》ってくれない……」真冬「よし、再戦するのです。……にゃ、一ターン目から全員『猛毒《もうどく》』は無いです！　うぅ、ロードです」

深夏「なるほど、なるほど。わかった。どっちも美味《うま》い。それでいいじゃねーか」

知弦「いや深夏、そういう話じゃないのよ」杉崎「だから違うって深夏、問題はそうじゃなくてだな——」会長「ねーねー、杉崎、なんの話してるの？」

真冬「もうこれは、やっぱりレベルがどうこうの問題じゃないのです。運と……メンバーの問題なのです。かといってキャラメイクのし直しは面倒《めんどう》ですし……」杉崎「なんの話って……もういいや、なんか」知弦「そうね、面倒になってきたわ」会長「えー、ちょっと、仲間外《はず》れにしないでよー！」

深夏「真冬、漢《おとこ》なら特攻《とっこう》あるのみだぜ！」杉崎「会長、そういや今日の議題どうするんですか？」知弦「あれ、いつの間にかレコーダーが起動しちゃって……まあいいわ」

会長「議題？　んー……なんかあったような。なかったような。あむあむ」真冬「お姉ちゃんは黙《だま》ってて下さい。もう特攻でどうにかなる段階ではないのです」

知弦「アカちゃん、今日は特にすることも無かったと思うわ」会長「そうなんだ。なら今日は――」

《ブォンブォンブォン！　ブォンブォン！　ブォンブォンブォン！》

杉崎「な、なんだ、学校の近くに急に暴走族が――」

会長「あ、もしもし、私だよ」

杉崎「どんな着メロですかっ！」真冬「なんですかなんですか？　どうしたんですか？」

会長「あ、ちょっと電話だから席外すねー。もしもし……うん、ガンガンやってるー」

杉崎「い、行っちゃいましたね……」

知弦「そうそう、アカちゃん、相手に合わせて着メロ変えてるのよ」

杉崎「そうなんですか……って、だったら今のはどういう知り合いか凄《すげ》ぇ気になるんですがっ！」真冬「さて、再びボス戦です」深夏「攻撃《こうげき》こそ最大の防御《ぼうぎょ》だぜ！」
知弦「ちなみにキー君からかかってきた時の着メロは、『耳元で蚊《か》が飛んでいるような音声』よ」
杉崎「どうりで毎度うざったそうに電話出ると思いました！」
深夏「今度こそボッコボッコにしてやれぇー！」
杉崎「⁉ 俺ってそんなにウザいの⁉」真冬「ですからお姉ちゃん、攻撃だけで押し切れるほど甘くはないのです」深夏「攻《せ》めろ攻めろー！」
知弦「ところでキー君はポイントカードって持つ方？」
杉崎「え？ なんですか急に。あんまり持たない方……かな」真冬「しょうがない、一回だけだよ？ 防御捨《す》てて、ずっと攻撃しちゃいます」深夏「いけいけー！」
知弦「やっぱりそうなのね。なんか私の周囲だと、男子はあまり持たない傾向《けいこう》にあるみたいなのよ」
杉崎「かもですね。っていうか女子が持ちすぎなんだと思います」真冬「あ、ポイントカードの話ですか？　お姉ちゃん、ゲームは任《まか》せました」深夏「おう」
知弦「真冬ちゃんもカード持つわよね」
真冬「はい、家電量販店《りょうはんてん》とかゲー〇ーズとかアニ〇イトとか」深夏「うりゃりゃりゃりゃー！」
杉崎「まあ俺も多少は持ってますけど……。それこそ、真冬ちゃんが挙《あ》げたのぐらいです」
真冬「真冬は他にも色々持ってますよ。紅葉先輩《あかばせんぱい》もですよね？」
知弦「ええ、当然よ。だってお得じゃない」深夏「ぐ、瀕死《ひんし》か！　でも……まだまだぁ！」
杉崎「そうは言っても、半年に一回ぐらいしか買物しない服屋で毎回1パーセントしかポイントつかないカード貰《もら》っても、その数円のために、普段《ふだん》持ち歩く財布を常に圧迫《あっぱく》するってどうなんですか。俺はイヤですね」深夏「とりゃりゃりゃりゃー！」
知弦「なに言っているのよキー君。持ってないよりは持っている方がお得。それのみが真実よ」真冬「ですです」深夏「いけ、火属性最強魔法《まほう》！」
杉崎「まったく、これだから女子は。いますよね、レジの前でずーっとポイントカード探《さが》しているおばちゃん。そこまでするなら、ポイントカードなんて――」
深夏「全て燃えてしまえー！」

杉崎「そこまでは思ってねぇよ！」知弦「な、なんて酷《ひど》い……」真冬「先輩最低です」
深夏「お、いけそうだぞこれ」真冬「ホントですかお姉ちゃん！　どれどれ」
知弦「まったく、キー君は器《うつわ》が小さいわね」
杉崎「いや違いますよ！　それに器が小さいって言うなら、そんなたかが数円のためにポイントカードで財布パンパンにしている人の方が小さいでしょう！」
知弦「！　キー君、貴方は今、私達主婦全員を敵に回したわよ！」
杉崎「貴女《あなた》いつから主婦になったんですか！」真冬「わわ、本当に勝ちそうです」深夏「へへ、見たか真冬、あたしの実力を！」
知弦「いいかしら、キー君。私達主婦は、日夜、なんのために数円単位を節約していると思っているの。全て、夫や子供のためじゃない！」
杉崎「ですから、貴女主婦じゃないでしょう！　自分のために節約しているだけでしょう！」真冬「確かにボスを大分追《お》い詰《つ》めてます……でも味方も全員瀕死……これは……」
知弦「一円を笑う者は、一円に泣くのよキー君。バイトして生活費を自分で稼《かせ》いで趣味《しゅみ》のために大分切り詰めている貴方が、こんなことも分からないなんて、私は悲しいわ」
会長「そう、杉崎が全部悪い！」
杉崎「あれ、会長、いつ戻《もど》ってきたんですか？　っていうか、大体の雰囲気《ふんいき》で話に入ってこないで下さい！」深夏「もうここはノーガードで攻めるのみだろ、真冬！」
会長「そう、ノーガードで攻められた杉崎が悪いんだよ」
知弦「アカちゃん、テキトーに会話に入るにも程があるわよ」
会長「それでそれで、なんの話？」真冬「うぅ……ここは、お姉ちゃんを信じます！」
杉崎「なんの話って……いいや、なんかまた面倒になってきました」知弦「そうね」
会長「ええー!? なによ、また仲間外れにしてぇー！　いいもんいいもん、真冬ちゃん達の仲間に入れてもらうもん！」深夏「行け、真冬！」真冬「よぉし、行きますよお姉ちゃん！　ごくり……」
会長「ねえねえ、二人とも今なにして——」
姉妹『今ちょっと黙ってて下さい（くれ）！』
会長「……しょぼーん……」杉崎「か、会長、こっち来て一緒《いっしょ》に喋《しゃべ》りましょうか」知弦「あ、アカちゃーん、おいでー」
会長「ぐす……ぐす……後輩《こうはい》達に怒鳴《どな》られた……ぐす」
杉崎「そ、そうだ会長、誰《だれ》からの電話だったんですか？」真冬「よし、ここは最後のMPを全部使い切って、ランダムで何かを呼ぶ『召喚《しょうかん》』を発動してみますです！」深夏「おお、漢だぜ真冬！　いいぜ、その出たとこ勝負！」

真冬「召喚です！」深夏「来い！　強いの来い！」知弦「確かに誰かしら。あんな暴走音を設定する相手なんて……」
会長「ええとね、さっき電話してきたのは——」
姉妹『デーモンさんだぁ————————————！』
杉崎「閣下《かっか》と電話してたんですか⁉」知弦「ちょ、アカちゃん、どういう繋《つな》がり⁉」
会長「違うよ！　閣下じゃないよ！　友達だよ！」真冬「来ましたです！　最強の召喚獣《じゅう》です！」深夏「うぉぉぉ！　燃える展開だぜー！」
杉崎「びっくりした。でも、知弦さんの言うように、あんな着メロ設定される友達って、一体……」
会長「そのまんまだよ？　いっつもブォンブォンやって『どりふと』っていうのやったり、『峠《とうげ》を攻めたり』している子」真冬「デーモンさん、いけーです！」
知弦「アカちゃんって、意外と突飛《とっぴ》な交友関係あるわよね」
杉崎「でもあんまり不良とつるんじゃ駄目《だめ》ですよ会長」深夏「悪魔強《つえ》ぇー！」
会長「失敬な、不良さんじゃないよ！　ただちょっと、髪《かみ》を赤に染めてピアスの穴あけて学校も行かず爆走《ばくそう》しているだけの、いたって真面目《まじめ》な子だよ！」
知弦「うん、アカちゃん、私に一回その人会わせてくれるかしら、保護者として」真冬「凄《すご》いです！　デーモンさん流石《さすが》です！　ボスをフルボッコです！」
会長「だ、駄目だよ！　私の友達をフルボッコにしちゃ駄目だよ知弦！」
知弦「そこまでするなんて誰も言ってないでしょう」深夏「おお、行けるぞ……これ、勝てるぞぉー！」
杉崎「まあまあ二人とも。とにかく、そろそろ流石に会議始めましょうよ」
会長「今杉崎いいこと言った！　そう、私、さっき電話している時に思いついたんだよ、議題！」真冬「や……やりましたぁー！　遂《つい》に、ボスを倒しましたです－！」
知弦「あら、議題出来たの？　なにかしら」深夏「真冬、これであたしの理論が証明されたな！」
会長「それはね……っと、まずは名言からだよね！　ふむ……あ、凄くいいの思いついたよ！　これは、今までになかったぐらいの良さだよ！」
真冬「ふぇ？　お姉ちゃんの理論？」会長「よぉし、いくよー！　こほん！　こ――」
深夏「攻撃は、最大の防御なんだぜ！」

会長「……め、名言を横から取られたぁ――――！　わぁーん！」
杉崎「ど、どうしたんですか会長！　急に泣き出して！」知弦「アカちゃん!?」
深夏「？　あれ？　会長さんどうしたんだ？」真冬「今のうちにセーブしてっと……」
会長「うわぁーん！　深夏が……深夏が取ったぁー！」
知弦「どうしたのよアカちゃん……もう、一回レコーダー切っておきましょう」

※というわけで、この五分後、ようやく通常の会議が始まりました。

【第一話～テコ入れする生徒会～】

「こ、攻撃《こうげき》は、最大の防御《ぼうぎょ》なのよ！」

会長がいつものように小さな胸を張ってなにかの本の受け売りを偉《えら》そうに語っていた。

瞬間《しゅんかん》、とある事情により皆《みんな》の間にちょっとしたこう……妙《みょう》に乾《かわ》いた空気が漂《ただよ》ったのだけれど、これぱっかりは、とても理由が説明しづらい。うん、執筆者《しっぴっしゃ》として失格だとは思うのだけれど、まあ、今は気にしないでくれたらいいと思う。皆《みな》さん、いつも通り、小説になっている会議部分だけを楽しんで下さい。

会長は気を取り直すように何度か咳払《せきばら》いし、改めて、今回の議題解説を開始。

「最近、『生徒会の一存』は受け身に走っていると思うのよ！」

「はぁ」

気の抜《ぬ》けた返事がいけなかったのだろう。会長は俺に視線を定めて睨《にら》み付けてきた。

「『はぁ』じゃないでしょ！　執筆者は杉崎《すぎさき》なんだから、しっかりしてよ！」

「いや、執筆者は俺ですけど……でも、基本、内容は会議そのままですから、そこら辺は責任持てないというか……」

「そういう問題じゃないの！　要は、『攻《せ》めの姿勢』が足りないっていう話なの！　例《たと》えば、あったことを執筆するにしても、『攻めの姿勢』でやれることって、あるでしょ！」

「えと……例えば？」

「小説版だけのオリジナルキャラ出してみるとか」

『いやいやいやいや』

全員からツッコミが入った。知弦《ちづる》さんが嘆息《たんそく》混じりに会長を窘《たしな》める。

「アカちゃん、それはいくらなんでも攻めすぎでしょう」

「そんなことないよ！　これは、ドキュメンタリーの前に、ライトノベルなの！　ライトノベルって、『面白《おもしろ》い』ということを第一に突《つ》き詰《つ》める、ある種究極のエンターテインメントなのよ！」

「お、おお、会長さんが珍《めずら》しく『それっぽい』ことを言っています……」

真冬《まふゆ》ちゃんが感心する中、深夏《みなつ》が「けどよぉ」と反論。

「それはあたしも一理あると思うけど、鍵《けん》に勝手にオリジナルキャラ追加されてもなぁ」

「別にオリジナルキャラだけが全てとは言ってないよ。事実を記《しる》すだけにしたって、執筆者たる杉崎にはもっと工夫《くふう》出来ること、あると思うよ」

「ふーん？」

「一人称《いちにんしょう》が『我《われ》』になるとか」

「うざったくねぇか？　残響死滅《エコー・オブ・デス》じゃねーんだし」

我は思った。それは限りなくダルし、と。

「えーと、『ゆめのき○ーさく』さんの、『ど○ら・まぐら』っぽく書くとか」

「アカちゃん、夢○久作絶対知らないでしょう」

そして会長の言い方だと、なんか妙にファンシーな小説を連想させられる。

「そうだ、杉崎のモノローグが全部爆笑《ばくしょう》モノだったらいいのよ！」

「俺にそんなお笑いの申し子みたいな内面を期待しないで下さい！」

「じゃあ、ハンター×ハ○ターの登場キャラの如《ごと》く、状況《じょうきょう》に応じて常に冷静な分析《ぶんせき》や論理的な思考を展開して読者を惹《ひ》きつけまくるとか」

「こんなアホ会議中にそんな脳味噌《のうみそ》フル回転させているという事実が既《すで》に滑稽《こっけい》なので、両立出来ないと思います」

「あとは……驚天動地《きょうてんどうち》の叙述《じょじゅつ》トリックを仕掛《しか》けまくるとかっ！」

「貴女は普通《ふつう》の高校二年生男子に何を期待しているんですかっ！」

「そうだ！　杉崎、実は犯人だったらいいのよ！」

「なんのですかっ！　現時点で何も事件起こってないでしょう！　むしろそれがウリの小説でしょう、これ！」

俺の反論に、なぜか知弦さんが「あら」と食いつく。

「こんな日常的な話の裏側で、実はキー君が、一話に一人ずつぐらいの頻度《ひんど》で人を殺していたら素敵《すてき》……じゃなくて、びっくりよね」

「むしろ俺が一番驚《おどろ》きますよ！」

現実の俺までトリックにひっかかっているっていうのかよ！

「鍵、それはあれだ、二重人格なんじゃねえか？」

「なんで深夏まで辻褄《つじつま》合わせにかかってんの⁉」

「あ、先輩《せんぱい》の言う『バイト』というのが、実は殺人のことなのですね」

「ああっ！　若干《じゃっかん》辻褄合いそうな新設定を！」

ヒロイン全員に殺人犯に仕立て上げられそうになる主人公という時点で、もう既にかなり斬新《ざんしん》な気もしてきた。

俺は強引《ごういん》に会話の流れを変える。

「会長、話を元に戻しましょう！　そもそも、単純に『攻めの姿勢』に出るという話だったはずです！」

俺の言葉に、会長はハッとして、こほんと咳払い。

「そうなんだよ。別に杉崎が犯人じゃなくてもいいんだよ。むしろよく考えたら、杉崎が犯人なのは、意外でもなんでもなかったよ」

「驚いてさえ貰《もら》えない犯人の存在価値って……」

叙述トリックも成り立たないほど酷《ひど》い主人公ですか俺は。読者からそんなに信頼《しんらい》されてないですか、俺。

「とにかく、私は攻めたいんだよ！　近頃《ちかごろ》の話なんて、もう本編だと……えーと……」

「九冊目」

知弦さんがさらりと補足。

「そう、九冊目ぐらいなんだよ！　飽《あ》きてくるよー、九巻。なんせ八冊もただの会議の様子を読ませられているわけだからね、読者！」

会長のその発言に、女性陣《じん》が同調する。

「全くだぜ。バトルインフレの一つも起こりゃしねえ」

「全くです。生徒会に美少年キャラの一人も追加されません」

「全くね。脱落《だつらく》者の一人も出ないなんて」

「おいコラ待てお前ら。特にそこのドS三年生」

なんだよ。この生徒会は欲求不満《よっきゅうふまん》だらけですか？……いいだろう。そういうことなら、俺も言わせて貰おうじゃないかっ！

「じゃあ、新ヒロインの一人でも追加すればいいでしょう！」

『どうぞどうぞ』

「ここでまさかのダチ◯ウ倶楽部《くらぶ》トラップ!?」

意外なところで引っかけられた！　俺が憤《いきどお》っていると、会長が小馬鹿《こばか》にした視線で俺を見下《みくだ》してくる。

「だってさぁ、杉崎に新ヒロインって……。そんなのほいほい出来る男子だったら、今ここでこんな扱《あつか》い受けてないと思うけど？」

「ぬ、ぬぬぬ……」

続いて姉妹の厳《きび》しい言葉。

「新ヒロインどころか、そもそも、既存《きそん》キャラだってマトモに手に入れてねぇだろ」

「真冬は告白しましたけど、半《なか》ばフッたようなものですからね。むしろ、開始状態より一歩下がっているぐらいじゃないでしょうか」

「うぬぬぬ……」

そして、知弦さんがとどめの一言。

「そもそも、新も何も、キー君の物語にヒロインなんているの？」

「う、うわぁ――――――――――――――――――――ん！」

俺は絶叫《ぜっきょう》した！　な、なんだよ！　いくらツンデレといえども、俺のハートの『ツン』に対する耐久値《たいきゅうち》は無限じゃねぇんだよ！

泣きながら机に突《つ》っ伏《ぷ》していると、隣《となり》の深夏がそっと俺の肩《かた》に手を置いてきた。

「大丈夫《だいじょうぶ》だぞ、鍵。あたしは、お前のことが好きだ。友達としてじゃないぞ。異性としてだ。この特別な気持ちこそ、恋《こい》だと確信している。あたしは、お前にオチているさ」

「深夏……」

そうだ、忘れていたがコイツは最近デレ期だった。何を隠《かく》そう、先日自《みずか》ら「皆、あたしデレ期入ったから！　よろしく！」と宣言してきたぐらいだから間違《まちが》いない。……デレ期ってそうやって入るもんだっけ、という疑問は誰《だれ》もが抱《いだ》くことと思うが、まあ、本人がそう言うんだから仕方ない。デレ期なのだろう。生徒会役員全員納得いってないけど。

俺が涙《なみだ》を拭《ふ》いて見つめると、深夏はにこっとはにかんだ。

「そう、お前は特別だぜ。なんせ……ぐったりと本気で落ち込んだ人間に対して、なんの良心の呵責《かしゃく》もなく素直に『殴《なぐ》りたい』と思えるのは、お前が相手の時だけだからな！」

「そんな恋があってたまるかぁ――――――――――――――！」

『ひゅーひゅー、お熱いねー、ご両人』

「へへへ、照れるぜぇ」（ゲシゲシ！）

「俺のハーレム、うっざ！」

全体的になんか好意が歪《ゆが》んでいるんだよ！　デレがご褒美《ほうび》としてまるで機能してねぇんだよ！　っつうか照れで人の足を折れる勢いで蹴《け》るな深夏！　どういう反応なんだよそれ！

「そ、そんなこと言うならホントにそのうち新ヒロイン連れてきちゃうぞ！」

『どうぞどうぞ』

「く……へ、へん！　せいぜい余裕《よゆう》ぶってりゃいいさ！　俺が新ヒロインとラブラブして、嫉妬《しっと》するハメになっても知らないからな！」

「あ、ごめん鍵、あたしはお前のこと好きだから、嫉妬したら普通に殴るぞ」

「お前はホント『デレ期』によるメリット皆無《かいむ》だな！」

「皆無とはなんだ皆無とは！　失礼しちゃうぜ！　ちゃんとあるんだぞ、『デレ期によるメリット』……略《りゃく》して『デメリット』が！」

「デメリットじゃねえかよ！　くそ、デレたっつうんだったら、せめて手ぐらい自由に握《にぎ》らせろ――」

「うぎゃあ!?」

深夏の手に触《ふ》れようとしたら、いつも通り殴られた。頬《ほお》を押さえながら俺は猛抗議《もうこうぎ》する！

「やっぱりデレてないじゃねーかよ！」

「んなことねーよ。デレてるよ。ほれ、なでなで、ごろごろ」

深夏が俺の頭を撫《な》で、喉元《のどもと》をごろごろしてくれる。こ、これは……なんたるカップルっぽいサービス！　俺どころか他のメンバーも動揺《どうよう》を隠せずにいるぐらいだ。

そ、そうかそうか、手を握るのはまだ早かったが、なでなでぐらいならいいのか。よし、では俺も深夏の頭に手を伸《の》ばして——

「どりゃあ！」

「ぐはあああ!?」

再び普通に殴られた！　今度は逆の頬を殴られた！　親父《おやじ》にも殴られたことないのに！

椅子《いす》から吹《ふ》っ飛《と》び、床《ゆか》に倒《たお》れ伏《ふ》して頬を押さえながら、情《なさ》けなく深夏に抗議する！

「なんでだよ！」

「なんでもなにもねーよ。あたしはお前が好きだからお前に触《さわ》りたい時には当然触るが、お前からあたしに触る権利はねぇよ」

「なにその一方通行な好意！　姉妹揃《そろ》って結局男嫌《おとこぎら》いかっ！」

「いや真冬とは違《ちげ》ぇよ。あたしが許可したら、お前もあたしに触っていいんだぜ」

「な、なるほど。乙女《おとめ》らしい心の準備の問題……というわけか。じゃ、じゃあ、許可下さい！　今から深夏さんに触りたいです！　お願いします！」

折角《せっかく》床に居るので、俺はぺこぺこと土下座した。周囲の女性から物凄《ものすご》い軽蔑《けいべつ》の視線を感じるが、好きな女に触れるチャンスを逃《のが》すつもりはない！

深夏は少し考えた後、「よし」と俺に声をかけてきた。

「じゃあ、許可してやろう」

「おお、マジか！　それで……どういったことを許可して頂《いただ》けるのですか！　なでなでですか！　ごろごろですか！　それとも、手繋《つな》ぎ――」

「いや、『揉《も》む』を許可しよう」

「え!?　そ、そんな……まさか……うほっ！」

思わず彼女の豊満《ほうまん》なバストに視線が――

「肩を」

「うん、正直予想ついてたけどね！　しかしそれでも結構嬉《うれ》しいぜ！　深夏に触ることが出来るんだ！」

「おう、じゃあ、早速《さっそく》よろしく頼《たの》むぜ！」

「はい了解致《りょうかいいた》しました！」

そうして、俺は嬉々《きき》として深夏の肩を揉み始めた。うーん、幸せだなぁ。……実際これぐらいのスキンシップだったら前からあった気もするけど、なんか、こんなに焦《じ》らされた今となっては、とっても幸せだなぁ。

ほくほく笑顔の俺を余所《よそ》に、生徒会メンバー達は「あれ完全に騙《だま》されているよね」「ぇえ、デレをちらつかされて、いいように使われているだけね」「お姉ちゃんの肩の疲《つか》れを癒《いや》したら、パンチ力が向上《こうじょう》して先輩の被害《ひがい》が増えるだけでは……」などと嫉妬からくるのであろう偏見《へんけん》で語り合っていたが、俺は、深夏の肩を誠心誠意揉み続けた。

五分ほどそうしていただろうか。深夏がもういいというので、俺は席に戻《もど》り、会長が会議を仕切り直した。

「話が完全に脱線《だっせん》したけど！　とにかく、『生徒会の一存』には改革が必要だと思うのよ」

「改革ですか……。それは難《むずか》しいですよ」

真冬ちゃんがそう切り出し、ぴんと人差し指を立てる。

「シリーズモノでいわゆる『テコ入れ』をして上手《うま》くいくケースは、そう多くはないのですよ。異能バトルモノだったのにラブコメ主体になったり、推理モノだったのにバトルメインになったり……何の脈絡《みゃくらく》もなく異世界に行ってしまった格闘漫画《かくとうまんが》まであります」

その発言に、俺はぽつりと呟《つぶや》く。

「ハーレムラブコメなのに、無理矢理BL要素入れてきたりね……特に番外編」

「それは何の話かわかりませんが、とにかく、安易《あんい》なテコ入れは逆に悲惨《ひさん》な状況《じょうきょう》を生み出しかねないという話を、真冬はしたいのです」

「うん……確かに悲惨かも……」

なぜか会長が俺をジッと見ながら頷《うなず》いていた。しかし、それでもまだ彼女は諦《あきら》めきれないようだ。新たな提案を持ち出してくる。

「別に、内容を大幅《おおはば》に変えるんじゃなくてもいいんだよ。例えば……ほら、改題とか！」

「改題？『Z』とか『GT』とかつけんのか？」

深夏の疑問に、会長は「そう！」と答える。

「そういうマイナーチェンジだけじゃなくて、ガラッと変えるのもいいんじゃないかな！」

「確かに、話題性は出るわよね」

珍《めず》しく知弦さんが肯定《こうてい》してくれていた。会長が「でしょでしょ！」と目を輝《かがや》かせる。

「アカちゃんらしい思い切った提案だけど、でも、そう的外《まとはず》れでもないわ。タイトルの仕切り直しっていうのは人の興味を引くし、なにより、新鮮《しんせん》さが復活するわね」

「そうなの！　新規読者さんがそこから入ってくる可能性も大なのよ！」

会長らしい、大胆《だいたん》だけどなくはない提案だった。というわけで、改めて、今度は全員で改題するとして、どうするか」を話し合うことにする。

「例えば、『新・生徒会の一存』とか……」

「杉崎、発想が安易すぎるよ」

「うぐ。じゃあ……そうですね。俺という主人公をメインに考えるなら、流行《りゅうこう》に乗ってタイトルに『俺』を入れるのとかどうでしょう」

「なんというエロゲ発想……」

会長が不満げだった。……しかし、なんでエロゲっぽいと分かるのだろう。まあ、追及《ついきゅう》はしないでおいてあげよう。

俺の発案に乗っかるカタチで、深夏と真冬ちゃんが交互《こうご》に具体案を提示してくる。

「じゃあさっ、じゃあさっ！　『俺は根性が足りない』略《りゃく》して『はがない』でいいんじゃね？」

「よくねぇよ！　その略称が特に引っかかるよ！」

「ではでは先輩《せんぱい》。『俺は男性が好きかもしれん』略して『ハガレン』でいいんじゃないですか」

「だから略称が気にな――いや今回は元タイトルの方が気になるわ！」

「んじゃあ、『俺の焼き芋《いも》がこんなに焦《こ》げているはずがない』略して『おれいも』で！」

「うん、略称を重視しすぎて、もう内容どうでも良くなっているだろうお前」

「『俺達には翼《つばさ》……どころかやる気もない』略して『おれつば』でもいいんじゃないでしょうか」

「うん、なんで真冬ちゃんがそっち系のゲームのタイトルを知っているかと略称はさておき、ある意味生徒会にぴったりではあるな！　残念ながら！」

「『オレたちひょう○ん族』」

「もう丸パクリな上に、古いし、なによりハードル高すぎるわ！　ビートた○しや明石家さ○ま、島田○助レベルの笑いを提供しなきゃいけない予感！」

「それでいいなら、『俺の屍《しかばね》を越えて○け』略して『俺屍《おれしかばね》』もアリです！」

「名作RPG！　いや俺世代交代する気ねぇし！　子作りには多大な興味があるがな！」

「なんか今お前ツッコミに乗じてサラッと欲望吐露《よくぼうとろ》しなかったか？」

「と、とにかく。もう、『俺』には拘《こだわ》らなくていいや……」

姉妹の発想があまりに残念なので、俺は『俺』を諦めることにした。

知弦さんが「確かに」と頷く。

「『俺』がタイトルに入るのは、センスとして悪くはないと思うけど、この業界では既《すで》に使い古されてしまった感も拭《ぬぐ》えないわね」

「姉妹のパクリ前提タイトルみたいのじゃなくて、完全にオリジナルなタイトルなら、まだいいんですけどね」

「例えば……『最近いじめられるのが快感になりつつある、俺』とか？」

「例タイトルに疑問は残りますが、まあそういうことですね」

俺と知弦さんの会話に、会長が「じゃあねっ」と割り込む。

「『素晴らしく聡明《そうめい》で可憐《かれん》で美人で文武両道で冷静沈着《ちんちゃく》で絶対無敵で、あと凄《すご》く可愛くて明るくて親しみやすくて、あとあと……とにかく完璧《かんぺき》な会長様。と俺』で！」

「オマケにも程があるわ『俺』！　明らかに俺要《い》らないでしょう！」

「でもオリジナリティは凄《すげ》ぇぜ……」

「確かに売れそうな気もします……」

なぜか姉妹からの評価は高かった。くそ、このセンスがずれた方々め！

ふん、どうせ「俺」をつけるってんなら——

「『じゃあ、『俺の嫁《よめ》達が美少女すぎる件について』というタイトルとかどうですかっ！」

なんて斬新《ざんしん》かつエレガント！　これはネットでも話題になりすっごく売れる予感——

『ないわー』

「えぇー」

全員がドン引きだった。口々に俺のタイトルに対する文句を並べる。

「なんかこう、一周回って狙《ねら》いすぎていてイヤですよね」

「そう、そうなのよ！　なんか『最近のライトノベルはこういうタイトルつけておけば売れるんでしょ』感が如実《にょじつ》なんだよね！」

「小賢《こざか》しいとは、キー君のためにある言葉ね」

「自分にはセンスやオリジナリティがあると思っているヤツに限って、どっかで見たようなアイデアを堂々と出してくるよな」

ボロカスだった。うぅ……なんだこの恥《は》ずかしさはっ！　自分のリアル中二病を初めて客観的に認識した時のそれと極《きわ》めて似ているぞ！　恥ずかしっ！　センスの否定、恥ずかしっ！

　あまりにいたたまれず、俺は話題をシフトさせる。

「べ、別にタイトル変更《へんこう》に拘る必要もないでしょう！　あくまで、テコ入れがしたいのであって！」

「それはそうだけど……杉崎、改題以外にいい案あるの？」

「え？　そうですね……。タイトル以外となると……えーと、イラストレーターさん変更？」

「えぇー、イラストは狗神煌《いぬがみきら》さんがいいよ！　私のこの究極的セクシーばでーを余《あま》すところ無く表現出来るのは、狗神さんしかいないんだよ！」

　確かに写真と見紛《みまご》うばかりの会長再現度には舌を巻く。しかし……。

「いや、だからこそ、あえてそこに一石投じてみるんですよ。ほら……同人誌とかの魅力《みりょく》と同じ論理です。俺達を一番上手《うま》く、ありのままに描《えが》いてくれるのはどう考えたって狗神さんですが、違《ちが》うタッチの画風が挟《はさ》まるのも、それはそれで新鮮味《しんせんみ》があるかもっていう」

「んー、漫画《まんが》版の生徒会みたいな？　それはそれでアリだとは思うけど……例えば？」

　会長の疑問に、俺は少し考えて提案してみる。

「天野○孝さんとか」

「それは凄い攻め《せ》の姿勢だね！　びっくりだね！」

「ま、真冬達の日常は、グイン・○ーガや吸血鬼《きゅうけつき》ハ○ターD、ファイナルフ○ンタジーシリーズと一緒《いっしょ》に並べられていい内容じゃないような……」

会長は妙《みょう》にノってくれたものの、真冬ちゃんからの冷静なツッコミ。ならば！

「ラッ○ンとか」

「イルカさんだ！　それはいいね！　はい承認！」

「いやいやいやいや会長さん、早まるなよ！　なんであたし達の小説の表紙がイルカなんだよ！　内容に無関係にも程があるだろう！」

うーん、会長にウケはいいのに他メンバーに否定されてしまうなぁ。……それなら！

「ス○ップの草彅○さんで行きましょう！」

『斬新な発想！』

クリティカルヒットだった！　全員が度肝《どぎも》を抜《ぬ》かれる中、知弦さんが呟く。

「そ、それは確かにライトノベル業界に新たな一石を投じられそうね……」

「そうでしょう、そうでしょう。なんせ、画伯《がはく》ですからね」

「画伯の絵が表紙……。……お、恐《おそ》ろしいことに、イメージしてみると、確かに、物凄く……物凄く目立つ気がするわ！　キー君、恐ろしい子！」

「へへ、どーもどーも。では、イラストレーターさんは草○剛さんに依頼《いらい》する方向で」

『異議無し』

そんなわけでイラストレーター案がまさかのジャ○ーズ採用と相成《あいな》ったので、他のテーマに移る。

「さて、タイトル変更、イラスト以外でテコ入れとなると、やっぱり内容しかないわけですが……」

「でも先輩、さっきも話し合いましたように、内容はありのままを記《しる》すので、テコ入れの余地はなさそうです」

真冬ちゃんの指摘《してき》に、俺達は唸《うな》る。そんな中、深夏が「あのさ」と提案してきた。

「事実をそのままお送りするのは変わらねーけど、だったら、この実際の会議の方にテコ入れしたらどーだ？」

「会議の方に？」

首を傾《かし》げる会長に、深夏が「ああ」と頷《うなず》く。

「例えば……会議のメンバーを、『○○生徒』と特定の趣味《しゅみ》を持つ生徒だけで括《くく》って、そのメンバーだけで一話丸々話し合うっていう企画《きかく》とかどうだ」

「うにゃ？　面白《おもしろ》そうだけど……どこかで聞いたような……」

「題して『セイトーク！』」

「明らかに某《ぼう》バラエティ番組のパクりだよねぇ!?」

「ほら、『家電生徒』で括った回なんか、視聴率《しちょうりつ》とれそうじゃねーか」

「もう視聴率とか言っちゃってるし！　とにかくそんなパクリ企画は却下《きゃっか》だよ！」

「面白ければいいじゃねーかよー」

「良くないよ！　それに一般《いっぱん》生徒に喋《しゃべ》らせてどうするのよ！　これはあくまで、生徒会の会議をお送りする小説でしょう!?」

「じゃあ、生徒会の女子メンバー達が喫茶店《きっさてん》で待ち合わせして赤裸々《せきらら》なガールズトークを繰《く》り広げるっつう……」

「う……その企画もどこかで聞いたような……」

「題して『セータンヌーボ』」

「またパクリじゃない！」

「というより深夏。お前、それ言ってみただけで、通ってもやれねぇだろ……ガールズトーク」

　俺の指摘に、深夏はぐっと詰《つ》まり視線を逸《そ》らす。

「う、うんなこたぁねぇよ。あたしにだって出来るさ、ガ、ガールズトーク」

「お前……とりあえず女の子が喋ってりゃガールズトークだと思ったら大間違《おおまちが》いなんだぞ。言葉の直接的な意味だけで捉《とら》えてたら、痛い目見るんだぞ」

「わ、分かってるよ！　出来るっつってんだろ、ガルルズトーク！」

「狂犬《きようけん》達の話し合いみたいになってるが。とにかくだ。たとえ万が一お前が出来たところで、このメンバーでガールズトークなんて……ハッ」

俺の失笑に、深夏のみならず、女子メンバー全員が食いついた。口々に「わ、私も出来るもんガールズトーク！」だの「あら、誰《だれ》に向かって口をきいているのかしら」やら「ま、真冬だってインドアばかりじゃないのですよ！」などと反論してくる。

そこまで言うならと、俺はある提案をした。

「じゃあ、試《ため》しにやってみて下さいよ、ガールズトーク。それが出来るなら、確かに、内容のテコ入れにもなりますからね。さ、どうぞ」

「う……み、見てろよ、鍵！　ぎゃふんと言わせてやるからな！」

深夏のそんな捨てゼリフと共に、こうして、彼女らのガールズトークは開始された。

＊

女子メンバー全員が一旦廊下《いったんろうか》に出て、その後しばしおいて一人ずつ室内に入ってくる。

最初にやってきたのは深夏だ。

「あら……あたしが一番乗りね」

髪《かみ》を解《ほど》き、妙に気取った歩き方の深夏が生徒会室の戸を開けて入ってくる。ちなみに、ガールズトークなので俺はこの場に居ないという設定でやって貰《もら》っていた。

深夏は元の俺の隣《となり》の席につくと、いつものようにダラッと背もたれに体重をかけ——ようとして、俺の視線に気付き、姿勢を正した。そうして、ポケットからハンカチを取り出して丸めて、ぽんぽんと顔に当てる。な……なんだこの奇行《きこう》は？…………。……あ、ああ、お化粧直《けしようなお》しのつもりか⁉　あ、浅い！　浅いぞ、深夏！

「お、お待たせ～」

続いて入って来たのは会長。妙に足下《あしもと》が覚束《おぼつか》ない。どうせモデル歩きでもしようとして失敗しているのであろう。まるで開発初期の二足歩行ロボットだった。会長は自分の席につくと、にこぉと深夏に笑いかける。

「は、早いですねー、深夏さん」

なんで「さん付け」なんだ。ガールズトークするだけなら、いつも通りの関係性でもいいだろうに。深夏もぎくしゃくした様子でそれに返す。

「あ、あたしも今着いたところでございやすぜ」

かしこまった言葉を使おうとして激しく爆死《ばくし》していた。ざ、残念すぎるぞ深夏！

そうこうしているうちに、残りの二人が一緒に入ってくる。

「お、お待たせしましたです」

「あら、二人とも早いのね」

真冬ちゃんと知弦さんは、思っていたより普通《ふつう》だった。まあ真冬ちゃんは敬語がデフォルトだし、知弦さんは歪《ゆが》んだ性癖《せいへき》さえ前面に出さなければ最もガールズトークの似合う女性だからな。

全員が席についたところで、遂《つい》にガールズトークが始まる……と思いきや、妙な沈黙《ちんもく》が場を支配した。……な、なんてこった！　こいつら……ガールズトークのきっかけを誰も持っていやがらねぇ！　想像以上の残念さだ！

場のピリピリ感があまりに辛《つら》いので、少しルール違反《いはん》っぽいながらも、俺から口を出させて貰った。

「ええと皆《みな》さん、何をお飲みになられます？」

一応、杉崎鍵としてではなくて、喫茶店の店員的スタンスで訊《たず》ねる。すると全員、会話が動き出してホッとしたのか、矢継《やつ》ぎ早《ばや》に注文を口にしてきた。

「いちご牛乳！」

「ブラックコーヒーを」

「あたしにはレッ○ブルをくれ！」

「真冬はドク○ーペッパーがいいです！」

「あんたら仮面外れるの早すぎんだろうっ！」

あまりの自由な注文に、俺は思わずツッコんでしまった。全員がぐっと詰まる中、会長がいじけたように呟《つぶや》く。

「うぅ……じゃあ、えと……えと……。そ、そうだ！　こーちゃ！　紅茶を下さい！」

「あ、ああ、そうですよ、そういうのがガールズ的です」

いやそりゃ紅茶以外も頼《たの》むだろうけど。あくまで、イメージの問題で。全員が会長に便乗して紅茶を頼んできたので、俺は再び店員になりきって注文をとりなおした。

「ええと、それでは、種類はどうしますか」

「しゅ、種類？」

「ええ、紅茶は色々あるでしょう。ダージリンとか、アッサムとか……」

「あ、ああ、そういうことね。うん……」

「…………」

全員が俺からぎこちなく視線を逸らす。おい……マジかよお前ら。

俺が冷たい目でその様子を見ていると、知弦さんが小賢《こざか》しい注文をしてきた。

「じゃ、じゃあダージリンで」

「……いや、今回は俺が挙《あ》げたの以外にしてもらっていいでしょうか」

「ぐ。……キー君、なんてイヤな子……」

いやいや、紅茶の種類なんていくらでもあるでしょう。俺だって違《ちが》い云々《うんぬん》は正直全然分からないが、それでも名前を数種類ぐらいなら、なんとなくは挙げられる。

しばし、重たい沈黙が場を満たしていた。しかし……これではいけないと思ったのか、意を決したかのように会長がその空気を打ち破って注文を繰り出した！

「が、ガラムマサラ！」

それに続けとばかりに、残り三人が怒濤《どとう》の注文！

「ターメリック！」

「ナツメグ！」

「ブラックペッパー！」

「カレー作ってんじゃねえぞ！」

これぞ浅い知識しか持たない者達にありがちな悲劇！　最初の人間の発言に思いっきり引っ張られる！　全員が俯《うつむ》いてしまったので、俺は仕方なくもう一度注文をとりなおす。

「もう、いいです。ダージリンでもアッサムでもいいんで、変に気取らないで、好きな紅茶の種類を注文して下さい」

「午後ティー」

「リ〇トン」

「紅〇花伝」

「放課後ティー〇イム」

「紅茶に関する知識が総じて残念すぎる！」

そして最後のは最早《もはや》紅茶でさえねぇ！

とはいえ、注文こそとったものの所詮《しょせん》ここは生徒会室。某《ぼう》軽音部の部室と違って番茶しかないので、普通にいつもの湯呑《ゆの》みに番茶を淹《い》れて全員に出しておいた。

知弦さんが湯呑みを軽く揺《ゆ》らして、目を閉じながら優雅《ゆうが》に香《かお》りを楽しむ。

「これは……アッサムかしら。うーん、いい茶葉を使っているわね。それに淹れ方もパーフェクト。腕《うで》を上げたわね、店員さん」

「恐《おそ》れ入《い》ります」

スーパーの陳列棚《ちんれつだな》の奥でホコリをかぶって賞味期限が切れかけたのを50パーセントオフで買った番茶ティーバッグに、テキトーな温度に湧《わ》かしたポットの熱湯をじゃぼじゃぼ注《そそ》いだだけです……というツッコミは控《ひか》えておいた。

全員がお茶で一息ついたところで、ようやく会話が開始される。まず仕掛《しか》けたのは言い出しっぺの深夏だ。

「では早速《さっそく》なんですけど、皆さん、好きな少年漫画《まんが》は——」

「おいちょっと待て」

「あたしはシグ〇イなんかを嗜《たしな》んでおりまして——」

「だからちょっと待てって！　ストップ！　ガールズストップ！」

「なんですかそのアイドルユニットみたいな専門用語」

真冬ちゃんに冷たい目で見られてしまったが、とにかく、俺は会話に待ったをかけた。

不満げな声を漏《も》らす深夏に、俺は激昂《げっこう》する。

「お前、そもそもハナからガールズトークをする気ねえだろ！」

「んだよ。んなことねーよ。心外だよ。最近のガールズは、少年漫画トークの一つや二つするぜ？」

「精々《せいぜい》ワン〇ースぐらいだろう！　シ〇ルイを会話に出すガールズってなんなんだよ！」

「お前、シグル○馬鹿《ばか》にすんなよ！　ＯＬのバイブルだぞ！」

「絶対違《ちげ》ぇよ！　どんな日本だよ！　とにかく、話題変えろ！　もっとガールズっぽいテーマで再開！」

「……しゃあねぇな、分かったよ。漫画じゃなくて映画をテーマに、ギャールズトークするよ」

「うん、ギャルの会話となると若干《じゃっかん》意味が違う気がするが、まあ映画の話自体はいいな。よし、ではガールズスタート！」

「ですから、なんなんですかその気持ち悪い専門用語！」

真冬ちゃんがまた俺に突《つ》っかかってきていたが、完全にスルーして様子を見守る。

早速、深夏が切り出した。

「なあ、スティーブン・○ガール作品ってさ――」

「ＧＳ！」

「遂《つい》に略しましたです！」

俺は腕で大きくバッテンを作ってガールズストップをかけると、深夏の髪を三つ編みにねじり始めた！

「わ、やめろ鍵……やめてくれ！　三つ編みだけは……三つ編みだけは！」

「うるさい！　とりゃりゃりゃりゃ！」

「うぅ、あたし……三つ編みだけは駄目《だめ》なんだ！　キャラが……キャラがぶれて、力が出ない！　やめろ！　やめてくれ！　変態！　セクハラ！　暴力！」

「黙《だま》れ乱暴娘《むすめ》！　髪を弄《もてあそ》ばれたぐらいでなんだ！　もういい！　お前には失望した！　トークテーマはこちらで決めてやる！」

憤怒《ふんぬ》の形相《ぎょうそう》を浮《う》かべる俺に対し、会長と知弦さんが何か小声でやりとりを交《か》わしていた。

「なんかもう、杉崎、目的見失ってない？」

「そうね。キー君は私達にガールズトークが出来ないことの立証をしてやろうっていうスタンスだったのに、もう、完全にぶれているわね」

「まあ生徒会にはよくあることだけどね」

「それもそうね」

なにか不穏《ふおん》な会話が交わされていた気がするが、まあいい。俺は三つ編みの深夏を解放すると、全員にズバリトークテーマを突きつけた。

「恋《こい》の話をしなさい！」

『ええー』

「ええーじゃありません！　はい、ＧＳ！」

「ストップもスタートも同じ略なんですね……」

さっきから真冬ちゃん一人が俺の専門用語に引っかかっているが、そんなことはさておき、ガールズトーク再開。

深夏が涙目《なみだめ》で三つ編みを解《ほど》きながら会話を切り出す。

「えーと、あたしは鍵が好きだ。皆《みんな》は誰《だれ》が好きだ？」

『！』

「ＧＳ！」

俺は顔を真っ赤にしながらストップをかける！　そうして、深夏に大声で抗議《こうぎ》！

「ガチすぎるだろう！」

「え？　なにが？　恋の話しろって言わなかったお前」

「そ、そりゃそうだけども！　それはガールズトークどころか、最早シリーズクライマックスだ！」

「んだよー、文句多いぞ鍵。どうしろっつうんだよ」

「だから……もっとこう、浅めでいいよ！　全体的に！　浅いことを深そうに言ってこそのガールズトークなんだよ！」

「先輩《せんぱい》が大変な問題発言をした気がします」

真冬ちゃんが余計なことに気付いてしまったが、そんなのは無視。再びガールズスタートをかけると、深夏が頭をぽりぽり掻《か》きながら面倒《めんどう》そうに切り出した。

「えと……。……あたしさ、思うんだよね。戦争って、いけないことだなって」

「浅い！　けどそういうことじゃないって深夏！　もっとガールズっぽい話題出せ！」

「ガールズっぽい……。……。……海は好きだぜ。広い海を見ているとさ……自分の悩《なや》みがちっぽけに思えるんだよな」

「浅い！　どこかで一万回は聞いたことある台詞《せりふ》！　だけどそういうことじゃなくて！　具体的には、浅めの恋の話とかしてほしいんだよ！」

「んだよ……だったら最初からそう言えよ。じゃあ……皆、どんな男がタイプなんだ？」

うん、まあいいだろう。ガールズトークっぽい。深夏の質問に、三人は各々《おのおの》希望を告げていく。

「お菓子《かし》とぬいぐるみ買ってくれる人！」

「私に絶対の服従を誓《ちか》ってくれる人かしら」

「十六連射が出来る人か、名古屋撃《う》ちが出来る人です」

「少しでもガールズトークっぽくしようという気は無いのかお前ら！」

あまりに残念な会話に、俺は怒《いか》りを隠《かく》せなかった！

「実際の中身に関してはもう諦《あきら》めているけど、せめて、多少の演技ぐらいは出来ないものですかっ！　欲望《よくぼう》に忠実すぎんだよ、あんたら全員！」

「キー君が意味の分からないキレ方をしているわ」

「あー、これが、個性を潰《つぶ》す教育っていうやつなんだね」

「あんたらの個性は多少潰れておくべきだと俺は思う！」

出る杭《くい》は打たれるというが、この人達の杭は出過ぎていて本当に危険だから、誰かが一回打ってやらなきゃ駄目なんじゃないかと最近思う。

俺が唸《うな》っていると、真冬ちゃんが何かを諦めたように大きく嘆息《たんそく》した。

「もういいんじゃないでしょうか。真冬、疲《つか》れましたです。ついムキになってしまいましたが、真冬は別にガールズトークが出来なくてもいいです。ゲームと本が友達なので」

なにか真冬ちゃんが妙《みょう》に悲しいことを言い出したが、それには他のメンバーも賛同したようだ。

「私も、大人《おとな》なガールズトークちゃんと出来るけど、無理にやらなくていいと思う」

「そうねアカちゃん。というかテコ入れという趣旨《しゅし》から少し外れているしね」

「なにより普通《ふつう》につまらねーし、あたし達のガールズトーク」

「なんて的確な言い間違《まちが》いを！」

確かにガールズというよりグールズ（愚《おろ》か者達の）トークだったな。

俺は落ち着きを取り戻《もど》し、一度咳払《せきばら》いしてから、場をまとめる。

「ま、こんなグダグダなグールズトーク、なんのテコ入れにもならないですよね。でも、だったら一体何をすれば……」

「だったら、逆に杉崎が『ボーイズトーク』すればいいんじゃない？　一人で」

「なんの罰《ばっ》ゲームですかそれは！」

俺のツッコミも聞かず、会長は背もたれにだらっと腰掛《こしか》け、妙にあくどい顔つきで、ガム（架空《かくう》）をくっちゃくっちゃやりだした。

「『俺ってほら、チョー熱い男じゃん？　女泣かすヤツとか、マジ許せねぇっつうかぁ』」

「誰の真似《まね》してるつもりなんですかそれ！　俺とは言わせませんよ！」

「え？　杉崎って基本こういう感じだよね？　ね？」

会長が皆に同意を求めると、なんと女性陣《じん》全員がこくこくと頷《うなず》いていた。そ、そうなの⁉　俺、実際に傍《はた》から見たらそんな感じのキャラなの⁉　た、確かに若干チャラい自覚はあるけど、そ、そこまで⁉

俺が衝撃《しょうげき》を受けている間にも、会長の「杉崎鍵ボーイズトーク」は続く。

「『え？　両親スか？　いねぇッスよ！　いねぇも同然ッスよ！　なんつうか、俺ぐらいになると、あれなんスよ。UFOからバババーッて降りてきた系ッスよ実際。ってかほら、見て下さいよこの太股《ふともも》のホクロ！　アシッ○スのマークっぽいっしょコレ！　ぜってぇなんかあるんスよ、俺。地球のピースのために生まれて来たとかッスよ、あ、ピースって平和って意味なんスけどね。え？　いや、何処《どこ》の国の言葉かは知らねぇッス。うぃっス。あざっス』」

「うざっ！　俺うざっ！　っていうか、え、俺って皆から見てそんな感じ⁉」

俺の問いに、椎名《しいな》姉妹と知弦さんは顔を見合わせ、そして、全員で一斉《いっせい》に返してきた。

『大体合ってる』

「大体合ってんの!?　うわ……ショックッスわ」

そうか、俺ってそんなに浅かったか。いや、可愛い女の子に片っ端《かたっぱし》から声かけるような自分を硬派《こうは》だとか主張する気もないんだが、それにしたってショックだ。

俺が落ち込んでいると、会長がその小さな手をぽんと肩《かた》においてきた。

「じゃ、杉崎のボーイズトークを今後入れていくということで」

「イヤですよ！　そんな黒歴史のリアルタイム更新《こうしん》トーク、絶対イヤです！」

「杉崎なら大丈夫《だいじょうぶ》だよ！　私は頑張《がんば》ってモノマネしたけど、杉崎なら、頑張らないでナチュラルに出来ることだから！」

「余計イヤですよ！　読者から好感度下がりまくるじゃないですかっ！　ガールズトークに続いて、ボーイズトークも却下《きゃっか》して下さい！　というかやりません！」

「ええー！　じゃあ、なにやれっていうのさ！　テコ入れ！」

「知りませんよ！　俺の心境はもう、なんか会議どころじゃないですよ！」

女性陣も俺も自分のトークに限界を感じ、ぐったりとし始めてしまった。……しょうがない。ここは、俺がいつも通りあっさりした締《し》め方でもして、お茶を濁《にご》すか。

俺は咳払いをすると、生徒会メンバーに向かって告げる。

「そもそも。俺達のこういう会議を商品化して販売《はんばい》しているという事実が、実は既《すで》にかなりの攻めの姿勢《せ》なので――」

と当たり障《さわ》りの無い締めをしようとしたところで。会長がダッと立ち上がって、唐突《とうとつ》に俺に向かって指を差して来た！

「よっし、決めた！　脇役《わきやく》クローズアップよ！」

「へ？」

「ということで、杉崎！　近々、微妙《びみょう》に目立ってないけど出ている人……そうね……あ、嫌《いや》がらせがてら、リリシアあたりにまとわりついてみること！　以上！」

「へ？」

『はい、賛成ぇー』

女子メンバー全員がテキトーなノリで手を挙《あ》げる。そのまま、今回の会議は終了《しゅうりょう》してしまった。俺が呆然《ぼうぜん》とする中、全員がテキパキと身支度《みじたく》をして、生徒会室を去っていく。

最終的に、生徒会室に一人ぽつんと残された俺は……。

「……へ？」

会議の結論が、まったく会議内容を踏《ふ》まえてくれなかったという、震撼《しんかん》するオチに愕然《がくぜん》としたまま、しばし動けずに居たのだった。

……兎《と》にも角にも。

こうして、なにやら、俺はリリシアさんにまとわりつくこととなった。……なんで？

……よく分からないまま、なんと次回に続く！

【回想1】

そう言って俯《うつむ》きながら彼女が病室に入ってきた時、私は思わず言葉を詰《つ》まらせてしまいました。

「……お邪魔《じゃま》します」

私が困惑《こんわく》したままでいると、彼女……私と同じ中学の制服を着た小柄《こがら》な少女は、俯いたままで消え入るような呟《つぶや》きを漏《も》らします。

「あ……えーと……」

「……プリント……」

「……え？……あー、あ、はい、そうですよね。ありがとうございます。……その、ほら、す、座って下さい？」

私は幾《いく》ばくかの平常心をやっと取り戻《もど》して、いつもの見舞《みま》い相手にするのと同じく、とりあえず自分のベッドの脇《わき》にある椅子《いす》を勧《すす》めました。

しかしながら、彼女は椅子と私をサッと顔を上げて一瞥《いちべつ》したと思ったら、再び俯いて、返してきます。

「……どうして？」

「ど、どうしてって。折角《せっかく》クラスメイトがお見舞いに来てくれたのですから、お話ししたいじゃ……な、ないですか」

軽くカマをかけてみます。……内心はドキドキでした。

そう、私は今しがた病室に入ってきたこの子……小学生のようにも見える彼女に、実は全く見覚えが無いのです。でも、プリントを持って来てくれているということは、恐《おそ》らく三年四組のクラスメイトなのでしょう。いつもは志乃《しの》さんがこういうのを担当してくれているはずですけど、今日は何か用事があったのかもしれません。

けど、それにしましても……。

「どうぞ、座って下さい」

「……うん……」

渋々《しぶしぶ》といった様子で頷《うなず》き、しかしこちらと目を合わせようとしないまま椅子までやってきた彼女を、私は悟《さと》られないようにしながらも、ジッと観察します。

……さっきの発言に引っかからないっていうことは、やっぱり、クラスメイトなのですよね？　そうは思いますものの、やはり自信がありません。なにせ……俯きがちだとはいえ、どう頭の中を検索《けんさく》しても、彼女の顔は記憶《きおく》にないのですから。

そもそも私が三年四組で過ごした時間は限りなく短いのです。ですから、今までもプリントを持って来てくれたクラスメイトの名前が出て来ないことは……恥《は》ずかしながらしょっちゅうあったのですが、それはあくまで「顔と名前が一致《いっち》しない」、もしくは「名前だけがどうしても出て来ない」というレベルの話です。

今みたいに、「そもそも顔自体に見覚えがない」というのは、初めてのことでした。

「…………」

「えーと……何か飲みますか？」

「…………」

私の質問に、彼女はふるふると首を横に振《ふ》るだけで答えます。目は、相変わらず合わせようとしてくれません。……成程《なるほど》、学校に居る時もずっとこんな調子だったのでしたら、私が顔を覚えていないのも、無理は無いのかもしれません。

多少の合点《がてん》こそいきましたものの、しかし、依然《いぜん》として問題は何一つ解決しておりません。失礼にも、私は彼女のことを何も……全く何も知らないのですから。

とりあえず椅子を勧めてみはしましたものの、一体何を話したらよろしいのでしょう？

私も元来、あまり積極的な性格ではないのです。これでも友人は多い方だと思うのですが、どの方と接する時も、私は大体「聞き役」ですし、それが性《しょう》に合っているのです。

特に今は入院中ということもあって、私から提供できる話題はあまりに乏《とぼ》しく、逆に、聞きたい話は山のようにあるという現状でした。

「…………」

相変わらず、無言の時間が続きます。更《さら》に難儀《なんぎ》なことに、どうやら彼女は無口でこそあるものの、「無言が苦ではない」というタイプではないご様子。おどおどと、居心地《いごこち》悪そうにされています。……仕方ありません。自分からというのは、あまり得意ではありませんが……。

「あの――」

私は、意を決して、話を切り出しました。

「今日は……よく晴れてますね。ほら、窓から入ってくる風もとても気持ちいいと思いませんか？」

「……お外……風、強くて、いやだった……」

「あ、そ、そうですか」

「……飛ばされそうだった……ダ○ソー八個分ぐらい……」

「なぜ百円ショップを基準に選んだのですか。店舗《てんぽ》によって大きさも違《ちが》いますでしょうに」

「…………」

えー、はい、これにて会話終了《しゅうりょう》みたいです。お疲《つか》れ様《さま》でした。

…………。

い、今のは私が悪いのでしょうか。そ、そうかもしれませんね。天気の話題なんて、今時、するものではありませんよね。長いツッコミも、無粋《ぶすい》の極《きわ》みだったかもしれません。

ふぅ……全く、気の利《き》かない娘《むすめ》ですね栗花落《つゆり》杏子《あんず》。そんなだからいつも堅物《かたぶつ》とか年寄《としよ》り臭《くさ》いとか言われてしまうのではありませんか。

では、もっと、同年代の女子と弾《はず》みそうな話題を……。

「そうそう、学校の近所に新しいスイーツの店が出来たらしいですね。私も、退院したら是非《ぜひ》食べに行ってみたいものです」

「……おいしくないけどね……」

「そ、そうなんですか」

「……うん……『けんこーしこー』とかで……甘くないの……」

「……それはもう、スイーツなのに甘くないのですか……」

「スイーツと言えない……」

「そ、そうですね……」

「…………」

「…………」

な、なんでしょうこの空気はっ！　良かれと思って、精一杯《せいいっぱい》の、中学生トークしてみましたのに！　ああ、やはり慣《な》れないことはするものじゃないですね。完全なるリサーチ不足です。だから私は駄目《だめ》なのです。

こんなていたらくだから、私はいつも「栗花落さんって、頭『良さそう』だよねー」とか言われてしまうのでしょう。も、物腰《ものごし》が落ち着いているからって、博識で勉強出来ると思ったら大間違《おおまちが》いなのですよ！

……ふ、ふぅ。落ち着きましょう、私。いくら年寄り臭い趣味《しゅみ》ばかりとはいえ……私も、伊達《だて》に長期間入院……それも検査入院で暇《ひま》を持て余《あま》しているわけではないということを、見せつけてあげましょう！

「そうそう、最近ハマっている漫画《まんが》とかありますか？　私はですね、こう見えてN○NAとか、の○めカンタービレとか読んでいるんですよ」

ど、どうですかっ！　この入院中、私も『若者に流行《りゅうこう》の漫画』を読ませて頂《いただ》いたのです！　もう栗花落杏子を年寄り臭いとは言わせませんよ！

しかし、彼女は俯き加減《かげん》のまま、くいと首を傾《かし》げました。

「……なんか……ちょっと古い……？」

「ええ!? そ、そんな……。こ、こほん。で、では、貴女《あなた》は今なにをお読みになられて？」

「え……。……私は……。………」

「？ どうかされましたか？」

元々おどおどされていた方でしたが、今度はそこに、もじもじまで加わってしまいました。顔は完全に俯いてしまっていますが、それでも、どうやら頬《ほお》が紅潮《こうちょう》しているらしきことは伝わってきます。

「わ、わた……私は……」

「…………」

なにやら照れていらっしゃるようですが……。それにしても、こんな日常会話でここまで焦《あせ》って固まってしまうなんて、この子は学校で一体どういう——。

「……ドラ○もんが……好き……」

「……え？」

「…………う」

彼女の顔は、最早《もはや》俯いている意味も無いほどに、真っ赤になっていました。

私は……彼女の言葉、そして態度に「私のチョイスを古いとか言える立場じゃないのでは」とか「その程度の答えで恥じらっていたら、何も会話出来ないじゃないですか」とか、色んな感想を抱《いだ》いたのですけれど……。

そんなものより、実は、もっともっと先に、そして強烈《きょうれつ》に、大した理由もなく――

「ふふっ」

この子は、とても面白《おもしろ》くていい子だと、確信してしまいましたわけで。

「……？」

吹《ふ》き出してしまった私を、彼女が、上目遣《うわめづか》いに見てきています。その目は何かに怯《おび》えるようで……私は、笑ってしまいながらも、すぐに訂正致《ていせいいた》しました。

「すいません、貴女の漫画の趣味を笑ったのでは、ないのです」

「……うぅ」

しかし彼女は、恥ずかしそうにまた俯いてしまいました。

私は……この小さな恥ずかしがり屋さんがなんだかとても気に入ってしまった私は、だからこそ、素直に、詫《わ》びることにします。

「ごめんなさい」

「?……なに……が? ドラえ○んのこと……?」

「違います。ごめんなさい。実は私……クラスメイトだというのに、恥ずかしながら、貴女の名前を……いえ、貴女のことを、全く知らないのです」

私の謝罪に、彼女は「ん……」と全く変わらない様子で、返してきます。

「いい……別に……皆《みんな》……そうだもん……」

「そうですか。でも、やっぱりごめんなさい。ちゃんと、最初に言うべきでした」

「いいよ……そんなの……」

フイッと、どうしていいのか分からないといった様子で顔を背《そむ》ける彼女。

私はしかし、それに構《かま》わず、彼女に微笑《ほほえ》みかけます。

「では、改めて自己紹介《しょうかい》しますね。私は、栗花落杏子と言います。あ、字は特殊《とくしゅ》でして。栗の花が――」

「……知ってる」

「そうですか。そうですよね。プリントを持って来て頂いたのですものね。ありがとうございました」

「……そんなこと……。……三原《みはら》さんが行けないっていうし……先生が……代わりに行って欲しいって……言ったから……」

「それでも、ありがとうございました。……さて、貴女の番ですよ？」

「？」

小さく首を傾げる彼女に、私は、少し、意地悪をします。

「自己紹介です」

「っ！　う、うぅ……」

やはり思った通りのようです。彼女みたいなタイプは、とかく、自己紹介という行為《こうい》が苦手なものです。しかし私は、あえて、それをお願いします。

彼女は……ちらと私を見ては、すぐに視線を床《ゆか》に落としました。

「……プリント……渡《わた》しに来た……だけだし……」

「でも、クラスメイトなんですから、自己紹介ぐらいしてもいいじゃありませんか」

「あ……帰って……クレヨン○んちゃん見ないと……」

「しんちゃんまで、まだ時間ありますよ」

「えと……あの……家、と、遠いから……」

「そんな人に先生はプリント頼《たの》まないと思いますよ？」

「……むぅ」

彼女は無意識なのか、腕《うで》を組んで、口を尖《とが》らせてしまいました。い、意外と可愛い方ですね……。そして、妙《みょう》に嗜虐心《しぎゃくしん》がくすぐられます。

「ほらほら、もう観念して、自己紹介してしまっては如何《いかが》ですか？」

「……うぅ……このままじゃ……おうちに帰れない……」

「そうですね。では、自己紹介を――」

「だが断る」

「急に強気！」

「……うぅ、ごめんなさい……。これ……定石《じょうせき》だから……」

「な、なんの定石かは知りませんが。とにかく、もう自己紹介したらいいじゃありませんか。そんなにイヤですか？」

「うん……どちらかと言えば糸○重里の方がいい……」

「どういう基準なのですかそれは！　微妙《びみょう》に糸井○里さんに失礼ですしっ！」

「うぅ……もうやだよ……かえりたいよ……お母さん……ふぇ……」

「そ、そんな、ごめんなさい、そこまで思い詰《つ》めるとは思わず――」

「母なる大地に……還《かえ》りたいよぅ……」

「そんなにですか!?　いくらなんでも自己紹介嫌《きら》いすぎじゃありませんか!?」

「うん……嫌ぃ……。……だって……」

「だって？」

「恥《は》ずかし――。…………。……『自己紹介』に、お父さんが、殺されたから……」

「今理由上乗《うわの》せしましたよね⁉　大盛《おおも》りどころか特盛りにしましたよね⁉」

「うぅ……そんなことないもん……桜野《さくらの》一族は代々、歴史の陰《かげ》で『自己紹介』と激しい戦いを、繰《く》り広げてきたんだもん……」

「そんな、どうして『自己紹介』が悪の組織みたいに……って、あれ？」

「え？」

「貴女……桜野さんって、いうのね？」

「あ」

会話の中で思わず自分の名字《みようじ》を出してしまったことに気付いて、彼女……桜野さんは、膝《ひざ》の上できゅうと拳《こぶし》を握《にぎ》りこみながら俯く。顔は、もう、可哀想《かわいそう》なほどに真っ赤です。

私は……意地悪をやめて、出来るだけ優しく……そして、初対面だというのに彼女の頭に手を置きながら、改めて、訊《たず》ねました。

「貴女は、どちらさまですか？」

その問いに。彼女は……きゅぅと唇《くちびる》を噛《か》みながらも……ぷるぷると震《ふる》えながらも、まるで清水《きよみず》の舞台《ぶたい》から飛び降りるぐらいの覚悟《かくご》をした目で、こちらを見据《みす》えます。

「さく……さ、桜野……く…………。……桜野くりむ……です。じゅ、十四歳です」

「はい、良く出来ました」

私はようやく、この子のことが少し分かった気がしました。

「……うぅ……うぅぅ」

呻《うめ》く彼女の頭に、思わず、手を伸《の》ばしてしまいます。

……貴女は……どうしたことか、ありえないぐらい……人付き合いもままならない程に、「無垢《むく》」なままなのですね……。

「ひゃぅ？」

「ふふ……いい子いい子です」

「あぅ」

私は、初対面だというのに思わず……そうせずにはいられず、彼女の頭を、遠慮《えんりょ》無く、ただただ、優しく撫《な》で続けました。

＊

貴女と私の出逢《であ》いはこんな風だったこと、覚えてくれているかな？　くーちゃん。

あの時、照れくさそうにしながらも、気持ちよさそうに目を細めた貴女の無垢な笑顔。

あの笑顔はあれからずっと私の宝物で……そして『終わり』を目前にした今の私にとっては、最強の武器なんですよ。

だからね。

もう私が見守る前で、仏頂面《ぶっちょうづら》なんかしちゃ駄目《だめ》なんですよ、くーちゃん。

分かりましたか？

それが、まず、第一の契《ちぎ》りです。

【第二話～絡《から》む副会長～】


「……ですから、なんなんですのっ、貴方《あなた》は！」

リリシアさんがいつものように大きな胸を反《そ》り返らせて偉《えら》そうに文句を垂《た》れていた。

俺はそんな彼女にも動じず、背後《はいご》から「いえ」と無表情で返す。

「俺のことはお気になさらず。ただ付きまとっているだけなんで、リリシアさんはいつも通り、取材したりトイレ行ったりお風呂《ふろ》入ったり生着《なまき》替《が》えしたりして下さい」

「何をセクシーショットばかり狙《ねら》っているのですかっ！　少なくとも学校でお風呂入ったりなんかしませんわよ！」

「？　家では入るんでしょう？」

「この変態、家までついて来るつもりでしたわ————！」

俺の唐突《とうとつ》な迷惑行為《めいわくこうい》に、リリシアさんは愕然《がくぜん》としていた。

……例の会議があった翌日の放課後。俺は今回生徒会活動をお休みして、リリシアさんの追尾《ついび》をしている。三年の教室から出てくるところを待ち伏《ぶ》せして、この通りずっと背後をついて来たのだが……いい加減、彼女の堪忍袋《かんにんぶくろ》の緒《お》が切れたようだ。

リリシアさんは特徴《とくちょう》的なロングヘアーを猫《ねこ》のように逆立《さかだ》てながら、ムキャーッとヒステリックな声をあげる！

「とにかく、わたくしに付きまとうのはおやめなさいませ！」

「そう言われましても、こっちも仕事なんで……」

「なんの仕事ですのっ！　他人のプライバシーを侵害《しんがい》する仕事なんて、ロクなもんじゃありませんわ！」

「貴女《あなた》よく堂々とそのツッコミ出来ましたね」

感心する図太さだった。俺が呆《あき》れていると、彼女はビシィッと俺に人差し指を突《つ》きつけてくる。

「これ以上わたくしに付きまとうというのであれば、こちらにも考えというものがありますわよ！」

「え、もしかして、一緒《いっしょ》にお風呂《ふろ》入ってもいいと？　いやー、ゴチになります！」

「なんでそんな考えだと思ったのですかっ！　もっとマイナスに受け取って下さいまし！」

「そう言われても、期待するなという方が無理です」

「どこまでおめでたい頭なんですの！　とにかく、わたくしはこれから取材がありますのでっ！」

「はい、おともいたします」

「どうしてそうなるんですの――って、ああ、もう約束の時間ですわ！」

「ほら、早く行きますよリリシアさん」

「どうしてストーカーが主導権を握るんですの――――！」

「遅《おく》れますよー？」

「っ……くぅ！」

リリシアさんが分かりやすく地団駄《じだんだ》を踏《ふ》んで、そして歩き出す。

そんなわけで、こうしてなし崩《くず》し的にリリシアさんに対する嫌《いや》がらせが幕を開けたのだった。……こんなことばかりしているから、生徒会と新聞部の溝《みぞ》は埋《う》まらないんだろうね。

＊

「では噂《うわさ》通り、放課後にここで幽霊《ゆうれい》に遭遇《そうぐう》なさったと？　夏でもありませんのに？」

「はい。図書委員の仕事で大分遅《おそ》くまで一人で残っていた時のことです。……ホント怖《こわ》くて。私も夏に変な音がするっていう噂は聞いてたんですが……まさかこの時期になんて」

彼女の予定していた取材とは、例の如《ごと》く怪《あや》しげなネタに関することだった。ざっと聞いていた限りだと、この取材対象の一年生の女子……図書委員の眼鏡《めがね》美人、木原綾子《きはらあやこ》さんが怪奇音《かいきおん》を聞いたという話らしい。どうやら他にも図書室では、毎年夏になると頻繁《ひんぱん》に怪奇現象情報があるらしく、それも含《ふく》めてリリシアさんは何か特集記事を書こうとしているみたいだ。

木原さんは一通り体験談を話した後、実際に図書室のどの辺で、どういう条件のもと事態に遭遇したのかというのを実地で説明し、リリシアさんはその場所をパシャパシャとデジカメで撮《と》っていた。

大体二十分ぐらいでその作業を終え、情報提供者が図書室を逃《に》げるように去ったのを見《み》計《はか》らって、俺は、一人図書室に残って記事をまとめる作業をしているリリシアさんに背後からこっそり近付く。

「うーらーめーしーやー」

「？　ああ、杉崎鍵《すぎさきけん》じゃありませんこと。まだ居《い》たのですか。てっきり飽《あ》きて帰ったものとばかり」

「……全然驚《おどろ》いてくれないんスね」

「今時『うらめしや』で驚くと思っているその感性にびっくりですわ」

む。そう言われるとなんか悔《くや》しいな。

「分かりました。やり直しますんで、作業続けて下さい。次こそ絶叫《ぜっきょう》させます」

「何をムキになっているんですか貴方は。来ると分かっているものに怯《おび》えるわけないでしょう。もういい加減邪魔《じゃま》しないで下さいまし」

リリシアさんを無視して、図書室の奥の方へと一旦《いったん》消える。しばらくリリシアさんはこっちを呆れた様子で見ていたものの、嘆息《たんそく》して再び作業に戻《もど》った。……よし、今だ！

俺はこっそりリリシアさんの背後に忍《しの》び寄《よ》り、そして——

「むーねーもーむーぞー」


「きゃあ————————!?」

リリシアさん、大絶叫だった！　俺、思わずガッツポーズ！

「やった！　絶叫した！」

「そりゃしますわよ！　変態に背後取られたら、誰《だれ》だって絶叫しますわよ！」

「俺、怪談《かいだん》の才能ありますかね？」

「性犯罪者の才能は溢《あふ》れんばかりだと思いますわ！」

「む。なんですか、不満げですね」

「ふ、不満といいますか、わたくしを怖がらせるにしても、そういうのは違《ちが》いますでしょう。うらめしやが駄目なのは、あくまで古くさいからですわ」

「なるほど、現代版の幽霊っぽくアレンジしてこいと。分かりました。もう一回行きます」

「いや別にやり直しませんでも……」

リリシアさんが呆れるのにも構《かま》わず、俺は再び奥に引っ込み、彼女が仕事再開するのを待って、背中から声をかける。

「はーいーごーなーう」

「背後なう⁉」

「あれ？　今度は悲鳴さえ上げて貰《もら》えなかった……。おかしいな、かなり現代版アレンジしたのに」

「そういうことじゃありませんわ！　ああ、もう！　ツイッター要素使うなら、もっとうまく都市伝説風にすればいいのですわっ！　使い方が悪いんですのっ！　『背後なう』も、うまく使えば面白《おもしろ》い素材ですのにっ！」

「おお、流石《さすが》リリシアさん、ツッコミが新聞部視点だ！」

「やり直しですわ！」

「そしてなんだかんだ言ってノリがいい！　よし、分かりました！　次こそ……次こそリリシアさんを心の底からゾッとさせてみせます！」

「では配置につきなさいませ！」

「あいあいさー！」

　というわけで、やり直し。俺はリリシアさんから離《はな》れ、彼女は作業を再開。

　よし……いくぞ！

　俺はひっそりと気配を殺して彼女に近付くと、ぼそりと呟《つぶや》く。


「ごーじーだーつーじー」


「ゾッとしましたわ！　新聞部部長に対するダイレクトアタックですわぁー！」

「まあ、俺も自分で言ってて凹《へこ》みますけど。執筆者《しっぴつしゃ》として」

　俺の言葉に、しかしリリシアさんはふんと鼻を鳴らす。

「一緒にしないで下さいまし。生徒会は読者からの指摘《してき》で誤字《ごじ》直しすぎなのですわ」

「初版読者は間違《まちが》い探《さが》しも楽しめて一石二鳥ですよね」

「出版業界に携《たずさ》わる者として最低の言い訳すぎますわ！」

「ところで誤字脱字《だつじ》って、聞く度《たび》に俺の脳内で『五時だ辻《つじ》』っていう架空《かくう》の地名に変換《へんかん》されるのですが、どうしたらいいのでしょう」

「知りませんわよ！　それこそ誤字ですわっ！」

「うまい。牛肩《ぎゅうかた》ロース一枚」

「要《い》りませんわよ！　っていうかどうして生の肩ロースをぺろんと一枚持っているのですかっ！　と、とにかくわたくしは仕事があるのです！　もう、いい加減になさいませ！」

なんか怒《おこ》られてしまった。俺は不満げに口を尖《とが》らせる。

「なんか……リリシアさんって、高笑いしているか怒っているかのどっちかですね」

「貴方《あなた》がそんな風だからでしょう！　いいから、もう邪魔しないで下さいまし！」

「それは心外です。俺、リリシアさんを邪魔したことなんて、生まれてこの方一度もないと思ってますよ」

「残念すぎる認識の違いですわー！」

なんかリリシアさんがぜぇぜぇ呼吸するほど怒っているので、仕方なく俺は彼女から離れた。

一度嘆息して作業に戻るリリシアさんを……図書室の奥、本棚《ほんだな》の陰《かげ》から顔を半分だけだして、ジーッと怨念《おんねん》の籠《こ》もった瞳《ひとみ》で見守――

「余計気になりますわよ！　その観察の仕方もおやめなさい！」

「天井裏《てんじょううら》から逆《さか》さまになった俺が髪《かみ》をだらんとさせて見ていた方がいいですかね？」

「どうしていちいちホラーな見守り方しますの！」

「ホラーな要素抜《ぬ》くとなると……正面からスカートの中を覗《のぞ》き込む体勢になりますが」

「変態要素も加えないで下さいまし！　っていうか、そもそも、見守らなくていいんですの！　帰って下さいませ！」

「分かりました。じゃあ、エリスちゃんとお風呂《ふろ》で遊んで待ってます」

そう言って図書室を去ろうとする俺の襟《えり》を、リリシアさんが「ぐわし」と摑《つか》んだ。

「どうしてわたくしのうちに帰ろうとなさってますの!?」

「さっきからどうしてどうしてって……。リリシアさん。この世には、説明のつかないこともあるんですよ？　幽霊、超能力《ちょうのうりょく》、宇宙人、そして俺の行動もまた然《しか》り」

「また然り、じゃないですわよ！　少なくともこの件に関しては説明がつくべきですわ！」

「ではヒント１『俺の性欲《せいよく》は同年代男子の約三倍あります』」

「身震《みぶる》いするヒント来ましたわ――――！」

「やれやれ。さっきから俺の襟を全然離しませんね。分かりました。そんなに一緒に居て欲しいなら、俺も図書室に留《とど》まりますよ。えーと、こち亀《かめ》一巻は……と」

「何日間図書室に居るつもりなのですかっ！……ふぅ、もういいですわ。エリスを毒牙《どくが》にかけられても困りますし、わたくしと一緒に居て下さいまし」

「『わたくしと一緒に居て下さいまし』」

「そこだけリピートするんじゃありませんわぁー！」

そんなわけでお墨付《すみつ》きを貰い、俺はリリシアさんと一緒に図書室で過ごすことにする。

彼女は再び作業に戻った。

「……ところで、リリシアさん。記事書くなら、新聞部の部室に戻らないんですか？」

「ああ、この件に関しては一人で作業しますから、いいんですわ。現場の方がなにかと便利なことも多いですし」

「なるほど、ぼっちというやつですか」

「ち、違いますわよ！　わたくしは一人ぼっちではありませんわ！　た、沢山《たくさん》の部下を従えているのですからっ！」

「なるほど、ビッチというやつですか」

「貴方はわたくしをなんだと思っているのですかっ！」

「え？　サブヒロイン？」

「すっごい嫌な認識でしたわ――――――――――!」

「いやぁ、登場頻度《ひんど》からして、メインを名乗るのはちょっと無理があるでしょう」

「くっ! なんでしょうこの屈辱《くつじょく》! 決して貴方と結ばれたいわけではございませんが、サブ扱《あつか》いには異議を申し立てたいです!」

「まあ、いわばファンディスク前提キャラですよね、リリシアさん」

「なんかリアルですわっ!」

「大丈夫《だいじょうぶ》大丈夫、そういう意味では、ファンディスクでしっかり俺に抱《だ》いて貰えるわけですから。安心して下さい」

「貴方の毒牙にかかる上に、それが本編ではないとはっ、どこまで酷《ひど》い扱いなんですの! 決して貴方が好きなわけではございませんがっ、立ち位置昇格《しょうかく》を要求致《いた》します!」

「え? とはいえなぁ……『リリシアアフター』は売れないでしょう」

「がーん! わ、わたくしにはメインを張る能力が無いと、そうおっしゃいますの⁉」

「『エリスアフター』のサブヒロイン辺《あた》りでどうでしょう?」

「最悪以外の何物でもないですわ! とにかく何もかもが最悪ですわぁー!」

「リリシアさん、そんなに本編で俺と結ばれたいと?」

「そういう言い方なさらないでくれます⁉ わたくしは、その貴方のサブ認識に腹が立っているだけですわ！　わたくしの人生の主人公は、わたくしなのですからっ！」

「じゃあ逆に聞きますけど、リリシアさんにとって俺、杉崎鍵ってなんですか？」

「え？『不良B』？」

「扱い軽っ！　あんたよくそんな認識で俺にメインヒロイン昇格要求してたな！」

「貴方とわたくしでは、人間としての格が違いますでしょう。当然のことですわ、おーっほっほっほ！」

「出たっ、高笑い！　むしろその行動が品位を下げている気がします！」

俺の指摘に、しかしリリシアさんは逆に呆《あき》れたような態度を見せた。

「まったく、分かってませんわねぇ貴方は。自《みずか》らを常に高い位置に置くことこそが、格の高い人間の嗜《たしな》みなのですわ。謙遜《けんそん》や卑下《ひげ》など、甘えた行動はもってのほか！」

「……あー、なるほど、なんか凄《すご》いッスね。あれですね。芸人さんが、『俺、今からめっちゃ面白い話するでー』って言っているようなもんなんですね」

「たとえが庶民《しょみん》的なのは気になりますが、そういうことですわ。いわばそれがわたくしのプライドなので――って、また脱線《だっせん》してますしっ！　いい加減作業させて下さいませっ！」

「はいはい。……ところで、リリシアさんの言葉遣《ことばづか》いって、上からでありつつもなんか妙《みょう》に丁寧《ていねい》ですよね。それはお嬢様《じょうさま》というかむしろ……」

「ああ、これはうちのメイド達のせいですわ。幼《おさな》い頃《ころ》から忙《いそが》しい両親に代わってメイド達に育てられたようなものですから、どうもその言葉遣いが移って——って、ですから！」

「あー、すいません。はい、作業して下さい」

リリシアさんがまたムキャーと金髪《きんぱつ》を逆立ててしまったので、俺はようやく身を引いた。

うーん……それにしても面白い人だ。上級生なのについからかいたくなる。なるほど、そういう意味ではうちの会長とよく似ているとも言える。これはお互《たが》い、同族嫌悪《けんお》なのかもしれないな。

とはいえリリシアさんが構ってくれないとなると、俺も手持ち無沙汰《ぶさた》だ。折角普段《せっかくふだん》あまり寄りつかない図書室にいるわけだし、なんか本でも物色《ぶっしょく》してみるか。

ええと、以前生徒会で図書室の本を使った時、漫画《まんが》もあったような気がしたんだが……お、あったあった。

「『スラムダ○ク』に『ド○ベン』に『YAW○RA！』……と。うーん、他も基本過去の名作スポーツ漫画系かぁ。まあ図書室らしいっちゃらしいけど」

「……ええと、こっちの記事配置をずらしまして……」

二人貸し切り状態の図書室に、それぞれの独《ひと》り言《ごと》が響《ひび》く。

「お、ライトノベルあんじゃん。しかし……棚《たな》の割合が富士見ファンタジアより電撃《でんげき》文庫が大幅《おおはば》に多いあたり、ここの生徒の空気読め無さを感じるぜ……」

「それはむしろ世間の空気読めていると思いますわよ」

「ん？　なんか聞こえたような」

「ええと、こちらの記事はもうちょっと切り詰《つ》められますわね……」

「よし、たまには勉強兼《か》ねてライトノベルでも読むか。ええと……じゃあこの妙に見覚えのある気がする『マテリアルゴースト』ってのでも軽く読んでみるか。……ふむふむ」

「ええと、それでこっちの記事は――」

「なんかテキストつまらん。やめた」

「ちょっと待ちなさいな！」

なんかリリシアさんが思いっきりこっちを見ていた。俺は意味が分からず首を傾《かし》げる。

「ん？　リリシアさん、どうしたんですか？」

「い、いえ。なんでもありませんわ。ただ、なぜか、どうしてもツッコマなきゃいけない気がしたのですわ。わたくしの意志ではございません。いわばこれは『世界の意志』なのですわ」

「何を中二病みたいなことを言っているんですか。まあ、これはもういいです。なんか序文が既《すで》にかなり辛気《しんき》くさいんで。俺の好みじゃなさそうなんスよね」

「い、いえ、そんなこと言わず……。読んでみたら意外と面白いかもしれませんわよ？」

「リリシアさん、この本のファンかなんかなんですか？」

「いえ全く。読んだこともありませんし興味もありませんわ。ただ、こう、なにか得体の知れない存在がわたくしの心を激しく突《つ》き動かすのですわ、『擁護《ようご》せよ！』と！」

なんか妙にリリシアさんの目がギラついている。俺は逆に怖《こわ》くなって、そぉっとそのライトノベルを棚に戻《もど》した。

「そ、そうなんですか。なんか……リリシアさん、取り憑《つ》かれているんですかね？　ほら、この図書室幽霊《ゆうれい》出るって言ってましたし」

「ふん、何を馬鹿《ばか》なことを。わたくしはわたくしですわ。断じて、幽霊のユウさんなどではありませんわ」

「なんですか幽霊のユウさんって、らしくもない安直《あんちょく》なネーミングですね」

「う、うるさいですわね！　なんか頭にぽっと出て来たんですわっ！　しょうがありませんでしょ！　と、とにかく、もうその本はそっとしておくのがよろしいと思いますわ！」

「はぁ……分かりました。他の明るいハーレムものでも探《さが》します」

「そうなさいませ。さて、これでわたくしも仕事に集中――」

「……よし、じゃあこの『絶望系　閉じ○れた世界』というやつを読んでみようかな」

「どうしてそうなりますのっ！　貴方の認識の歪《ゆが》み方がわたくしは怖いですわっ！」

「じょ、冗談《じょうだん》ですよ。やだなぁ。でも……実際無いんですよね、俺好みのタイトル」

「そんなことないでしょう。ハーレムものなんて、ライトノベル探せばいくらでも――」

「いや、俺が探しているのは『イチャイチャメイド天国～ご主人様、この淫《みだ》らなわたくしに是非《ぜひ》ご奉仕《ほうし》させて下さいませっ！～』みたいなタイトルでして」

「そんなのは十八禁コーナーでお探しなさいませっ！　というか、明らかにわたくしとの会話が貴方の煩悩《ぼんのう》を刺激《しげき》した感があるのですがっ！」

「バレましたか。大丈夫《だいじょうぶ》、同時に金髪ツンデレお嬢様系も探してますから」

「何が大丈夫なのですか!?　とにかく、勉強というならテキトーに売れているのを読んだらよろしいでしょう！」

「ではこの『生徒会の一存』というのを……」

「なんという腐《くさ》った感性っ！　慢心《まんしん》の極《きわ》みですわっ！」

「金髪ツンデレお嬢様出てくるのになぁ」

「もしそれがわたくしのことを指《さ》しているのだとしましたら、今すぐその認識から『デレ』の二文字削除《さくじょ》を要求致しますわ！」

「リリシアさん、喋《しゃべ》ってたら喉渇《のどかわ》いた。お茶お願い」

「はい、ただいま――って、何をさせるんですのっ！　あまりに自然すぎて、ついメイド対応になってしまいましたわよ！」

「いやぁ、いいなぁリリシアさん。金髪でお嬢様でツンデレで幼女妹ありでメイドなんて、どんだけ本腰《ほんごし》で人気取りに来ているんですか」

「全て元からですわよっ！」

「ただ、なんでしょうね、どうにも、サブヒロイン感は拭《ぬぐ》えないですよねー」

「な、なんたる言い草でしょうっ！」

そう反論した後に、しかしリリシアさんはちらちらとこちらを窺《うかが》い、一度咳払《せきばら》いしてから、なにやら言い訳を始める。

「そ、そんなこと無いのではありませんの？　ほら、ライトノベルにしましたって、そういうキャラクターがメインを張ることも、そこそこありますでしょう？」

「まあ、あるにはありますが……少数派ですね。特に『金髪』と『お嬢様』が厄介《やっかい》です」

「や、厄介って。一体わたくしにどうしろと言うのですか」

「髪《かみ》をピンクに染めて、家出したらいいんじゃないでしょうか」

「THE　非行ですわね！　というかリアルにピンク髪って、相当ファンキーではありませんこと!?　アレなロックバンドに在籍《ざいせき》しているとしか思えませんわっ！」

「うーん、だとしたら、中身のキャラ変更《へんこう》しかないでしょう。金髪やお嬢様というプロフィールだけならまだいいんですよ。一番の問題は、その高圧的なキャラです」

「何をおっしゃるのやら。このわたくし、藤堂《とうどう》リリシアの精神に不完全性など微塵《みじん》もございませんわっ！　おーっほっほっほっほ！」

「だからそういう所が小物っぽいんですって！」

いや、このご時世にマジで高笑い出来るあたり、ある意味大物なのか？　よく分からないが、とにかく、正統派ヒロインではない。主人公でもない。

リリシアさんはえらく不満そうだった。なにかブツブツ言っている。

「……そんなにサブサブ言わなくてもよろしいではありませんの……。わたくしだって女の子なのですから、自分だけを見てくれる王子様に憧《あこが》れてたりもしますのに……」

「リリシアさん？　どうしたんですか？　神と対話しているんですか？」

「どういうスケールの勘違《かんちが》いですのっ！　なんでもありませんわ！」

「そうですか。じゃあ俺はライトノベル探しに戻りますね」

ちょっと作業の邪魔《じゃま》しすぎたかと反省し、俺はボケを切り上げて再び棚に向かう。うーん、これ電撃文庫だけじゃなく、ファミ通文庫にも棚の面積負けているんじゃね？　富士見ファンタジア文庫。うちの図書委員、ちょっとホントに気を遣《つか》えよ——って、ん？

気付くと、リリシアさんが俺の袖《そで》をくいくい引っ張っていた。振《ふ》り向くと、彼女は顔をぷいと逸《そ》らしながらも、切り出してくる。

「その……わたくしが『サブ』を抜《ぬ》け出すには、なにをすれば……よろしいんですの？」

彼女のその妙に健気《けなげ》な質問に。

俺は思わず手に取っていたライトノベルを棚に戻し……その代わりにリリシアさんの手をぎゅっと両手で握《にぎ》って、全力で告げてやった！

「いいでしょう！　俺が……この杉崎鍵が、藤堂リリシアを正統派ヒロインに生まれ変わらせて差し上げましょう！」

「ちょ、何手を握っているんですのっ！　は、離《はな》しなさいませっ、変態！」

「さぁて、忙しくなるぞー！」

「わ、わたくしを無視するんじゃありませんわぁー！」

というわけで、なぜか急にリリシアさんをプロデュースすることになったのだった。

＊

「杉崎、今頃《いまごろ》リリシアに迷惑《めいわく》かけてるかなぁー、えへへ」

「アカちゃん、それ楽しそうに言っていいことなのかしら」

いつものように放課後の生徒会室にて、私達は今日も会議をしていた。ただ一ついつもと違《ちが》うことは、キー君が登校しているにも拘《かか》わらず、会議に出席していないことだ。

私とアカちゃんのやりとりに、椎名《しいな》姉妹も食いつく。

「放課後の鍵のウザさを、たまには他の生徒も実感するべきなんだ、うん」

「お姉ちゃん、デレ期入ったと言いつつ相変わらず先輩《せんぱい》に厳《きび》しいよね……」

「そりゃそうだろ真冬《まふゆ》、あたしがいくら好意持ったって、あいつの人間性が限りなく低いことには変わりはねぇんだ」

「好きな人のことを語っているとは思えないです！」

相変わらず口ではデレたデレたと言いつつどうにも態度が変わっていない気がする深夏《みなつ》を横目に、私とアカちゃんはまったりとお茶をする。

「……ふぃー。やっぱり杉崎が居《い》ないのはいいねぇ」

「確かに騒《さわ》がしくはならないわね。以前キー君が体調不良で休んだ時は雑務カバンやらなにやらで騒がしくなってしまったけど。今回はそうじゃないものね」

「うん。特に、リリシアに押し付けているっていうのが、たまらないんだよ。うひひ」

「ああ、あくどいアカちゃんも可愛いわぁ」

「確かに、鍵と藤堂先輩って取り合わせは面白《おもしれ》ぇよな。どっちも迷惑属性だからか」

「真冬、二人がお互《たが》いにツッコミ合っている光景が目に浮《う》かぶようです」

「どっちもどっちだからねー」

そうして今度は皆《みんな》で番茶をすすり、はふぅと息を漏《も》らす。この生徒会室でこんなに安らかな気分になったのは、いつ以来かしら——などと考えていた矢先。

《コンコン》

唐突《とうとつ》に、生徒会室の戸がノックされた。全員で顔を見合わせ、誰《だれ》だろうと考える。

「杉崎かな?」

「キー君や真儀瑠《まぎる》先生ならノックなんかしないと思うけど……はーい?」

私が声をかけると、戸はススと横に開き、そして——

「し、失礼致《いた》しますわ。……。……じゃなくて、失礼致します」

ぺこりとぎこちない会釈《えしやく》をして、金髪《きんぱつ》の女性が入室してきた。意外な人物の来訪に、アカちゃんが思わず立ち上がって声をあげる。

「リリシア!? な、なんでここにいるのよ! あ、貴女《あなた》は杉崎によって消されたはずっ!」

「いやアカちゃん、そんな物騒《ぶつそう》な指令はキー君に与《あた》えてないから」

「それに……なによその髪型《かみがた》！」

それは、アカちゃんの指摘《してき》通りだった。藤堂さんはなぜかいつもと違って長い髪を「THE ツインテール」といった風に分け、服装も若干着崩《じゃっかんきくず》して、妙《みょう》に「らしくない」雰囲気《ふんいき》を纏《まと》っている。

とにかく事情が全く飲み込めず目が点になっている私達とは対照的に、藤堂さんは真《ま》っ直《す》ぐアカちゃんのところに向かうと、「ん」と、これまた妙にロボットっぽい動きで顔を背《そむ》けながら紙袋《かみぶくろ》を突きだした。

アカちゃんはそれを戸惑《とまど》いながら受け取る。

「え、ええと？」

「く、クッキーを焼きましたの。……じゃなくて、焼いたの。…………あ、違う。そう、家庭科の時間に。……ん？　いや、余ったからが先で……？　ん？」

「な、何を言ってるのよリリシア。今日うちの学年どのクラスも家庭科なんて……」

「ちょっとタイムですわ。少々お待ち下さいませ」

「は、はあ？」

呆気《あっけ》にとられるアカちゃん、そして私達を無視して、藤堂さんはいつも持ち歩いている取材メモ帳らしきものをパラパラとめくる。そして、何かを確認。

「ふむふむ……ああ、そうそう、そうでしたわ。家庭科で、余《あま》って……うん、よし」

「り、リリシア？」

「桜野《さくらの》くりむ！」

「ひゃい！」

急に大声を出されて、アカちゃんの背筋がピンと伸《の》びる。私達もびくんとしてしまった。

藤堂さんは急にアカちゃんから自分で渡《わた》した紙袋をひったくると、こほんと咳払いして、再びさっきのロボットのような動きで、顔を逸らしながら紙袋をアカちゃんに渡した。

「……これ、あげます」

「へ？　いや、今、一回取られ――」

アカちゃんの言葉を全く聞いていないのか、藤堂さん、なぜか急に顔を紅《あか》くして（息を止めていたようだ）、これまたぎこちなく胸の前で腕《うで》をくんで「ぷいっ」と口で言いながらそっぽを向く。

「か、勘違いしないでよね！　これは家庭科の時間に余ったからであって……あ、アンタのために早起きして作ったとかじゃ、ないんだからね！」

『……』

全員、リアクションに困っていた。なんだろうこれは……私達は今、何をされているのだろう。

同様にぽかんとして「はぁ」と返すアカちゃんに、しかし藤堂さんは次なるモーションを繰《く》り出す。

《チラチラ、ヒラヒラ、ヒョイヒョイ》

「?」

藤堂さんが無駄《むだ》に手を……いや、指先をアカちゃんの前で動かしている。その手をよぉく見てみると、なぜか、指という指に不自然に絆創膏《ばんそうこう》が貼《は》られていた。……う、うーん、あれはなにかしら。まさか、裏で頑張《がんば》ってクッキー作りましたよ的なアピールなのだろうか。しかしそれにしたって、クッキー作りってあんなに怪我《けが》する要素ないでしょう。詰《つ》めが甘いのかなんなのか、なんにせよ意味が分からない。

当然のことながら、そんなものアカちゃんには全く伝わらないわけで。アカちゃんは戸惑った表情を覗《のぞ》かせながら、とりあえずといった様子で感謝の言葉を口に出した。

「ええと、まあ、ありがと――」

「か、勘違いしないでよね！　私は、あんたのことなんて好きじゃないんだからねっ！」

「いやそんな勘違いしてないよ！　ただ、クッキーのお礼を――」

「か、勘違いしないでよね！　それ、クッキーなんかじゃないんだからねっ！」

「違うの!?　え!?　クッキーって言ってたよね!?」

「か、勘違いしないでよね！　それは手作りクッキーっていう『てい』なだけで、中身は購買《こうばい》で買ったラスクなんだからねっ！」

「ええっ、そうなの!?……あ、ホントだ。い、いや、まあ、これはこれで嬉《うれ》しいし、ありがと――」

「か、勘違いしないでよね！　あとで生徒会に代金請求《せいきゅう》するんだからねっ！」

「押し売り!?　じゃあいらないよ別に！」

「か、勘違いしないでよね！　あんたの意志なんて関係無いんだからねっ！」

「嫌《いや》がらせにも程があるよっ！　なんなのよリリシア！　そんなに杉崎送りつけられたのが嫌だったの――」

「か、勘違いしないでよねっ！　杉崎鍵を送りつけられたことに関しては、本気で恨《うら》んでいるんだからねっ！」

「正解じゃんっ！　全然勘違いしてないよっ！　普通《ふつう》に正解だったよ、今！」

「か、勘違いしないでよね！　あんたが勘違いしていようがしていなかろうが、とにかく勘違いしないでよねっ！」

「もう何言っているのか意味が分からないよ！　なんなの!?　どうしたのリリシア!?」

「……ふぅ、相変わらずぎゃあぎゃあ五月蝿《うるさ》いですわね、桜野くりむ」

「急に素《す》に戻《もど》った!?」

「少々お待ち下さいませ。次のパート確認致しますので」

「は、はぁ」

私達が完全に置いてけぼりを喰《く》らっている中、藤堂さんはまるでそれが仕事だとでもいうかのように、メモを真面目《まじめ》な表情で確認していた。

「ふむふむ……ああ、そうでしたわね…………これは杉崎鍵の趣味《しゅみ》ではなくて？……まあいいですわ」

「ね、ねえ、リリシア。そういえば、杉崎はどこに……」

「？　ああ、彼ならモニタールームでことの成り行きを見守っていますわ」

「モニタールーム!?　え!?　なに!?　どういうこと!?　貴女達、今なにしてるの!?」

「うるさいですわね。貴女は素直に、わたくしに萌《も》えていればいいのですわ」

「はい!?　リリシアに萌える!?　なんで!?　なんの話!?」

アカちゃんが完全に混乱する中、しかしまた藤堂さんはおかしなモードに切り替《か》わったのか、態度をくるりと反転する。

今度はなぜかキー君の席に着席し、そして、手をもじもじさせながら、上目遣《うわめづか》いでアカちゃんを見つめた。

「……桜野ってさ……好きな子とか、いるの？」

「なんで急に恋《こい》バナ⁉　い、いないよ！　というか、そんな話する気もな――」

「そっか……いないんだ♪　えへへっ、そっかぁ」

全員が一斉《いっせい》にゾッとした。

な……なにを言っているの、この人は。気持ち悪い！　気持ち悪いにも程があるわ、藤堂さん！

アカちゃんがぶるぶると身震《みぶる》いしてるのにも構《かま》わず、藤堂さんはあらかじめプログラミングされたかのような台詞《せりふ》を紡《つむ》ぎ続ける。

「まったくっ♪　桜野と付き合ってくれる人なんて、そうそういるわけないもんねっ」

「え、なにこれ、なんで私今攻撃《こうげき》されてるの？」

「しょうがないなぁ、桜野は。そうだね……可哀想《かわいそう》だから、わ、私が付き合ってあげても、いいよ……」

「だから、さっきから何なのよその押し売り態勢はっ！　いいよ！　百合《ゆり》は間に合っているよ、うちの生徒会！」

「いや会長さん、その否定の仕方もどうなんでしょう」

真冬ちゃんからのツッコミが入ったけど、でも、やはり藤堂さんには全く関係無いようだ。しばらくアカちゃんの目をジーッと見ると……唐突《とうとつ》に、「なあんてねっ☆」とばっちりウィンクしてきた！　な……なにこの人っ！　なんなのっ⁉

「冗談《じょうだん》よ、冗談！　私が、あんたなんかと付き合うわけないでしょ、もう！　ばかっ！」

「え、ええー⁉」

アカちゃんは、あまりの理不尽《りふじん》さに口をあんぐり開けていた。あのアカちゃんをここまで呆《あき》れさせるなんて……藤堂リリシア、やはり只者《ただもの》じゃないわっ！

生徒会全員が全く流れについていけないまま、藤堂さんはいよいよ席から立ち上がり、私達に背を向ける。

「じゃあ、私もう帰るねっ！」

「え、あ、うん。なんか……ラスクありがとう。お金とられるみたいだけど」

「えへへ、そんな寂《さび》しそうな顔しないのっ」

「してないよっ！　っていうか、コミュニケーションすれ違《ちが》いすぎだよっ！」

「……どうせ家に帰れば、嫌でも顔合わせるんだしっ」

「どういうこと⁉　うち来るの⁉　なんで⁉」

よく分からないけど、どうも藤堂さんの中では現在、アカちゃんとは家が隣《となり》の幼馴染《おさななじ》みとかそういう辺《あた》りの設定らしい。なんでそうなったのかは全く意味が分からないけど。

アカちゃんをはじめ、全員が呆然《ぼうぜん》とする中……藤堂さんは「じゃあねっ☆」となぜかもう一回ウィンクすると、生徒会室の外へと向かって歩き出した――

「きゃふん」

『…………』

ところで、なぜかすてんと転《ころ》んだ。それはもう、ありありと、転んだ。転んだとは言えないぐらい、わざとらしく、転んでいた。

藤堂さんは、なぜかぶつけてもない頭を「はわわぁ」とさすりながら、下着が見えるか見えないかの絶妙《ぜつみょう》な位置でスカートを押さえ、そして、顔を紅くして舌をぺろりと出す。

「てへっ。転んじゃった♪　私って、何も無いところで転んじゃうんだよねっ！」

『…………』

誰《だれ》も何も言わない。いや、言えない。そんな空気の中、藤堂さんはスカートをはらって立ち上がり、そして――私達全員に向かって、「べー」と舌を出した。

「もう、えっち！」

『――――』

生徒会全員が、大仏様《だいぶつ》のような顔になっていた。

そのまま、タタタッと廊下《ろうか》に駆《か》けていく藤堂さんの背中を、ただただ、全員で見守る。

私達の大仏様状態は、その後、実に一時間に亘《わた》って継続《けいぞく》されたのだった。

＊

リリシアさんの肩《かた》に取り付けたＣＣＤカメラによる生中継《なまちゅうけい》終了《しゅうりょう》後、そのまま放送室で待機していると、勢い良くドアが開いた。

見ると、リリシアさんが息を切らせながらも、自信に満ちた笑みでこちらを見ている。

「はぁ……はぁ。さ、さあ、やって来ましたわよ杉崎鍵！　どうっ！　これでわたくしも正統派ヒロイ――」

そう告げようとする彼女の言葉を遮《さえぎ》って、俺は、全力で感想を告げてやった。

「リリシアさん、すっげぇキモかったです！」

「貴方《あなた》がやれって言ったんじゃありませんのぉ――――――――――！」

リリシアさんのツインテールが重力に反して両方とも思いっきり天を衝《つ》いていた。「怒《ど》髪《はっ》天を衝く」って、比喩《ひゆ》表現とかじゃなかったんだなぁ。

「いや俺もびっくりですよ。リリシアさんに指示した要素……ツンデレ、幼馴染み、ドジッ子というのは全ていい要素だったはずなのに、藤堂リリシアという人間を介《かい》することによって、それらが見事に不協和音を醸《かも》し出していましたね！」

「わたくしのせいだと⁉」

「そうですね。リリシアさん、人間、やっぱ一気にキャラ変えたらキモいですわ」

「やる前に気付きなさいなぁ――――――――――――！」

リリシアさんが本気で怒《おこ》っている。あまりに怒りすぎて、ツインテールを解《ほど》くのも忘れているようだ。俺は彼女をまじまじと観察し、そして検証を開始した。

「んー、とりあえず容貌《ようぼう》の段階までは、そこそこいけているんだけどなぁ。何が間違《まちが》っていたんでしょうね」

「そんなの、杉崎鍵という人間に出会ってしまったことに他なりませんわっ！」

「いやいいですよリリシアさん、もうそのツンデレキャラやめて」

「心からの言葉ですわよっ！」

リリシアさんの言葉をサラッと受け流しつつ、俺は今まで座っていたキャスター付きの椅子《いす》でくるくる回転しながら、反省点を探す。

「うーん、正統派ヒロインとはどういうものかというのを、二人であーだこーだ話し合っている時までは面白かったんですよね」

「別にわたくしは面白くありませんでしたわ。まぁ……貴方の上条○麻さんばりの熱弁に呑《の》まれてしまったところはありますけど」

リリシアさんもう一つの椅子にドカッと腰掛《こしか》け、偉《えら》そうに膝《ひざ》を組みかえながら返す。

その傍《かたわ》ら、俺達に放送室を占拠《せんきょ》されブース側に追いやられた放送部員達が「あのー、そろそろ帰って頂《いただ》くわけには……」等《など》と呟《つぶや》いているが、俺とリリシアさんは彼らを無視して反省会を放送室で継続する。こういうのは、終わってすぐやらなきゃ駄目《だめ》なのだ。

「やっぱりアレですね。内輪のノリを外に持ち出したらどうなるかっていうのの、典型でしたよね、今回」

「確かにそうですわね。わたくし、自分でも途中《とちゅう》で実は感じていましたもの。『あ、この他人を無視した問答《もんどう》無用感、いつもの生徒会っぽいですわ』と。まったく、これだから貴方は……」

「なにを言っているんですか。どうせやるならと放送室を乗っ取ったり、折角《せっかく》だから生徒会を巻き込んでしまえと提案したのはリリシアさんじゃないですか」

「う……それはそうですがっ！　でも、わたくしのイメージでは、もっと上手《うま》くいく予定でしたの！　あんな……あんな可哀想なものを見るような視線を受けたかったわけではございませんわ！」

「じゃあその分、俺がねっとりと絡《から》みつくような視線で見てあげましょうか？」

「そんな視線で見て貰《もら》いたいわけでもございませんわっ！」

「しかし……これはアレですね。ラノベ・漫画《まんが》の実写化の際に原作ファンが抱《いだ》く『悪い夢感』と同じ現象でしたね」

「わ、わたくしの頑張《がんば》りを悪夢と言うのですかっ、貴方は！」

不満げなリリシアさんを、俺は「まあまあ」と宥《なだ》めた。

「いいじゃないですか。二人で困難を乗り越《こ》える。結果として、これほど、メインヒロインっぽいイベントも無いでしょう」

「いやいやいや、乗り越えられてございませんでしょう今回！　二人で見事困難に屈《くっ》しましたでしょう！」

俺はリリシアさんの文句に一切構わず、仕切るようにパンッと手を叩《たた》くと、椅子から立ち上がって彼女に声をかけた。

「じゃ、一通り遊んだし、図書室帰りますか」

「遊び!?　貴方にとってわたくしは遊びでしたの!?」

リリシアさんの発言が聞こえたのか、ブース内の放送部員達が色めき立っていた。が、誤解を解《と》くのも面倒《めんどう》なので、まあ相手は男子部員だしいいかと放置し、俺は歩き出す。なんだかんだと言いながらも、慌《あわ》ててリリシアさんもついて来てくれた。

図書室まで戻《もど》ってくると、俺はリリシアさんを振《ふ》り返って告げる。

「じゃ、再びお仕事頑張って下さい。俺は電○姫でも読むんで」

「なんて勝手なっ！　というか図書室にそういう雑誌はございませんわ！」

「大丈夫《だいじょうぶ》です、持参しているんで。というわけで、隣で『来月エロゲ何買おうかなー』と品定めしている俺のことはさておき、お仕事、頑張って下さい」

「よく働いている人間の隣でそんなこと出来ますわねっ！　まったく……そもそも、わたくしは結局サブヒロイン扱《あつか》いのままではございませんか……」

そう口を尖《とが》らせて小さく呟くリリシアさんに。俺は電撃○をパラパラめくりながら、軽く答えた。

「何を言っているんですか。そんなの冗談に決まっているでしょう」

「え？」

「言うまでもないことですが、リリシアさんは充分魅力的《じゅうぶんみりょく》ですよ。仕事でも趣味《しゅみ》でも、そんなに全力で打ち込んでいる女性が、美しくないはずないでしょう。ましてやサブなんかなはずないっていうか、そもそも、俺にはサブなんて概念《がいねん》はないんで、安心して下さい」

そうニカッと笑って、俺は雑誌をパラパラめくり始める。そうしていると、リリシアさんは自分の作業に戻りながら、なにやら小さくぶつぶつ呟いていた。

「なんですか……急にそんなこと言われましても……。……相変わらず、ずるいですわよ……杉崎鍵は。自分で上げたり落としたり……そんなの引っかかるわたくしじゃございませんが……ございませんが……一番腹が立つのは、こういうのも、実は少し記事に詰《つ》まっていたわたくしの気分転換《てんかん》のためにやってくれたのだろうなということが、分かってしまうことでして……ぶつぶつ」

「リリシアさん、宇宙意志と対話でもしているんですか？」

「だからなんなんですのそのスケールの勘違《かんちが》いっ！　ただの独《ひと》り言ですわっ！」

「そうですか。俺はてっきり、どん欲《よく》なリリシアさんのこと、電波キャラまで身につけようとしているのかとばかり……」

「わたくしのキャラ、いよいよゴッテゴテになってきましたわねっ！　いいから、貴方はエロゲの物色《ぶっしょく》でもなんでもしてなさいませ！」

「はーい。……ええと、金髪《きんぱつ》ツンデレお嬢様《じょうさま》キャラの出てくる作品は……と」

「その方向性で探《さが》すのはおやめなさいませっ！」

「あ、リリシアさんは気にしないで作業していて下さい。……ふむ、金髪でこそないものの、新聞部部長キャラか……。……チェック、と」

「でーすーかーらー！」

そうしてリリシアさんになぜか俺のエロゲ選びを規制されながらも、俺達は図書室でしばし各々の活動に勤《いそ》しんだのであった。

＊

「んっ」

すっかり校舎内の生徒の喧噪《けんそう》もなくなり、蛍光灯《けいこうとう》の明かりが図書室内を満たす中、リリシアさんは途中から使い始めたノートパソコンを閉じて背筋を伸《の》ばした。

俺は既《すで》に三冊目だった雑誌「テッ〇ジャイアン」を閉じて、彼女に声をかける。

「終わったんですか？」

「ええ、おかげさまで——ではございませんわね。貴方のせいで約一時間ほど無駄《むだ》にした気はしますが、終わりましたわ」

「それは良かった。じゃ、約束通り一緒《いっしょ》に帰って一緒に風呂《ふろ》入って一緒に寝《ね》ましょうか」

「ええ、そうですわね——ってそんな約束してませんわよっ！　ああ、もう、今日は五割増しで疲《つか》れましたわ。早く帰って」「杉崎鍵と」「お風呂入って眠《ねむ》りたいですわ——って、人の台詞《せりふ》の途中に入ってくるんじゃありませんわ！」

「まあまあ、そんな怒っている暇《ひま》あったら、帰りましょうよ」

「ちょ、どうして貴方がわたくしの鞄《かばん》を持っているんですのっ！　うちにまではついてこさせませんわよっ！」

リリシアさんが本気で嫌《いや》がっているので、俺は苦笑でそれに返す。んー、やっぱ生徒会メンバーと違《ちが》って、俺の本気とジョークをあんまり見分けられないんだなぁ、この人。

「すいません、ふざけすぎましたね。いや、普通《ふつう》に送ってくだけなんで、気にしないで下さい」

「え？　送ってくって……」

きょとんとするリリシアさんに対し、俺は窓の外を指差す。

「こんな暗い中を、この俺が、美少女一人で帰すような男だと？」

「あ……。……でも、別にいいですわよ、いつもこんな感じですし」

「いつもはそうでも、今日に限っては俺に絡まれたのが運の尽《つ》きと思って下さい」

「……はぁ、言っても聞きそうにありませんわね。では、よろしくお願い致《いた》しますわ」

諦《あきら》めたようにそう呟いて、リリシアさんは記事とパソコン、周辺機器を机の上で一旦纏《いったんまと》め、そして立ち上がる。

「では、これらを部室に置いてきますので、少々お待ち――」

と、言って、それらを持ち上げかけた刹那《せつな》だった。

《ゔぉぉぉぉおおうぅぅぅぅうぇぇぇぇえあぁぁぁあぁ》

突如《とつじょ》として図書室の蛍光灯がチカチカ明滅《めいめつ》し出し、その上、奇妙《きみょう》な……人間が苦悶《くもん》の中喉《のど》から無理矢理絞《しぼ》り出したような声が図書室に響《ひび》き渡《わた》る！

「きゃあぁ⁉」

流石《さすが》のリリシアさんも、この不意打ちには驚《おどろ》いたようだ。荷物から手を離《はな》すと、無意識にか俺の腕《うで》に摑《つか》まってくる。その上、いつもだったらすぐに「か、勘違いしないで下さいませっ！」などと言うところを、今回は数秒経《た》っても離さず、それどころか更《さら》に体を密着させてきていた。これは萌《も》える。

とはいえ……実はかくいう俺も、未《いま》だ明滅する蛍光灯と鳴り止《や》まぬ音声に気圧《けお》されて、それを茶化す余裕《よゆう》も全く無いのだが。

思わず、彼女を更に怖《こわ》がらせるような言葉が口をついて出てしまう。

「ちょ……リリシアさん、これ、まさか、取材で聞いた幽霊《ゆうれい》――」

「そ、そそそ、そ、そんなわけございませんでありょりょりょしょっ！」

幽霊という言葉に、リリシアさんが目をぐるぐる回しながら俺の腕をぎゅーうっと一層強く握《にぎ》る。俺は俺でまたテンパって、動揺《どうよう》したまま返した。

「お、おおおおおおお、俺に、ま、まあか、まあ、任せとけぇえええええええぇ？」

「は、はは、は、原田泰じょうさんじゃありゅりゅうまいし」

二人とも、幽霊耐性《たいせい》無さすぎだった。というか、どちらも割と現実思考で怪談《かいだん》耐性があるだけに、むしろ、それが紛《まぎ》れもない「リアル」として実際に襲《おそ》いかかってきた時に、我《われ》を失ってしまう傾向《けいこう》にあるのだろう。

《ゔぉぉおおゔぁぁあえええええゔぁぁあああああ》

『(びくびくびくびくびく！)』

お互《たが》いの震《ふる》えがお互いに伝わり共振《きょうしん》現象を起こすのか、二人の震えは加速度的に上昇《じょうしょう》していく。しかし俺は男として、そしてリリシアさんは己《おのれ》のプライドに懸《か》けて、お互い弱みを見せたくないため、二人して腰《こし》が抜《ぬ》けているくせに、口だけは止まらない。

「ゆゆゆゆゆゆゆゆ幽霊なんて、そんなの、お、俺の敵じゃねぇッスよ、あははははは」

「ふ、ふふふ、ふふ、わ、わたくしだって、むむ、むしろジャーナリスト魂《だましい》に火がつくというものでございましましまし」

「そそ、そういうことなら、ゆ、幽霊を追《お》い払《はら》うなんて簡単なことですが、がが、り、リリシアさん、ほら、前出て、取材、どうぞ」

《ぐぉえおえぇええあああああああああああああ》

ぐいっと彼女に摑まれた左腕を音声方向に押し出し、リリシアさんを促《うなが》そうとする。しかし彼女は道連れにするかのように俺の体を前に引っ張り出した。

「あ、ああ、あら、す、杉崎鍵。な、なな、情《なさ》けない男ですわね。せ、折角ですから、か弱い美少女を身を挺《てい》して守る機会を与《あた》えてさしあげますわっ」

「いえいえいえいえいえいえ。い、いざという時は俺が助けるんで、あ、ああ、安心して取材してきたらどうですか、ウラメシヤさん」

「どど、どなたですかそれは。もはや原形も止《とど》めてございませんわよ。あ、ああ、す、杉崎鍵、貴方《あなた》、こ、怖いんですわね？」

「な、なな、なにをおっしゃるやら。おお、俺が恐《おそ》れるのは、ね、寝取られ描写《びょうしゃ》と鬱《うつ》展開と、しょしょ、処女じゃない設定だけッスよ。ゆ、ゆゆ、幽霊なんて、朝飯前だいだい」

「なな、何をこの状況《じょうきょう》で性癖暴露《せいへきばくろ》なさってますのっ！　いい、いいでしょう。こ、こんなエロゲ好き変態より、ゆゆ、幽霊の方がまだ安全というものですわわっ」

そう告げるとリリシアさんは、なんと、自《みずか》ら一歩前に踏《ふ》み出した！

俺の腕に抱《だ》きついたまま！

「ちょちょ、い、行くなら一人で行って下さいよ、このビッチヒロイン！」

「い、言うにことかいて！　サブでしょうがビッチでしょうがわたくしをヒロインだと思っているのならば、せめて同行ぐらいなさいませっ、このヘタレ主人公！」

「へ、ヘタレとはなんですかヘタレとはっ！　おお、お、俺なんてエロゲに出演していたら、ユーザー評価で『主人公がカッコイイエロゲ』に選ばれる人材ですよっ！　そ、そもそも、おお、俺より幽霊が安全とか言っていたでしょう！　支離滅裂《しりめつれつ》ですよっ！」

「なんですってっ！」

「なんですかっ！」

《ゔぇゔぁあああおゔぉゔぇぇええええええええええ！》

『うにゃぁああああああああああああああああああ⁉』

二人、お互いの体をがっちり抱きしめ合う！　幸せ！　超《ちょう》幸せ！　しかし残念ながら現状、霊的恐怖《れいてききょうふ》の圧倒的《あっとうてき》勝利！　性欲《せいよく》&煩悩即霧散《ぼんのうそくむさん》！　ひぃいいいいいい！

俺達は最早《もはや》なりふり構っていられなかった。お互い自分を後ろに後ろに……裏を返せば相手を前に出そう出そうとするものだから、結果として、なぜかジリジリ自分達から音源の方へとにじり寄ってしまう始末だった。つまり、THE　パニック！

「なな、なんで近付いておりますのっ！　一人で先に確認していらっしゃいませっ！」

「り、リリシアさんこそ、絶好の取材チャンスじゃないですかっ！　その目で存分に真相を確かめたらいかがですかっ！」

「っうぅ……」

「うぅ……」

お互い、潤《うる》んだ瞳《ひとみ》で密着して見つめ合う。場面が場面なら完全にこれからキスシーンの様相といったところだが、今お互いの目で行った意思疎通《いしそつう》は、そういったものからは遠く離れた感情だった。

『………』

しばしお互いを見つめ合い、そして、震えながらも小さく頷《うなず》き合う。

「そう……ですわね。確かに、貴方の言う通りですわ。今こそ真相をこの目で確かめるチャンス。むしろ、こういう時のために、図書室で作業したところもあるのですし……」

「それに、相手がゆ……ゆゆ、幽霊にしろなんにしろ、こう、ちゃんと確認してないから余計怖いとこありますし。こうなったら、腹括《くく》って、とにかく正体だけでも……」

お互いの意見がほぼ一致《いっち》したと見なし、俺達は相変わらず抱き合ったままで、再び頷き合う。そして……。

《ヴぉヴぉヴぁヴぇヴぇえええええええええええええ！》

意を決して二人、音源……よりにもよってホラー小説ばかり納《おさ》められた書棚《しょだな》の方へとにじり寄る。

「な、なんか……こっちの方というか、この本棚自体から声が響いている気がするんですが……」

「な、なに馬鹿《ばか》なことをおっしゃってるの！　そ、そんな、本棚が声を上げるなんて、そんなこと、あるはずがありませんわ！」

「いや分からないですよ。もしかしたらこの本棚にはなんらかの呪《のろ》いがかかった禁書があったりとかで、それを手にした者は……そう、魔界《まかい》の王様を決めるために人間界で戦うことになった百人の美少女のマスターとなって激しい戦いに身を投じることと――」

「ストォーップですわっ！　なんかホラーから一転サ○デー方面に脱線《だっせん》してませんこと⁉」

とと っ、とにかく、本棚自体から音声が漏《も》れている感じがするのは、気のせいではないようですわ」

リリシアさんの言葉に、俺も頷く。実際近付いてみると、本当に「本棚自体」から音声が発生していた。もうこれだけで充分《じゅうぶん》不可解現象だが、さっきまで俺達の中にはゾンビみたいな爛《ただ》れた人間が呻《うめ》いているイメージ映像があったせいで、恐怖が幾分緩和《いくぶんかんわ》される。

そんなわけで残念ではあったが、俺とリリシアさんはようやくお互いの体を手放し、二人で本棚を調べ——

《ガタガタガタガタッ！》

『ひいっ⁉』

ようとして、唐突《とうとつ》に震えた本棚に驚愕《きょうがく》、再び抱き合ってしまっていた。……が、数秒間待っても再び揺《ゆ》れることはなく、さっきと同様の気持ち悪い音声が時折流れる程度のため、顔を見合わせて離れ、調査再開。俺は上の方の棚、リリシアさんは下の方の棚をと分担して確認するが……。

「変わったところ、ありませんわね……」

「というか、何を調べていいのか分かりませんね」

そう言いながら、テキトーに本を一冊手に取ってパラパラと捲《めく》る。

「……うーん、新しい呪文《じゅもん》が光と共に浮《う》き上がるでもなし……」

「だから貴方は何色のガッ○ュを期待しているのですか。こういう現象を引き起こす本と言いましたら……こう、もっと、ネク○ノミコン的なものではなくて？」

「それか、男子学生の妄念《もうねん》が染みついたエロ本か——っと」

そんなことを喋《しゃべ》っているうちに、再びガタガタと本棚が動いた。ちょっとは驚いたものの、大型地震《じしん》の余震のようなもので、「来るんじゃないかな」と思っていた俺達はあまり取り乱すこともなく、しばしその様子を見守る。予想通り、数秒すると何事も無かったかのように徐々《じょじょ》に収まっていった。

リリシアさんが「ふむ」と大分冷静さを取り戻《もど》した様子で顎《あご》に指先をやる。

「今本棚が震動した時、さっきからずっと鳴っているこの呻き声が大きくなりましたわね」

「あ、確かに。パニクってて気にしてませんでしたが、一回目の震動の時もそうだったような」

なんか考えるうちに、大分落ち着いてきた。というか、正直さっきからずっと、強弱こそあるものの《ゔぉゔぇゔぁあああ》という音声が続いているため、ちょっと慣《な》れてしまったのだ。

どうやらリリシアさんもそんな感じらしく、また本棚がガタガタ鳴っても、むしろそれを「ふーむ？」とゆったり見守って検証するぐらい余裕《よゆう》が出て来ていた。

こうなると、最早怪奇《かいき》現象もかたなしである。

結局その後、二人で約十五分ほど調査し、ある一つの結論を出して、もう大分遅《おそ》いからと俺達は割とあっさり図書室を後にしてしまったのだった。

＊

結論から言って、図書室のアレは、怪奇現象でもなんでもなかった。

「まったく、人騒《ひとさわ》がせな現象でしたわ」

「確かに。真相知っちゃうと、怯《おび》えていたのがかなり虚《むな》しくなりますよね」

「わ、わたくしは怯えてなんかいませんわ」

「はいはい」

抱き合ったりまでしておきながら未《いま》だ意地を張るリリシアさんに苦笑しつつ、彼女の隣《となり》を歩く。

すっかり日も落ちてしまった現在。俺は、リリシアさんを家まで送り届けるため、夜の住宅街を歩いていた。新聞配達バイト区間でもないし、普段《ふだん》は滅多《めった》に来ない方面。いざ歩いてみると、閑静《かんせい》でどこか品のある家々が立ち並んだ場所だった。流石《さすが》に高級住宅街などと言うほどではないが、この田舎《いなか》の中では中流以上が集まる区画なのかもしれない。

俺が物珍《ものめずら》しさで周囲を見渡《みわた》している間にも、リリシアさんは感情治《おさ》まらぬ様子で、さっきから何度も話題にしていることを蒸《む》し返す。

「そもそもあの呻き声が『宿直《しゆくちよく》室の壊《こわ》れかけたエアコン室外機から漏れる音』なんていう身も蓋《ふた》も無い要因なのでしたら、学園側もさっさと対応したら良かったのですわっ！そういう意味では、これは生徒会の落ち度でもございますわよっ！」

なんか遂《つい》に生徒会にまで飛び火してしまった。俺は苦笑しながら返す。

「いやそれは流石に……。宿直室なんて生徒には基本関係無いんですから、うちの管轄《かんかつ》じゃあないでしょう」

「ふん。それに図書委員も図書委員ですわ。あの最近移動したらしいホラー小説棚《だな》が見事に通気口を塞《ふさ》いでしまっていたせいで震動や呻き声が反響《はんきよう》・増幅《ぞうふく》していたのですからっ」

「とはいえ、図書委員も宿直室の冷暖房《れいだんぼう》が使われる時間帯まで残ってないですしねぇ」

「まったく。それにエアコンが原因ですから、夏の怪談《かいだん》時期限定現象だったのですわね」

「この辺、寒いときは空調じゃなくてストーブ使いますしねー。でも最近宿直室のストーブが故障したんで、応急的にエアコンの暖房を使い、それで夏の怪談復活と」

知ってみれば、しょーもない、よくありがちな現象だったわけだ。ガタガタ本棚が震《ふる》えたのも、最初からたてつけの悪かった棚が音響振動《おんきょうしんどう》や通気口からの風で揺れてただけだし。蛍光灯《けいこうとう》の明滅《めいめつ》も、隣の宿直室で電気を使いだすと図書室の方が乱れがちになる、というだけの話だった。

リリシアさんはすっかり機嫌《きげん》を悪くしていた。どうやら、浪漫《ろまん》あるスクープ記事にケチがついてしまったのを気にしているらしい。

俺は触《ふ》れない方がいいかなーと思いつつも、どうせ機嫌悪いならと、やはり単刀直入に訊《たず》ねてみることにした。

「それで、リリシアさん。記事はどうするんです？　確か完全に怪奇現象という前提でまとめてしまっていましたよね？　作り直すんですか？」

「う……」

リリシアさんはげんなりと肩《かた》を落とす。

「うぅ、暖房使われる前に、さっさと帰ってしまえば良かったですわ……」

「まあ、そうですねぇ」

「くぅ……それもこれもっ、貴方《あなた》が余計なことばっかりなさいますからっ！」

「今思うと、生徒会室襲撃《しゅうげき》パートとか、丸々要《い》らないッスよね。ハハハ」

「笑い事じゃありませんわよー！」

リリシアさんはまた髪《かみ》を逆立《さかだ》たせていた。うーん、この重力無視した髪の動きこそがなによりの不思議現象な気がする。これ自分で取材したらいいのに……なんてことは、明らかに更《さら》なる彼女の怒《いか》りを買うので心の中に留めておく。

俺は「で」と話を元に戻した。

「記事は作り直すんですか？　もしやるんだったら、俺も作業付き合いますけど」

「え？」

歩行を止めて意外そうに俺を見るリリシアさんに対し、少し気恥《きは》ずかしくて頬《ほお》をぽりぽり掻《か》きながら俺は視線を逸《そ》らして答える。

「いや……こう見えて、実は結構良心の呵責《かしやく》を感じてたりしまして……あはは」

俺のそんな様子に、リリシアさんは呆《あき》れたような……それでいてどこか笑顔で、肩を竦《すく》めた。

「まったく、貴方という人は……。……別に、いいですわよ。わたくしも、自分を棚に上げていることぐらい、自覚しておりますわ」

「とはいえですね……。予算使い込んでCCDカメラ買ったはいいものの持て余していた放送部部員はさておき、こうして外部生徒におふざけで実害が出るのは、生徒会の理念に反するところがあるといいますか……」

自分達で暴走して自分達に跳《は》ね返るのはいいんだけどね。リリシアさんに、笑える範囲《はんい》じゃない害があったとなっては、俺……というより、恐《おそ》らく今回の仕掛《しか》け人《にん》である会長が気にしてしまう。

——と、俺のそんな考えが少し読まれたのか、リリシアさんはなんだか優しげな……それでいて寂《さび》しげな瞳《ひとみ》で俺を見据《みす》えていた。

「外部生徒、ですか……」

「？」

「いえ、なんでもございませんわ。ん、いいですわよ、記事の修正手伝いは」

そう告げて再び歩き出すリリシアさんに、俺は慌《あわ》ててついていきながら食い下がる。

「いや、でも、そういうわけには——」

「いいんですの。そもそも、記事は作り直しませんわ」

「え？」

戸惑《とまど》う俺に、しかしリリシアさんはハッキリした口調で答える。

「このままいきますわ。図書室では、夜、怪奇現象が起こる……という記事のままで」

「ちょ……それは、どうなんですか。実際には怪奇現象なんかじゃないと知りながらそういう記事書いちゃうのは些《いささ》か――」

と窘《たしな》めかけた俺に対し。リリシアさんは……いつもの、あくどい笑みを浮かべた。

「いいんですわよ、これはなんせエンターテインメントなのですから！　事実の歪曲《わいきょく》・隠《いん》蔽《ぺい》なんてお手のものですわ！　おーっほっほっほっほ！」

「相変わらず爽《さわ》やかに腐《くさ》ってやがりますね」

なんか……心配して損してしまった。がっくりと肩を落とす俺に、しかしリリシアさんは主張を続けてくる。

「火のないところは放火する、の理念ですわ」

「うわ、最低だっ！　史上最低のヒロインがここにいる！」

「冗談《じょうだん》ですわ。流石にそんな危険思想ではございませんわよ。ございませんが……。まあ、火のあるところは消火せず、といったところでしょうか」

「そ、それはそれで最低な気もしますが……」

「ふん、わたくしだって、被害者《ひがいしゃ》が出そうな場合は消火活動もやぶさかではありませんわよ。ただ、少々危険でも、花火に水かけるような野暮《やぼ》はしないと、そういうことですわ」

「はぁ……分かったような、分からないような」

相変わらず独特の理念で動いている人だ。なんとなくだけど……この人が生徒会に入らず（入れず）、自分で部活を引っ張って動いている理由の一端《いったん》が見えた気がした。そして、会長とそこそこ気が合っていながらも、結局反発してしまう原因も。

俺が難《むずか》しい顔をしていたのに気を遣《つか》ったのか、リリシアさんは唐突《とうとつ》に高笑いを繰《く》り出してきた。

「おーっほっほっほ！　この新聞部部長、藤堂リリシアが折角《せっかく》の面白ネタを自粛《じしゅく》なんてするはずがありませんでしょう！」

「はぁ……」

「これは事実の捏造《ねつぞう》ではありませんわ！　わたくしの知っていることを全て報道しなければならない義務なんてございませんもの！」

「う、うーん」

俺が唸《うな》っていると、リリシアさんは少しだけトーンを下げて、ぽつりと呟《つぶや》いた。

「……怖《こわ》がりながらもどこか楽しそうに体験談を語ってくれた木原さんに、報《むく》いませんとね」

「……あ」

「それに……楽しかったですわよ。貴方と二人、怪奇現象に怯えたのも。あ、わ、わたくしは怯えてませんけどね！……ああいうイベントは、わざわざ新聞で真相を語ってしまわなくとも、よろしいと思いますわ」

「……そうですか」

少し歩行ペースを落とし、リリシアさんの背を眺《なが》めるカタチになる。

……この人の考え方は、出来るだけ校内を安定させたい生徒会とは多分、相容《あいい》れないものだけれど。俺個人としても、完全に納得出来るものでは、ないのだけれど。

どうしてだろう。

こうして胸を張って歩くリリシアさんの背中は、とても眩《まぶ》しく見える。

「……ほんと、サブなんかじゃ全然無いですよ……貴女は。それどころか……俺なんかよりよっぽど……」

しっかり自分を持って、生きている。だというのに俺はと言えば……。

「？　なにかおっしゃいましたか、杉崎鍵」

「いーえ、なにも。……さてっ、家帰ったらお風呂《ふろ》で温まりたいですよね、一緒《いっしょ》に」

「まったくですわ、早く湯船に浸《つ》かってあの馬鹿《ばか》らしい経験を忘れ去りたいものですわね、一緒に——って、そんなわけありますかっ！」

「リリシアさんって、ノリツッコミに大分ノりますね」

「う、うるさいですわね！　天然ですわよ！　途中《とちゅう》まではホントに気付いてなかったんですわよっ！　悪かったですわね！」

ぷりぷりと怒りながら前を歩く、愛すべき先輩《せんぱい》に苦笑しながらついていく。

……先輩、か。

そっか……この人とも、もうすぐ、お別れか……。

俯《うつむ》きながらそんなことを考えていると、リリシアさんが「着きましたわよ」と声をかけてくる。どうやら、ようやく藤堂邸《てい》の門前に到着《とうちゃく》したらしかった。どれどれ、折角だしその豪邸ぶりをとくと拝見――

「…………………」

出来なかった。

というか。

家が見えなかった。

正確に言うと、家、本体が、見えなかった。

「どうしましたの？　あ……ま、まあ、仕方ありませんから、お茶ぐらいは出してさしあげなくもないですわよ？　あと十分ぐらい歩きますが」

「……………そうですか」

その言葉から分かる通り、格子《こうし》状の門の奥にはアホみたいな面積の庭が広がっていた。おかげで遠すぎて家が見えない。っていうか、家にライトアップされた噴水《ふんすい》やオブジェがあるとか、なんのアニメだよ。それになんだ、あっちの飛行場みたいな空間……っていうか、逆側には動物園みたいな施設《しせつ》も——って、なんか奥に観覧車っぽいものまで——。

「？　うちにはいらっしゃいませんの？　誠に遺憾《いかん》ながらエリスが喜ぶでしょうから、別に遠慮《えんりょ》なさらずともよろしいですわよ？」

「いや……いいです。俺を遣わした会長も、家にまで押しかけさせようとは思ってないでしょうから。俺はここで失礼しますよ」

「ふぅん、そうですの。……結局桜野くりむ中心なのですね……」

「？　なにか？」

「いいえっ、なんでもございませんわっ！　ごきげんようっ！」

なんかリリシアさんがツーンと顔を背《そむ》けながら門を閉じていってしまった。俺はなぜ不《ふ》機嫌《きげん》になったのか分からないながら、慌てて格子の隙間《すきま》から彼女に声をかける。

「リリシアさんっ！」

「なんですのっ！」

「リリシアさんは……卒業後、どうされるんですか？」

咄嗟《とっさ》に口をついて出た質問だった。……去りゆくリリシアさんを見ていたら、なんだか寂《さび》しくなってしまったのかもしれない。

彼女は不思議そうに振《ふ》り向くと、平然とした様子で答えてきた。


「結婚《けっこん》しますわ」


「……え？」

「では、お気をつけてお帰りなさいませ」

そう言ってリリシアさんは、実に自然に奥へと向けて歩を踏《ふ》み出——

「いやいやいやいや、ちょ、え、ちょ、ちょっと待って下さい！」

「……はぁ、なんですの、貴方《あなた》は。まだ話すことがあるなら、素直にうちに来ればいいじゃありませんの」

「そ、そういう問題じゃなくて！　え⁉　結婚⁉　結婚するんですか⁉」

「ええ、しますわよ。確か……アメリカの製薬企業《きぎょう》の息子《むすこ》さんだったでしょうか」

「ええ⁉　ちょ、なんで俺に断りもなくっ！　おにーさん許しませんよっ！」

「どうして貴方に断りをいれなきゃいけませんのっ！　っていうか年下でしょう、貴方！」

そりゃそうだ。動転して変なことを言ってしまった。しかし、俺はつっかからざるを得ない！

「俺……俺、寝取《ねと》られはイヤだって言ったじゃないですかぁ――――！　うわぁ――ん！」

「ええ!?　ちょ、なに門に取りついて泣きじゃくっておりますの！　怖っ！　本格的にストーカーですわねっ、貴方！」

「酷《ひど》いですよリリシアさん！　俺をどれだけ弄《もてあそ》べば気が済むんですかっ、貴女はっ！」

「その言葉そっくりそのままお返し致《いた》しますわっ！　というか、なんなんですの！」

「嫉妬《しっと》です！　ジェラシーです！　独占欲《どくせんよく》です！」

「清々《すがすが》しい程勝手な主張ですわねっ！　わ、わたくしの結婚など、貴方に関係ございませんでしょうに」

「関係ありますよっ！　俺とリリシアさんは……」

「わ、わたくしと貴方は？」

リリシアさんが頬《ほお》を少し赤らめて上目遣《うわめづか》いで訊《き》いてくる。その問いに俺は――

「生徒会副会長と新聞部部長じゃないですかぁ――――――――！」

「完全に無関係じゃないですかっ！　少なくとも結婚に口出し出来る間柄《あいだがら》ではございませ

んでしょうっ！」

「ひっぐ、えっぐ、おっぐ。うぅ……。ぐす……分かりました。俺も男です。リリシアさんが本気でその相手を愛していると言うならば……言うならばっ！　そいつに、会ってやらなくもないです」

「貴方の立場は一体なんですのっ！　それに……愛しているかと訊かれましても、そもそもわたくしも会ったことございませんしね……」

「ええ⁉　なんですかそれっ⁉　そんな……そんなエロいシチュエーション、おにーさん認めませんよ！」

「発想が飛躍《ひやく》しすぎじゃありませんことっ⁉　どうしてこれがエロいのですかっ！　ただ単純に、藤堂家の今後の発展を考えてのことですわっ！」

「……つまり、政略結婚ですか？」

「まあありていに言えばそうですわね。イマドキそんな言い方するのかは知りませんが」

その言葉に。俺は……ふざけるのをやめて、真摯《しんし》にリリシアさんを見つめる。

「……本気ですか？」

「本気と言うほど積極的賛成では当然ございませんが……まあ、覚悟《かくご》は出来ていますわ。なにせ、結婚による藤堂家の更《さら》なる飛躍は約束されていますので。ならば、わたくしも藤堂家の娘《むすめ》として、自分の役目を果たすだけですわ」

「……そうですか」

俺は鉄製の格子をギュッと握《にぎ》り込む。リリシアさんはそんな俺を振り返り、感情の読めない透《す》き通った瞳《ひとみ》で俺を観察していた。

「…………」

俺は言葉が見つからず、思わず俯き、黙《だま》り込む。

結局、これ、だ。

自分の成長の無さにほとほと呆《あき》れる。普段《ふだん》調子のいいことを言っておきながら。いざ少し自分の想像の範疇《はんちゅう》を超《こ》えた事態が起きると、すぐに揺《ゆ》らぐ。

林檎《りんご》が俺を好きだと告白した時もそう。

飛鳥《あすか》が俺を気遣《きづか》って、自《みずか》ら別れようと切り出してくれた時もそう。

普段自信満々の態度でいるくせに、いざ問題に直面すると、俺は結局何も出来ない。

「…………」

顔を上げ、情けない瞳でリリシアさんを見る。彼女は相変わらず、無表情だ。さっき言ったことは本当なのだろう。結婚を受け入れているというのも……恐《おそ》らくは、とっくの昔に決意が完了《かんりょう》した、謂《い》わば「終わったイベント」なのだろう。だからこそ、もう俺には何も言う資格が無い。

さっきのような軽い調子で引き留《と》めていい話じゃあない。そもそも、俺とリリシアさんの間に、そこまでの絆《きずな》が作られてなんか、いない。軽く口説《くど》きはしても、せいぜい友達関係。そんなのは、俺にだって分かっている。

言い訳がましいが、これが生徒会メンバーや林檎、飛鳥だったら、俺は問答無用で止める台詞《せりふ》をかけられたと思う。だけど……だけど、この人に、俺は何を言う資格がある？　ない。何を言う資格も、ないんだ。そんなのは分かっている。

分かっているけど。

じゃあ……この胸にかかったモヤモヤは、無視しろって、言うのか？

俺が思考を巡《めぐ》らしていると、リリシアさんは「ふぅ」と溜息《ためいき》を吐《つ》いた。そうして、なんだからしくない優しげな声を、俺にかけてくれる。

「何をシリアスな顔して黙っているのですか、杉崎鍵。先程も言いました通り、貴方には無関係の話ですわ。それに、わたくしも納得済みの話です。貴方に今更《いまさら》悩《なや》まれても、正直困りますわよ」

「…………」

「……こういう無為《むい》な時間を過ごすのは、わたくし、嫌《きら》いですの。もう帰りますわね。では、ごきげんよう」

リリシアさんはそう告げると、今度こそなんの躊躇《ためら》いもなく俺に背を向けて歩き出した。

そこには、悲しみも喜びも……何もない。ただただ、事実を言って、知り合いと別れた。

ただそれだけでしかなくて……。

違《ちが》う。こんなの違う。リリシアさんも……そして、俺も。

成長してない？

違う。

俺が……成長していないなんて、そんなハズ、ないだろう！　あんな素敵《すてき》な生徒会メンバーに囲まれて一年も過ごして、「結局成長出来ませんでした」なんて、勝手に結論付けてんじゃねえよ俺！　成長、しているに決まってんだろうがっ！

俺は、思わず叫《さけ》んだ。

「リリシアさんっ！」

「……だから、なんですの」

うんざりした様子で彼女が振り返る。俺は……俺は、決意を秘めた瞳で、彼女の目を強

く見つめ返す。俺はまだ……成長「しきって」なんか、いない。だけど。あの頃《ころ》とは、やっぱり、違うんだ。だったら。せめて。

今の俺に出来ることを……今思う、精一杯《せいいっぱい》の言葉を、彼女に、かけたい。

リリシアさんは、俺の眼差《まなざ》しに少し怯《ひる》んだ様子を見せていた。が、俺は構わず、強く彼女を睨《にら》み付けたまま、告げる。

「リリシアさん。貴女が家のために結婚することは、貴女の自由だ。まだ俺は、貴女のなんでもない。貴女の結婚に口を挟《はさ》む資格なんて、正直無い」

「そ、そうですわ。何を今更――」

「だけどっ！」

彼女の言葉を遮《さえぎ》るように叫び――そして俺は、格子《こうし》の隙間《すきま》からリリシアさんを……そしてその奥にあるであろう藤堂家を指差し、ドスをきかせた音程で、ハッキリと告げた。

「もしそれで貴女が泣くようなことになるなら……その時は、全力で潰《つぶ》しにきますよ」

「っ！」

「以上、生徒会の一員、杉崎鍵としての意思表明でした」

「っ、な、な、な」

戸惑《とまど》うリリシアさんに……俺は、表情をニマッと崩《くず》し、ぴらぴらっと軽く手を振る。

「なぁんて」

「はぁ？」

「んじゃ、リリシアさん、また明日《あした》！　一緒《いっしょ》にお風呂《ふろ》はまた今度の楽しみにしておきますねー！」

俺は手を振りながら軽い調子でそう告げると、藤堂家に背を向けて歩き出した。

背後《はいご》ではリリシアさんが「ちょ、ちょっと待ちなさいなぁー！」となにやら焦《あせ》った様子で格子に取りついてガシャンガシャンやっていたが、それらは完全に無視して、俺はその場を去ったのであった。

…………。

……お、俺だって、自分の行動に頬《ほお》が紅《あか》くなることぐらい、あるんだよ！

＊

「な、なんですのよ……まったく、もう！」

「ふふふ、『いっぽんとられた』ねー。ねーさま！」

にーさまがかえったのをみはからって、エリスは、ねーさまにこえをかけました。

ねーさまは、びくんとして、ふりかえりました。

「え、エリス⁉ こ、こんなところでなにをなさってますの！」

どーよーするねーさまに、エリスは、むねをはってこたえます。

「にーさまのにおいがしたから、とんできた」

「どういうセンサーですのっ！ ああ、あのせーとかいにかかわってから、うちのいもうとがひにひに、へんなこに……」

ぐったりうなだれたねーさまのせなかを、エリスは、よしよしとなでました。

「だいじょうぶ、ねーさまも、なかま」

「いやななかまいしきですわっ！」

「だってねーさま、まえは、あんな『うそ』、ついたりしなかった」

「うっ！」

ねーさまは、エリスのことばにひきつりました。エリスはちょっとおもしろくなって、ねーさまを、いじめ……じゃなくて、えーと、いじり、ました。

「ねーさま、けっこんのはなし、すぐにことわったのに……」

「う」

『わたくしがかてーにはいるなんて、まっぴらごめんですわ！　ましてや、こんなチンケなおとこが、わたくしにみあうとでも？　かたはらいたいですわね！　おーほっほっほ！』って。すごくしつれいに、ことわった。おかげで、おとーさん、なみだめ。とーどーけ、ピーンチ！」

「う、うるさいですわね！　べ、べつにうそなんかついてませんわ！　こ、ことわったことを、あえていわなかっただけですわ！」

「ねーさま、しゃべるときは、ひとのめをみて、しゃべりましょう」

「うぅ……」

「でも、にーさま、やっぱりカッコよかった！　おかげで、こんどは、ねーさま、なみだめ。エリス、はぁはぁ」

「な、なみだめじゃありませんわよっ！　そして、あのおとこにこうふんしているんじゃありませんわっ！」

「ねーさま、しっと？」

「ちがいますわよっ！　うぅ……ちょっとあのおとこを、こまらせてみようとおもっただけでしたのに……」

「にーさまは、いつだって、よそーがい」

「べんきょうになりましたわ……はぁ。……ほら、かえりますわよ、エリス」

「はーい！」

そういって、ねーさまは、エリスのおててをひいてくれました。

そして、かえって、おふろはいって、にっきをかいてます。

えーと、だから、きょうは、にーさまがみれて、たのしかったです。

あと、ねーさまがなんだか『じょーきげん』だったので、きょうは、とてもいいひだったと、おもいます。

○月×日　とうどうエリス

【回想2】

「栗花落《つゆり》さん、聞いて聞いてっ！」

「あらあら、どうしたの桜野《さくらの》さん、そんなに焦《あせ》って」

今日もいつものように桜野さんが病室に「競歩で」駆《か》け込んできました。……病院の廊《ろう》下《か》は走っちゃいけないとは分かっていながらも、はやる気持ちを抑《おさ》えられない彼女にとって、ギリギリのラインの妥協《だきょう》点が競歩らしいです。まあ、病院側的にもギリギリのラインの妥協点っぽいのですけれど。

桜野さんは息を切らせながらベッド脇《わき》の椅子《いす》へと来て、座るか座らないかぐらいで既《すで》に喋《しゃべ》り出していました。

「あのね、あのね、中間テスト返ってきたんだけどね、国語が八十点だったの！」

「まあ。それは良かったですね、桜野さん」

「うん！　栗花落さんのおかげだよ！」

「いえ、桜野さんは元々『やれば出来る子』なんですよ」

「あ、そこは謙遜《けんそん》しないんですね……」

そう言いながらも、私は桜野さんの頭に手を伸《の》ばします。彼女は相変わらずの笑顔でそれを受け入れて、そのまま会話を続けました。

「えへへー、今日はお母さんも褒《ほ》めてくれるよねー」

「ええ、勿論《もちろん》ですよ」

「もしかしたら、地球一周旅行に連れて行ってくれるかも……」

「いえ、それは期待値が高すぎるんじゃないでしょうか」

でも確かに、桜野さんの家族ならあながちありえなくもないんじゃないかと考えてしまいます。直接会ったことはまだないのですが、話を聞く限り、彼女の家族及《およ》び親族は、平均のそれを大分上回るぐらい、桜野さんを甘やかしている様子がありますから。

私がなでなでを終了《しゅうりょう》すると同時に、桜野さんが私の枕元《まくらもと》に目をやります。

「うん？　栗花落さん、何か本読んでたの？」

「ええ、そうですよ。いつも言ってますように、学校に復帰した時話題についていくため……そして、年寄《としよ》り臭《くさ》いと言われないため、私は私で、日夜病室で出来る限りの努力をしているのです」

「へぇー！　栗花落さんは勉強家さんだね！　どれどれ、何を読んでいるの？」

桜野さんが本を手に取ります。私は、胸を張って答えてあげました。

「松本○志著、『遺書』です！」

「…………あー」

「な、なんですか桜野さん、その微妙《びみょう》な顔は！」

どうしたことでしょう。あまりに最先端《さいせんたん》の流行《りゅうこう》を追いすぎていて、桜野さんはついてこられていないのでしょうか。仕方ありません。説明して差し上げましょう。

「桜野さんは知らないかもしれませんが、友達に聞きましたところ、今世間では『HEY！　H○Y！　HEY！』という音楽番組が流行しているらしくてですね。その番組のMCを担当なさっているこの方……えーと、なんでしたっけ。ダウ……ダウ……あ、そう、ウッチャ○ナンチャンという人気お笑いコンビのボケ担当の方の本をですね――」

「いや、あの、そういう話じゃなくて。えと……。……うん、頑張《がんば》ってね、栗花落さん」

「はい、皆《みな》さんの話題についていけるよう、頑張ります！」

「そうだねー」

なぜか桜野さんが遠い目をなさっていました。彼女とはもう二ヶ月程の付き合いになりますが、未《いま》だに、この表情の意味だけは分かりません。

桜野さんはなんだかとても大人びた様子で、私に問いかけてきました。

「栗花落さんってさ……入院前も、テレビとか見ていなかったの？」

「見ていましたよ？　N〇Kを」

「あ、私も見ているよ！　教〇テレビ！　昼間のは、録画して見ているの！」

「いえ、私は主《おも》にニュースですが」

「う、そうなんだ。………。栗花落さんって、そういう真面目《まじめ》さがあったり、人にものを教えるのが得意な割には、実はそんなに勉強出来る人でもないよね……」

「うっ！　し、仕方ないじゃありませんか！　桜野さんが『やれば出来る子』であるように、私は、『やっても意外と出来ない子』なのですよ！　悪かったですね！」

「う、ううん、責めているわけじゃないんだけど……」

そう言って、桜野さんは溜息《ためいき》を吐《つ》きます。な、なんでしょう、呆《あき》れられてしまっています。ここは、ガツンと、私も流行についていっているということを、見せつけてやらねばなりませんね！

「桜野さん、桜野さん」

「うん？　なに――」

「おっはー」

「……う、うん。まあ、いいんじゃないかな。あ、挨拶《あいさつ》だし。うん」

む。どうも、望んだ反応が返ってきていない気がします。おかしいですね。聞いた限りだと、流行語大賞さえとっていたハズですが。

桜野さんが訊《たず》ねてきます。

「栗花落さんはさ……そういう知識、どこで仕入れるの？」

「当然、お友達の皆さんからです。皆さんいい人ばかりなので、親切にも、流行のことを世間知らずの私に教えてくれるのです」

「ああ……そうなんだ……。…………。……栗花落さん、『Mステ』って知ってる？」

「えむすて？　なんですか？　ライトノベルというものですか？」

「いや『えむすて！』みたいなことじゃなくてね。えと、アルファベットの『M』に、カタカナでステ。略語なんだけど」

「略語ですかっ！　それは若者っぽいですね！　流行ですね！　流行なんですね！」

「う、うん、流行っていうか……まあ。ちなみに、栗花落さんはなんの略だと思う？」

「そうですね……Mステ……ま……ま……マイケル！　マイケル&ステファニー！」

「アメリカのコメディ番組みたいだね」

「み……ミラノ風ステテコ」

「とりあえずミラノ風つけておけばオシャレだと思わないように」

「む……ムニムニするテディベア！」

「ちょっと流行《はや》りそう！」

「め……名物カステラ」

「長崎《ながさき》？」

「も……『桃太郎《ももたろう》を捨《す》て石に！』」

『桃太郎を捨て石に、〇〇を召喚《しょうかん》！』みたいな使い方しそうだね……」

「全部不正解なのですか？」

「………。……いや、正解だよ。それも初回で。マイケル＆ステファニーだよ」

桜野さんがふっと遠い目をしたのは気にせず、私は思わずガッツポーズを取ります！

「やはりですか！　どことなくアメリカンチックな匂《にお》いはしたのですよ！　これで私も皆さんの話についていけますね！　『昨日Mステ見た？』と言われたら、『見た見た、チョー面白かったよね』って言っておけばいいんですね！」

「うん、間違《まちが》ってはいないよね。驚《おどろ》くべきことに」

「ありがとうございます、桜野さん！　また一つ流行の知識が増えました！」

「お役に立ててなによりだよ、栗花落さん」

桜野さんが妙《みょう》に大人びた表情をしていました。私はこの機会に、自分のもう一つの夢を語ることにしました。

「とはいえ、本を読んだりテレビを見たりするのは好きなんですけど、それよりも今は、外を走り回りたいですよね」

「あ、インドア派な栗花落さんでも、やっぱりそう思うんだ？」

「そうですね。いくらなんでも、ずっとベッドの上は流石《さすが》にフラストレーションが溜《た》まりますよ。だから……運動したいというよりは、暴れ回りたいという感じでしょうか」

「あ、暴れ……。栗花落さん、イライラしても病院の窓割って回ったりしないでね……」

「失礼しちゃいますね。その辺の分別《ふんべつ》はちゃんとありますよっ」

「そ、そうだよね」

「ええ、割っていいのは校舎の窓だけだって、ちゃんと分かってますから！」

「全然分別ついてないよ！　校舎の窓も割っちゃだめだよ！」

「そんな……。じゃあ私は、何を心の支《ささ》えにしてこの闘病《とうびょう》生活を乗り切ればいいんですかっ、桜野さんっ！」

「少なくとも窓割ること以外だよ！」

「そうなんですか……ごめんなさい。まさか、校舎の窓を割るという行為《こうい》が、人の頭をカチ割る以上の重犯罪とは露《つゆ》とも知らず……」

「いやそこは合ってたよ⁉　頭は窓以上にカチ割っちゃ駄目《だめ》だよ！」

「……や、やっぱり駄目ですね。入院生活が長いと、とんと世間に疎《うと》くなって……」

「なんでも入院のせいに出来ると思ったら大間違《おおまちが》いだよ！」

「それもこれも、全て桜野さんのせいですよっ！」

「この状況《じょうきょう》で私のせいに出来ると思っているのは、もっと大間違いだよ！」

怒《おこ》る桜野さんを横目に、私はふと色々なことが虚《むな》しくなり、嘆息《たんそく》して窓の外を眺《なが》めます。

「ふぅ……。いつまでたっても、私は自由に窓を割ることも出来ない、か弱い籠《かご》の中の小鳥なのですね……」

「栗花落さん……って、今は全然同情の余地ないよ！　窓を割っちゃ駄目なのは籠の中の小鳥だけじゃないよ！　皆《みんな》そうだよ！」

「世の中不公平ですよね。桜野さんは今日も外で暴虐《ぼうぎゃく》の限りを尽《つ》くしてきたというのに」

「なんでそう思ってるの⁉　入院中に栗花落さんの中の世界観大分歪《ゆが》んでない⁉」

「ふふっ、冗談《じょうだん》ですよ。でも、退院したら思う存分走り回りたいっていうのは、心からの願いです」

「あ……そうだよね。うん。それは私も分かるよ！　じゃあ、退院したら一緒《いっしょ》に思いっきり遊ぼうね！」

桜野さんが天使のような笑顔を見せて下さいます。私はその善意に感動して、思わず桜野さんの手を握《にぎ》りました。

「それでは、私が退院した暁《あかつき》には、桜野さんも一緒に、クラスメイトの皆さんと流行の話をしたりしましょうか！」

「え……」

瞬間《しゅんかん》……桜野さんの目から、今まで宿っていた生気が抜《ぬ》け落ちていきます。

私は一瞬しまったと後悔《こうかい》しましたが……でも、いい機会だと思い、訊ねてみます。

「桜野さんは……まだ、他人と話すのが、怖《こわ》いですか？」

「…………」

何も言わず、彼女はふいと視線を逸《そ》らします。……それは、最初にここに来たあの時と、まるで変わらない表情でした。

「桜野さん。大丈夫《だいじょうぶ》ですよ、桜野さんなら。私とだって、こんなに仲良く話せるように、なったじゃないですか」

「でも……それは……だって……」

俯《うつむ》き、完全に心を閉ざしてしまった桜野さんの様子に、思わず溜息を吐きます。

（結局……まだ、私が……栗花落杏子《あんず》が特別になっただけなのですね……桜野さん）

その事実に、私も幾分《いくぶん》、落ち込みます。

……実際問題、桜野さんは、仲良くなってみればとてもいい子ですし、なにより、普通《ふつう》に喋《しゃべ》れるのです。私と同じく世間知らずなところは多少ありますが、それでも、全くコミュニケーションのとれないレベルでは、全然無いのです。

だというのに彼女には、同年代のお友達が驚くほど居《い》ませんでした。恐《おそ》らく、今だけじゃなくて、これまでの人生、ずっと。

これは殆《ほとん》ど推測でしかないですが、どうやら、彼女は家族や親族との繋《つな》がりが強すぎる傾向《けいこう》にあるみたいです。いえ……最近では私もその中に入れて貰《もら》っているので、なんというか、「身内」と「それ以外」で線を引きすぎているというのでしょうか。おかげで、一般《いっぱん》知識はそこそこありながらも、周囲と喋らないことで家族間での「子供」という立ち位置でしか生きて来ていないため、妙に無垢《むく》なまま育ってしまったようです。

ですから、私は彼女が自分の前で明るくなるにつれて、この調子でクラスメイトとも友達になっていけるのではと期待していたのですが……結果は、この通り。ただ単に、私が彼女の「特別」の枠《わく》に新たに仲間入りしただけであって。彼女の本質には、何も影響《えいきょう》が無かったようです。

私は彼女を諭《さと》すように、言葉をかけました。

「そんなに深く考えることはないのですよ？　さっきも言いましたように、私とも親しくなれたじゃないですか。皆、話してみれば、わかり合えるものです」

「……でも、怖い、から」

「怖い？　恥《は》ずかしいじゃなくてですか？」

「…………」

桜野さんは、それ以上は話してくれませんでした。……どうやら、彼女が友達を作らないのは、家族に甘やかされたことだけが理由ではないようですね……。

桜野さんは、きゅっと、私の手を握り返してきました。

「……栗花落さんがお話ししてくれるなら、私は、それだけでいいんだもん……」

「桜野さん……」

私は……これは焦《あせ》ってもしょうがないかと、微笑《ほほえ》んで、彼女の手を握り返しました。

＊

ごめんねくーちゃん。あの頃《ころ》の私は、もう少し貴女《あなた》と居られる時間があると……ゆっくりくーちゃんが友達を増やしていくのを見守っていけると思っていたのですけど。

そうも、いかないみたいですね。

ねぇ、くーちゃん。くーちゃんが、私を特別に思ってくれるのは、とても……本当にとても、嬉《うれ》しかったのですけれど。

でもね、くーちゃん。もっと自分に自信を持って生きて下さい。

だって貴女は、とても素敵な女の子なのだから。

本当の意味で「やれば、出来る子」なのですから。

しっかり上を向いて、胸を張って、歩くように。

それが、第二の契《ちぎ》りです。

【第三話〜送る生徒会〜】

「本当に大事なことは、言葉じゃ言い表せないのよ！」

会長がいつものように小さな胸を張ってなにかの本の受け売りを偉《えら》そうに語っていた。

いつものことではあるのだが……今回の名言は流石《さすが》にどうかと思ったので、俺は呆《あき》れながら会長に声をかけた。

「なんかもう、かなり苦しいですね、名言」

俺の指摘《してき》に対し、会長が「うぐ」と引きつる。

「そ、そんなことないよ。私の中には一〇万三〇〇〇冊からなる名言辞典があるんだから」

「どこのインデ○クスさんですか。しかし成程《なるほど》、そんな無駄《むだ》なことにスペック使っているから、総合的に残念なんですね」

「……最近の杉崎《すぎさき》からは、どうも私に対する好意を感じないのだけれど」

「そんなことないですよ。大好きですよ会長。その残念さも含《ふく》めて愛しています。むしろ、その残念さが、愛《いと》しいんです。残念なのが、会長なんです」

「その台詞《せりふ》に私は照れるべきなのかな、それとも、怒《おこ》るべきなのかな……」

会長が額《ひたい》に手をやって悩《なや》んでいた。しばしの苦悩《くのう》の末、とりあえずその辺には関しては置いておくことにしたらしく、「とにかく！」と話題を戻《もど》しにかかる。どうやら、問題の並列《へいれつ》処理は無理らしい。

「いっつもこの生徒会は私の名言に文句ばっかり言って！　そんなに言うなら、私レベルの名言言ってみなさいよ！」

なんか会長がキレていた。俺の隣《となり》に座っている深夏《みなつ》が「いやいやいや」と、これまた俺と同じく呆れた様子でツッコム。

「その名言シリーズ、会長さんが勝手にやっていることだろう。なんであたし達がやらなきゃならねーんだよ」

「か、勝手にやっていることじゃないよ！　生徒会のため、そして、読者さんのためだよ！　『生徒会の一存』シリーズをどうして買っているのかと読者アンケートをとったら、実に九割以上が『会長の名言が見たいから』と答えるはずだよ！」

「いやそれはそれで不名誉《ふめいよ》だろう」

俺達の小説本編ってなんなんだよ。

しかし会長は深夏の反論を気にした様子もなく続ける。

「なんにせよこれはもう、恒例《こうれい》なの！　生徒会と言えば名言なの！　私は義務をこなしているのっ！　そういう私の名言に文句言うなんて、ゴルゴンゾーラ！」

「言語道断と言いたかったのよね、アカちゃん」

知弦《ちづる》さんがそっとフォロー&アタックを入れる。相変わらず会長に優しいんだか厳《きび》しいんだかよく分からない人だ。会長は知弦さんの指摘に一瞬《いっしゅん》顔を紅《あか》くしつつも、それを華麗《かれい》にスルーし、話を元に戻す。

「というわけで今回は、卒業式の『そーじ』『とーじ』について話し合いたいと思うわ！」

宣言し、会長はホワイトボードに「そーじ・とーじ」と記《しる》す。……全員、一瞬意味が分からなかったが、どうやら、送辞と答辞のことらしい。知弦さんが無言でホワイトボードに漢字を付け足し会長を補《おぎな》っていた。

俺は「卒業式の話題」というものに若干《じゃっかん》の寂《さび》しさを感じつつも、それをおくびにも出さず疑問を口にする。

「送辞答辞って、あれですよね。在校生が卒業生を送り出す言葉が送辞で、在校生に対して卒業生が遺《のこ》す言葉が答辞、ですよね」

「うん、そのとーり」

「……それって、生徒会で話し合うようなことなんでしたっけ？」

会長にというより、知弦さんに訊《たず》ねる。知弦さんは「そうね」と優しく微笑《ほほえ》み返してくれた。

「碧陽《へきよう》では、基本的には卒業生代表と在校生代表それぞれの子が考えるものよ。勿論《もちろん》、慣例《かんれい》はあるから、それらを参考にして自分の言葉を多少つけ加える程度だけれど」

「ですよね。じゃあそれって、生徒会が考えることじゃないんじゃ——」

と言いかけたところで、会長が机をバンッと叩《たた》いた。ぷるぷる震《ふる》えながら告げる。

「私がその卒業生代表なのっ！」

『あー』

全員一気に納得してしまった。なんだ、つまり、あれか。このお子ちゃま会長は自分一人じゃ答辞が考えられず、だったら生徒会の議題にしてしまえと。そういうことか。

深夏が「なぁーんだ」とだるそうに椅子《いす》に背を預ける。

「結局いつもの、会長さんの生徒会私物化議題じゃねえか」

「ち、違《ちが》うよ！　これはれっきとした生徒会活動だよ！　なんせ生徒会長のための活動なのだからっ！」

「それを私物化と言うんじゃねーかな」

「卒業式という、皆《みんな》にとっての一大イベントに関する会議だからっ、いいんだよっ！」

「まあ……悪いとは言わねーけどさ」

確かに、いつもの学校行事に全く無関係の議題よりはいいとも言えるだろう。

俺達はそれ以上反論することもなく、会議に取りかかることにした。会長が仕切り直す。

「じゃあ、いい答辞ある人ー」

「って、丸投げですか会長！　自分の仕事なんですから、せめて土台ぐらい用意して下さいよ！」

「土台？　どういうこと？」

「だから……フォーマットとは言わないまでも。せめて『〇〇〇』という言葉は入れてほしいとか、そういうのなきゃ手のつけようが無いですよ」

「そうなの？　じゃあね……『あいやまたれい！』という言葉は入れてほしい」

「余計手のつけようがねぇ！　そんな時代劇でしか聞かない言葉は無理ですよ！」

「えぇー。じゃあね今風にして……『キミの心揺《ゆ》さぶるＲＰＧ』とか」

「答辞でなんの宣伝してるんですかっ！　っていうかすっかりＲＰＧ好きですね！」

「も、文句ばっかり言って！　私らしい土台を作れって杉崎が言うから、答えてるんだよっ！」

「す、すいません」

「もういいよ……無難《ぶなん》に『ただの人間には興味ありません。この中に――』というので」

「いやそれ全然無難じゃないですからね⁉　生徒会の一巻からネタとして使っているから無難だと思ったら大間違《おおまちが》いですからね⁉　相変わらず色々ギリギリなんですからね⁉」

「じゃあ私らしさってなにさ！」

「こっちが聞きたいわ！」

「パクってこそ私じゃない！　他人の発言をそのまま自分が考えましたよというような態度で堂々と言ってこその私であり、生徒会人気じゃない！」

「何を堂々と言っているんだこの卒業生！」

立つ鳥跡《あと》を濁《にご》しまくりだった！　俺は強く反論する！

「とにかくっ！　答辞は……というか答辞ぐらいはもっと真面目《まじめ》にやって下さい！」

「……分かったよ」

「そうですか。それなら良かっ――」

「えーと、真冬《まふゆ》ちゃん、学園ライトノベルと漫画《まんが》と学園ドラマとギャルゲーの卒業式シーン集めてきて。いいセリフあったらそのまま使うから」

「なにを真面目に流用してるんですかっ！　ガチじゃないですかっ！　そこまで行ったらパロディレベルじゃない、ガチ流用じゃないですかっ！」

「大丈夫《だいじょうぶ》だよ杉崎。最近ライトノベル業界そんな感——」

「そのネタはあまりに危険すぎると思うんだ会長！　洒落《しゃれ》になってないと思うんだっ！」

どうも最近卒業式が近いせいかそろそろギャグが苦しいのか、際《きわ》どいネタ取り扱《あつか》いすぎだと思います、うちの生徒会。

なんだか色々な意味でこの路線の先には破滅《はめつ》しか見えないので、進路を変えて会議を進行させる。

「会長の答辞の件は理解しました。けど、じゃあ送辞は生徒会に関係無いのでは？」

「ふぇ？　なに言ってるの？　送辞は杉崎が読むんだよ？」

普通《ふつう》にサラッと告げられてしまった。まあしかし実はそう予想外だったワケでもないので、あまり驚《おどろ》きはしなかった。

隣の深夏がほっと胸をなで下ろす。

「安心したぜ。この話の流れだと、ちょっとあたしに来るかと思ったよ」

「うん、送辞は二年生の役員に読ませようと思ってたし、人柄《ひとがら》的に考えたら8000対

2で深夏なんだけど」

そんなに俺の人格は深夏に劣《おと》ってますか。あと約分しろ。

「でも深夏と真冬ちゃん……その、私達の卒業と同じ時期に転校するでしょう？　そんな人が送辞読むってのも、なんか変かなーって」

「それもそうですね。送り出した当人こそが去るなんて、まるで『安心しな、俺はこんなところじゃ死なねぇよ。構わず先に行きな』っていう死亡フラグみたいです」

真冬ちゃんが同意する。俺はあまり必要以上に姉妹の転校を想像していたくなかったので、さっさと話を進めることにする。

「はぁ、しかし俺が送辞っスかぁ。別にいいですけど、それはそれで面倒《めんどう》だなぁ」

「なによ、やっぱり自分だって思いつかないいんじゃない、そーじ！」

会長に睨《にら》まれて、確かにと俺は反省した。うん、さっきまで他人事《ひとごと》だったから好き勝手言えたが、いざこうなると、確かに自分じゃ何も思いつかない。他人の手を借りたくなる。

俺が悩んでいると、知弦さんがさっきの俺を真似《まね》てきた。

「キー君は、何か私達卒業生に『これだけは言いたい』という言葉がないのかしら？」

「そうですね……」

俺は少し宙を見て考え……そして、素直な気持ちを返す。

「『エロスに生きエロスに死す』『ハーレム最高！』『性交渉《こうしょう》の流儀《りゅうぎ》』『バストサイズ』『不純異性交遊』『脚線美《きゃくせんび》』『貧乳《ひんにゅう》の品格』『時速八十キロで走る車から手を出すと、おっぱいの感触《かんしょく》だと言われております が』あたりの言葉を土台にして議論して貰《もら》えると幸《さいわ》いです」

「なるほど、分かったわ。じゃあ皆。今日はアカちゃんの答辞だけを全力で考えましょう」

『はーい』

「…………」

こうして役員達が俺というキャラへの対処法を完全に熟知《じゅくち》してしまっているのが、また生徒会円熟期としての哀愁《あいしゅう》を誘《さそ》う今日この頃《ごろ》です。

そんなわけで、俺の送辞はさておき会長の答辞を考えようとはなったものの——

「けどよぉ、答辞って、送辞を受けての、答えなんじゃねえの？」

という深夏の言葉で、進行が止まる。確かにその通りだ。そうなると、やはり送辞から作らなければいけなくなるわけで。

「ほら、やっぱり俺の送辞が先ですよ。ふふん」

「なぜキー君が胸を張るのかは分からないけど、まあ、仕方ないわね。じゃあ先に送辞作りましょうか。それに合わせて、アカちゃんの答辞、と」

その提案に全員が頷《うなず》く。とりあえず、送辞を読む本人である俺から提案させて貰うことにした。

「じゃあ、会長、とりあえずそれぞれ好きなように軽くやってみますか。で、それを全員で改善していくという感じで」

「うん、いいよー」

というわけで、とりあえず、それぞれ好きなように送辞・答辞を行うことにする。

カタチだけでもそれっぽくしようということで、ちょっと机をずらして空間を空《あ》け、俺と会長は立って向かい合い、それぞれ白紙を持ってスタンバイした。

知弦さんから「はい、スタート」の声がかかり、俺は一礼した後、白紙を広げる。

「送辞。春前《はるさき》の風に女子高生のスカートも捲《めく》れ始めるこの季節、男子の股間《こかん》もズボンの隙《すき》間《ま》から芽吹《めぶ》く時を今か今かと待ち望んでおりま――」

「答辞。死ねばいいのに」

『どんな卒業式よっ（ですかっ）！』

俺と会長の送辞答辞に、残り三名が同時ツッコミだった。

しかし俺と会長は二人とも膨《ふく》れ面《つら》だ。

「なんですか、せっかく気を遣《つか》って時候《じこう》の挨拶《あいさつ》から入ったのに」

「私はあの送辞に対して、皆が望む答辞を返したと思うもん！」

「そういう問題じゃなくて……」

知弦さんが呆《あき》れたように額《ひたい》を押さえる。そうして、会長ではなく俺の方を睨み付けてきた。

「今のはキー君が悪いわ。アカちゃんの言葉もキツイけど、とにかく、まずはキー君がちゃんとしないと話にならないわ」

「えぇー。俺なりにちゃんとしようと思った結果、時候の挨拶から入ったんですが……」

「そんな気遣《きづか》いは要《い》らないわ！　とにかく……そういうテクニック的な部分は後から私達がいくらでも補うから、まずは、お互《たが》い土台となる、核心《かくしん》的なことだけでいいわよ」

「はぁ……そうですか」

若干納得いかなかったものの、まあ知弦さんがそう言うんじゃ仕方ない。

改めてスタートがかかったので、俺達は再び向き合い、シミュレーションを開始した。

「送辞。好きです会長」

「答辞。ごめんなさい」

『卒業式でなにしてんの⁉（してるんですか⁉）』

　また一瞬《いっしゅん》で止められてしまった。俺と会長は頰《ほお》を膨らます。

「俺は、核心的なこと言いました。言いたいこと、言いました」

「私も、ちゃんと答えた。送辞に対して、きちんと、適切な答辞をした」

「そういうことじゃなくて……」

　知弦さんが深い……本当に深い溜息《ためいき》を漏《も》らす。この人卒業前に胃潰瘍《いかいよう》で入院したりしないだろうか、ちょっと心配だ。

　それを見かねたのか、椎名《しいな》姉妹が知弦さんに代わって苦言を呈《てい》す。

「土台がそんなんじゃいつまでたっても会議が進まねぇよ。あとあたしは鍵《けん》が好きだぞ」

「まったくです。ここは、まともな真冬達が先に土台を作るべきかと思われます」

　なにかサラリと深夏にデレられた件はさておき。

　二人の提案に俺と会長は顔を見合わせる。会長が少し膨れて返した。

「そんなに言うなら、やってみればいいよ！　そーじとーじ！　難《むず》しいんだから！」

　会長の挑発《ちょうはつ》に、姉妹は立ち上がり、代わりに俺達は着席する。

　二人は前に出ると、先程の俺達と同じように向かい合った。送辞を読むのが真冬ちゃんで、答辞をするのが深夏のようだ。

知弦さんの「はい、どうぞ」という掛《か》け声と共に、シミュレーションスタート。

「送辞。卒業しても男同士の友情をどんどん育《はぐく》んで下さいです」

「答辞。おう！　オレ達の冒険《ぼうけん》はこれからだぜ！」


『なんか違《ちが》う！』

やはり残り三名総ツッコミだった。俺達の反応に姉妹が不満を漏らす。

「なんですか。真冬は友情の素晴らしさを語っただけですよ」

「いや絶対それ以外の欲望《よくぼう》も含《ふく》まれてたよ！」

「あたしはスッキリ、卒業生らしい挨拶を返しただろう」

「お前のは卒業っつうより打ち切りだったよ！　なんかモヤモヤするわ卒業生！」

会長と俺の反論に姉妹が膨れ、そんな中知弦さんは一人更《さら》なる頭痛に悩《なや》まされていた。

「あのね、二人とも。こういうのは個人的なことじゃなくて、皆《みんな》の意見を代表して言わなきゃいけないのよ？」

知弦さんの言葉に真冬ちゃんが「わかりましたよ」と応じ仕切り直す。

「では次こそちゃんとやりますです。真冬は在校生の想《おも》いを代弁した送辞を」

「あたしは卒業生の想いを代弁した答辞を、ちゃんとするぜ」

というわけで、二人は向き直り、そして……。


「送辞。正直卒業式とかだりぃーです。帰ってモン○ンしたーい」

「答辞。ひゃっほう、これさえ終われば長い春休みだぜ！」


『代弁しすぎだろっ！（よっ！）』

学級崩壊《ほうかい》どころか学園崩壊みたいな卒業式だった。成人式で暴れる若者と同じぐらいワイドショーネタになりそうだ。

「んだよぉ、あたしは卒業生達の素直な気持ちをちゃんと代弁しただろー」

「そんなこと思っても言うなよ！　卒業式に臨《のぞ》むモチベーション下がるわ！」

「お姉ちゃんはともかく、真冬、どこがいけなかったのか全くわかりません」

「全部だよっ！　あと在校生全員モ○ハンやりたがっていると思ったら大間違《おおまちが》いだよっ！」

俺と会長が強く反論するも、姉妹は依然《いぜん》として「なにが悪いのか分かりません」といった表情だった。ずれた姉妹め！

「はぁ……」

知弦さんがぐったりとしていた。……仕方ない。ここは一つ、生徒会きっての常識人コンビたる俺と知弦さんで、ちゃんとした土台を作ってやるか。

「知弦さん、そろそろ会議進ませたいし、俺たちで決めたりましょうや」

俺の提案に、知弦さんは気《け》だるげに「そうね……」とぐったりしていた身を起こす。

「じゃあやりましょうか。ええと、キー君に送辞任《まか》せるのは不安だから、私が送辞で、キー君答辞でお願い」

「ラジャー」

というわけで、姉妹を「しっし！」と追《お》い払《はら》って着席させ、俺と知弦さんが前に出る。

会長と椎名姉妹は「んだよ、偉《えら》そうに」といった様相だが……まあ見ていろ、お前ら。

知弦さんと俺が、常識人の嗜《たしな》みというものを見せてやる。

「じゃあ始めるわよキー君。私は卒業式に際して、在校生が卒業生に抱《いだ》く想いを」

「俺は、その想いに応《こた》える言葉を、ですよね」

意思疎通《いしそつう》は完璧《かんぺき》。知弦さんはニコッと微笑《ほほえ》み……そして、シミュレーションを開始した。

「送辞。……もう行っちゃうの？　ふ、相変わらず冷たいのね。いつもそうよ。すること済ませたら、はいさよなら。ホント、昔から変わらないわよね……貴方《あなた》達卒業生のそのやり方。残される在校生の身にもなってもらえるかしら」

「答辞。聞き分けのねぇことを言うんじゃねーよ在校生。俺達、そんな関係じゃねーだろ？　いくら同じ学園生とはいえ、所詮《しょせん》は他人さ。数年だけのインスタントな関係。そんなの、進学した時から分かりきってたことじゃねーか。おっと時間だ。じゃあな、在校生。こんなクソッタレな社会じゃ次会う時は敵同士かもしれねぇが……まあ、達者《たっしゃ》でな」


『ハードボイルドッ！』

全員からブーイングだった。知弦さんと俺は顔を見合わせ、二人でくいっと首を傾《かし》げて皆のほうを向く。

「あら、私は貴女《あなた》達在校生の気持ちになって、出来る限りの代弁をしたつもりだけど」

「いやいやいやいや、あたし達そんな卒業生にウェットな感情持ってねぇし！」

「俺は知弦さんの言葉を受けて、卒業生達の素直な心情を吐露《とろ》したつもりだったが」

「杉崎は卒業後の世界をどう捉《とら》えているのよっ！　私達全員ほぼ普通《ふつう》に大学進学だよ！」

うーん、何がいけないというんだか、全く、困った人達だ。

とはいえ五人中三人が反対では仕方ないので、俺と知弦さんはこの土台を諦《あきら》めることにする。そんな中、状況《じょうきょう》があまりにぐだぐだのため、深夏が「つかさぁ」とだるそうに意見してきた。

「やっぱ一つずつ着実に作った方が賢明《けんめい》じゃね？」

それには知弦さんも「そうね」と応じる。

「それぞれの趣味嗜好《しゅみしこう》で一気に駆《か》け抜《ぬ》けるから、変な方向行くのかもしれないわね」

二人の意見を受けて、俺は提案した。

「じゃあ、今度はそれぞれから意見募《つの》って、それらを組み合わせて作りますか。まずは俺の送辞」

そう言いながら、俺はなぜか生徒会室に大量に余《あま》っている単語暗記用カード（白紙）をばらして、全員に配《くば》った。

「やっぱ基本的に送辞は俺のもんなんで、土台っつうか大まかな流れは俺が考えますから、皆は、とりあえず『これだけは入れてくれ』っていう単語を書いて下さい」

『了解《りょうかい》』

俺の指示を受けて、全員が単語カードに思い思いの言葉を記《しる》す。約二分後それらを回収、俺は四枚のカードを参考に送辞を構成した。

皆が見守る中、俺はこほんと咳払《せきばら》いする。

「では、発表します」

そう前置きして、俺は、全員の意見から作られた送辞を……発表した！

「送辞。快晴に恵《めぐ》まれた今日この日、卒業生をこの碧陽学園オブザデッドから送り出せることを大変喜ばしく思っております。先輩《せんぱい》方はこれから高校生という身分を天元突破《てんげんとっぱ》し社会に巣立《すだ》っていかれるわけですが、その後ろ姿は実に頼《たの》もしく、在校生全員をハートキャッチでございます。ですからいくら諦めろと言われましても、好きなものは好きだからしょうがありません!!……それでは皆《みな》さん、お元気で」

『カオスッ！』

自分達で提案しておいて自分達でツッコンでいた。つくづく不毛な組織である、生徒会。

知弦さんが「やれやれ」と呆《あき》れた様子で呟《つぶや》く。

「どうして全員好きな作品タイトルを盛り込んでいるのよ。まったく……」

「いや知弦さん、『オブザデッド』とか書いた人にツッコミの資格はないと思います」

ちなみに残りは深夏が「天元突破」、会長が「ハートキャッチ」、真冬ちゃんが「好きなものは好きだか○しょうがない!!」だった。とりあえず全員俺に土下座してほしい。

ぎゃあぎゃあと醜《みにく》い責任のなすりつけあいを繰《く》り広げる少女達を俺は怒鳴《どな》りつける。

「いい加減にして下さい！　特に知弦さん！　貴女さっきから常識人ぶってますが、結構ボケてますよねぇ!?」

「あら心外ね。オブザデッドの何がいけないのかしら」

「逆に何がいいと思ってたのかと訊《たず》ねたい！」

「……卒業式オブザデッドもいいわね」

「なにを不吉《ふきつ》なこと呟いてんの!?　碧陽学園に変なイベント期待しないでくれます!?」

「あ、なるほど、キー君何を怒《おこ》ってるのかと思ったら、そういうことね」

「よ、ようやく俺の言葉が耳に届きましたか——」

「グラディエーションオブザデッド」

「英語化の問題じゃねえ！」

「キーオブザデッド」

「いよいよ俺中心人物じゃねえかよ！　そういうことじゃなくて、卒業式にオブザデッドを持ち込むのをやめて下さいって言っているんです！」

「何を言っているのキー君。世の中、大概《たいがい》のものは『オブザデッド』を付けるだけで面白《おもしろ》くなるのよ」

「そうでしょうかっ！　物騒《ぶっそう》になるだけだと思いますが！」

「豚汁《とんじる》オブザデッド」

「確かに面白ぇっ！　オブザデッドがついているというのに、物騒さが完全相殺《そうさい》されている っ！」

「結局なんでもいいのよ。暇《ひま》があったらキー君も考えてみるといいわ。オブザデッドは万能よ。ちなみにこの理論のことを、私は畏怖《いふ》と憐憫《れんびん》と侮蔑《ぶべつ》と嘲笑《ちょうしょう》を込めてこう呼んでいるわ。……『万物《ばんぶつ》オブザデッド』と」

「いやそんなどこかの屍《しかばね》のお姫様《ひめさま》風に言われても全く心に響《ひび》きませんが」

「そうよね、日本だものね。オブザデッドは無いわよね」

「全くそういう問題じゃないですが、まあ納得してくれたなら――」

「死霊《しりょう》の卒業式」

「『死霊の』もつけるの禁止！」

「キー君、なにを言うの。『死霊の』も『オブザデッド』と並び立つぐらいの万能ワードなのよ。『死霊の期日前投票』『死霊のサクサク実況《じっきょう》プレイ』『死霊の気まぐれサラダ』等々……。まあ『死霊の盆○り』っていう偉大《いだい》なタイトルが既《すで》にあるせいで、キー君のギャグハングリー精神が若干削《じゃっかんそ》がれるのも分かるけれど」

「あんたは俺のことなんか何も分かっちゃいない！」

そして実は常識人のフリして卒業式のこともなんも分かっちゃいねぇ！

「っていうかなんで卒業式をそんな大惨事《だいさんじ》にしたいんですかっ、知弦さんっ！」

俺の質問に、知弦さんはフッと影《かげ》のある笑みを浮《う》かべた。

「この卒業式を……一生忘れられない思い出にしたいのよ、私」

「知弦さん……。……そのセリフ単体ならいいセリフなのにねっ！」

残念なホラー願望をお持ちの方はさておき、残りメンバーもまた問題だ。

「他の皆も！　なんで俺の送辞にそれぞれの好きな作品要素取り込ませんだよっ！」

「好きなものは好きだからしょうがないのです」

「確かにその作品タイトルは無性《むしょう》に口に出したい日本語だけどっ！　そういう欲望《よくぼう》は俺の送辞以外で発揮《はっき》してくれませんかね！」

「杉崎、杉崎。ハートキャッチが駄目《だめ》なら、マックスハートでもいいよ！」

「なんでそう使いづらい単語ばかり指定するんですかっ！　同じプリ○ュアなら、せめて『フレッシュ！』ぐらいにしてくれればいいものを！」

「なぁなぁ鍵、ということは、あたしの天元突破は採用なんだよな？」

「いやいやいや、これ勝ち抜き戦じゃないから！　当然全員不採用だからっ！　っつうか送辞に限らず、天元突破という言葉にはタイトル以外でこれといった使い処《どころ》はねぇよ！」

一息に全員にツッコミ、ぜぇぜぇと息をする。

「ふぅ……ふぅ。ん？　よく考えたらハーレムメンバー全員にツッコンで息を荒《あら》くするって、なんか聞きようによっては大分エロ――」

「天元突破キーオブザデッド！」

「ぐぼらっっしゃあああああああああああああああああ！」

なんか凄《すげ》ぇ技名の必殺技を隣《となり》から喰《く》らった。あまりの威力《いりょく》で本格的に俺オブザデッド状態だったが、流石《さすが》に見かねたのか犯人自身が「ま、好きなものは好きだからしょうがねぇか」と呟いて俺の胸に手を当て、「ハートキャッチ！」の掛《か》け声と共に肉の上から心臓を鷲摑《わしづか》みにするという驚異《きょうい》の禁断蘇生《そせい》法を実行、俺はこの世という名の生き地獄《じごく》へと生還《せいかん》したのだった。

……というわけでもう俺は美少女達の提案したタイトル案達にトラウマを抱《いだ》いてしまったため、これ以上触《ふ》れることも出来ず、仕方なしに議題を進める。

「……もう、俺の送辞はいいや。先に会長の答辞を考えよう」

その提案に、真冬ちゃんが反応する。

「えーと、でも先に送辞が無いと作れないという話になったのでは？」

「そうだけど、でも、細部はさておき大体言うことは決まっているだろうからさ。一応ざっくりとは作れるんじゃないかな」

俺の提案に、知弦さんも「そうね」と応じてくれた。

「それに今の私達の状態を鑑《かんが》みるに、大まかなイメージで話し合った方が、ディープな方向に走らない健全な案が出るかもしれないわね。じゃあ、それでいきましょう」

というわけで、今度は先に会長の答辞を考えてみることにする。まずは、会長の意見を聞くことにした。

「じゃあ会長、まず自分で軽くやってみますか？　答辞シミュレーション」

「んー、分かった。杉崎の送辞が終わったと想像して、やってみる！」

というわけで、会長が立ち上がって答辞シミュレーションを開始。一応俺も会長の前にスタンバイして雰囲気《ふんいき》を作る。

会長は一度咳払いし、こちらを見つめてきた。

「答辞。……ＯＫ。そっちがその気なら、こっちも黙《だま》っちゃいられないよ！　いくよ野郎《やろう》共《ども》！　卒業生と在校生……………血で血を洗う全面戦争じゃぁ――――！」

「俺どんな送辞したんですかっ！」

最早《もはや》卒業式じゃなくて、卒業事変だった。一体俺が何を言ったらそんなことになるっていうんだよ……。

「会長。俺は、普通にありきたりな思い出を語ったというていでやって下さいよ」

「え？　そうなの？　なぁんだ、そういうことなら先言ってよ。つい、杉崎が言いそうなことを想定しちゃったよ」

「俺会長にどんな風に思われているんですかっ！」

「悪かったよ。じゃあ、仕切り直しね。私も、思い出語ればいいんだよね？」

「はい、そうです。お願いします」

というわけで、会長は一旦《いったん》落ち着き、再び答辞を開始する。

「答辞。思えばこの私が現在のような『えれがんす』かつ『びゅーてぃふぉー』な人間に至るには、生誕《せいたん》以降様々な困難が——」

「いやそういう個人的な思い出じゃなくて！　もっと学校全体の思い出を！」

「答辞。……ふぉっふぉっふぉ、ワシは碧陽学園。数十年前に建《た》てられて以降、生徒達を優しく見守ってきたのじゃがある日一人の生徒がワシのもとに——」

「学校の精霊《せいれい》視点じゃなくて！　生徒達の視点でお願いします」

「答辞。四月二十八日。その日、韮沢孝明《にらさわたかあき》は登校時にバスジャックに遭遇《そうぐう》し、二ノ宮春菜《にのみやはるな》は行方《ゆくえ》不明の友人を捜《さが》し、広野浩太郎《ひろのこうたろう》は誘拐《ゆうかい》を企《たくら》むがなぜか殺人事件に巻き込まれてしまい、神楽山鳳凰《かぐらやまほうおう》は他人の記憶《きおく》を書き換《か》える能力を得て世界征服《せいふく》に乗り出していた！　これは碧陽学園に通《かよ》う生徒達のとある一日の物語である――」

「『４○８』かっ！　誰《だれ》も群像劇語れとは言ってないですよ！　っていうかそのペースで一日一日やってたら、いつまでかかるんですか答辞！　そもそも碧陽学園でそんなに毎日事件起こってないでしょう！　作り話はやめて下さい！」

「え？　あ、ごめん、今のは手元にあった小説形式報告書読んだだけだったんだよ」

「実話かよっ！　確かに会長如《ごと》きが咄嗟《とっさ》に考えられる話じゃなかったけど！　そ、その話への興味は尽《つ》きませんがっ、今は答辞を考えて下さい！　群像劇じゃなくて、もっと大きな単位での生徒っていうか……」

「答辞。私達は、個であり全。我々はつまり私であり、私という単体はイコールで我々なのである。そこには物質、ひいては言葉という概念《がいねん》さえも最早意味をなさず――」

「そこまで他人と融合《ゆうごう》しなくていいですよ！　そうじゃなくて……だからっ、学校行事の話とかすればいいんですって！」

「答辞。碧陽学園の日々は素晴らしい思い出に溢《あふ》れています。皆《みな》さんも一緒《いっしょ》に唱和しましょう」

会長の語りかけに、女性メンバー三人が反応する。そして――

「せーの、たった五人の生徒によって沢山《たくさん》の被害者《ひがいしゃ》が出た」

『生徒会役員暴走事件！』

「生徒会と新聞部の争いが最後には学園全体を巻き込んだ戦《いくさ》へと発展した」

『第四次スーパー碧陽学園大戦！』

「家庭科で私が作ったゼリーが意志を持って人をにゅるにゅる襲《おそ》い始めた」

『政府も隠蔽《いんぺい》に動いた未確認ゲル状生命体事件！』

「碧陽学園の地下に謎《なぞ》の拷問《ごうもん》部屋が発見された」

『クリーム・ポッターと秘密の部屋！』

「体育館に現れた可愛いワンちゃんを逃《に》がさず愛《め》でるために生徒達が一丸《いちがん》となった」

『踊《おど》る大碧陽学園～渡《わた》り廊下《ろうか》を封鎖《ふうさ》せよ！～』

「どれもみんな」

『いい思い出です！』

「なわけあるかっ！」

　俺、大絶叫《ぜっきょう》だった。会長どころか女性メンバー全員がキョトンとする中、俺は一人ツッコミに奔走《ほんそう》する！

「どれもこれも純然たる大惨事じゃねぇかよ！」

「杉崎が学校の行事を語れって言うから……ちゃんと実話だもん……」

「確かに実話ですけどっ！　でも、なんでそのラインナップをチョイスしたんですかっ！　そんなんじゃ碧陽学園、ただの魔窟《まくつ》と思われ――ま、まあそれは事実ですが、もっと普通《ふつう》のイベントでいいんですって！」

「答辞。特にありません」

「確かにっ！　碧陽学園に普通のイベントは無かった気がする！」

　ここに来て、どうも答辞で普通の学校みたいな感動的なノリはやれない可能性が出て来た。送辞もまた然《しか》り。

　俺が頭を抱《かか》えていると、深夏が俺の肩《かた》にぽんと手を置いて、実に不思議そうな表情で訊《たず》ねてくる。

「なあ、鍵。確かに今までの会議はボケばっかりだったけど、でもさっきの……最後の会長さんの答辞、そんなに悪かったか？」

「へ？」

意味が分からず顔を上げると、真冬ちゃんも知弦さんも、皆《みんな》深夏に同意し頷《うなず》いていた。

「そうですよ先輩《せんぱい》。確かに普通の答辞ではないですが……でも、真冬は『らしくて』いいと思いました」

「そうね。キー君が言うことも分かるけど、でも、アカちゃんが語ったこともやっぱり碧陽学園で起こった事実だし、皆の記憶に残るイベントだったと思うわ。それらを綺麗《きれい》さっぱり無視して、ありきたりな学園行事をピックアップすることは、そんなに重要？」

「あ……」

そこで、俺ははたと我《われ》に返る。そうだ……俺、ツッコンでばかりいるうちにいつの間にか、会長に「普通の答辞」をさせようとしていた。自分でハッキリ意識はしていなかったけど……でもきっとそれを突《つ》き詰《つ》めた先にあるのって、どこにでもある、テンプレートな答辞であり、ひいては俺の送辞でもあり。

でもそれと、さっきの会長の答辞、どっちがいいかって考えたら……どれだけ馬鹿《ばか》みたいに行き過ぎの答辞だろうが、文句なしに会長のオリジナル答辞で。

「うー……答辞、難しいよぅ……」

「…………」

俺に否定され続け悩《なや》んでしまっている会長に……俺は、優しく微笑《ほほえ》んで声をかけた。

「……やっぱり、その時会長が思ったことを、そのまま、思ったままに言えばいいんじゃないでしょうかね」

「え？　でもそれじゃあ……」

戸惑《とまど》う会長を前に、俺は全員と目配せをして皆の意思を確認し、それを代表して彼女に告げてあげる。

「卒業式に参加している生徒達は皆、会長の言葉が聞きたいと思います」

「私の……ことば？」

「はい、そうです。たとえそれが、代々続いてきた形式や慣例《かんれい》に沿わないものだったとしても。どんなに、その場に相応《ふさわ》しくないような言葉であったとしても。それでも……やっぱり、会長の気持ちが込められた言葉が、俺達は聞きたいです。少なくとも、碧陽学園の生徒達は、そういうヤツらですよ。なんせ、会長を会長に選んじゃうヤツらなんですから」

「杉崎……」

会長は少し悩む素振《そぶ》りを見せた後……決意したように強い意志を瞳《ひとみ》に宿らせ、俺達に向かって笑顔で大きく頷いた。

「うん！　任《まか》せてよ！　私……変なこと言っちゃうかもだけど、でも、頑張《がんば》って自分の言葉で答辞言う！」

立ち上がりながら告げて、そのまま会長は俺の方を見つめる。……春頃《ごろ》には感じられなかったその不思議な「力強さ」に、俺は少しドキリとする。

「だから、杉崎も自分の言葉で言うんだよっ、送辞！　私期待しているからね！」

「え？……はい、そうですね。分かりました。任せて下さい。俺も、自分の言葉で送辞、ちゃんと言います」

そう言いながら、実はさっきから自分の中である程度組み立てていた「そつのない送辞」を全て捨《す》て去る。当日まで全く考えず……とはいかないだろうけど、でも、100パーセントやはり自分の言葉で言おう。

俺達が微笑む中、会長が自信満々に胸を張って、会議を締《し》める。

「というわけでっ！　本日の生徒会、終了《しゅうりょう》！　おつかれちゃん！」

『お疲《つか》れ様《さま》でした』

なぜ会長が中年サラリーマンみたいな口調なのかはさておき、全員でニッコニコ会議を締める。

しかして……その笑顔の裏では、会長以外、全員、同じ事を考えていた。

『（正直会議始まった時から、『あー、このオチのパターンだろうな』とは思ってたけどね！）』

会長以外、役員どころか、恐《おそ》らくこの議事録の読者さんの実に九割以上がそう思っていたことと思います。

そんなわけで、碧陽学園生徒会。色んな意味で、クライマックスを迎《むか》えております。

【回想3】

「もしかして……具合……悪いの？」

くーちゃんが来室してもいつものように背を起こさない私に対し、彼女は不安げな表情を見せました。

私は微笑《ほほえ》んでそれに返します。

「そんなことないですよ。ほら、新しい点滴《てんてき》打っているでしょう？　これは、ちゃんと寝ながらじゃなきゃ駄目《だめ》なんです」

嘘《うそ》でした。しかしくーちゃんは、ほっと安堵《あんど》の笑みを見せてくれました。

「そうなんだ。大変だね」

言いながらいつものように椅子《いす》に腰掛《こしか》けるくーちゃんに、私は「そうですね」と応じます。

「前も説明したと思いますけど、あくまで検査入院なので、元気が余《あま》ってしまうぐらいで」

「分かる！　私も、日曜日は早く起きちゃうもん！　それと同じ？」

「はい、同じです」

私が笑うと、くーちゃんも笑います。……良かった。今、この病室に来る人達の中でこんな笑顔を見せてくれるのは、もう、彼女しかいませんから。それは、私にとって、とても貴重《きちょう》で……かけがえのない存在でした。

実際、検査入院というのはあながち嘘でもありません。最初……何もないところで転《ころ》んでしまうことが多くなりだしてから、この、体の一部に力が入らなくなる病気は、謎《なぞ》だらけでした。このような症状《しょうじょう》が出る病気自体はいくつかあるらしいのですが、結局それらへの対処法も全て効果をあげておらず、症状自体にも「些細《ささい》ではあるが個人差の範囲《はんい》以上」とされる、前例との差異があるらしく、ハッキリした病名は未《いま》だ不明のまま。

そのため、まあ詭弁《きべん》ではあるのですが、一応はまだ「検査入院」と言えないことも、ないのです。

くーちゃんはそんな私の言葉を信じ切っている様子で、今日も楽しげに一日の報告をなさいます。

「今日はね、体育でソフトボールしたよ。ずーっと『ボール来ないでぇ〜』と念じながら外野守ってたら、来なかった！　一安心だよ」

「ソフトボールですか……そういえば、入院期間を抜《ぬ》いても、しばらくやってないですね」

「そうなの？　というか、アンズって運動とか得意なの？」

「…………。……ごほごほ。げっほげほ。ふらりふらふら」

ここぞとばかりに病弱さをアピールしてみま――

「不得意なんだね」

ぎくり。

「ち、違《ちが》います。体が弱いだけです。決して、決して、運動音痴《おんち》とかじゃありませんよ」

「検査入院だってさっき言ったばかりだよ……」

「う。し、仕方ないじゃありませんか。人には、得手《えて》不得手があるのです」

「それは分かるけど……ちなみに、アンズの得意なことって？」

「え？…………。…………」

ふっと、くーちゃんから顔を逸《そ》らします。くーちゃんは何か悟《さと》った様子で呟《つぶや》きました。

「……アンズって、キャラに似合わず中身意外とへっぽこだよね……」

「に、似合わずとはなんですかっ！　態度が落ち着いていたら、頭が良くて優秀《ゆうしゅう》じゃなきゃいけないのですかっ！」

「そ、そうとは言わないけど……なんか残念だよね」

「うぅ……」

それは昔からよく指摘《してき》されることでした。入院する前も私はどちらかというと一人で小説を読んでいたり、ぼぅっと空を眺《なが》めているタイプだったのですが。どうやら同年代の子から見ると私のそういう行動はかなり大人びているらしく、勝手に能力を過大評価されがちなのです。

私を詳《くわ》しく知る友人の一人曰《いわ》く、「アクション映画で、勿体《もったい》ぶって出て来た黒幕が尺《しゃく》の関係で割とあっさり退場した時みたいな残念感」が私にはあるらしいです。なんと失礼な評価でしょう。しかし……的《まと》を射《い》ている気もします。

私が色々思うところあって嘆《なげ》いていると、くーちゃんは「よしっ！」となぜか胸を張りました。

「じゃあ、私がアンズの長所を見つけてあげるよ！」

「そ、そうですか？　それはなかなか嬉《うれ》しいですね。是非《ぜひ》とも」

「そうだねー。まずアンズは……」

「…………」

「…………」

ちっく、たっくと時計の音が室内に響《ひび》きます。私はニコニコと自分の長所を待ち、そしてくーちゃんは――

「あ、もうこんな時間だ。じゃ、私これから汎用《はんよう》人型決戦兵器の模擬戦闘《もぎせんとう》あるから……」

「ちょっとお待ちなさいなくーちゃん」

私は立ち上がりかけたくーちゃんを制止します。彼女は頬《ほお》をひきつらせて、こちらを見ました。

「う。ごめんなさい。こういう時、どんな顔したらいいか分からない」

「泣いて許《ゆる》しを請《こ》えばいいと思いますよ」

「はぅ、そこは『笑えばいいと思うよ』じゃないの⁉　アンズが怖《こわ》いよぉー！」

「当然でしょう！　っていうかくーちゃんそもそもエヴァン○リオン乗らないでしょ！」

「そ、そんなことないよ。私はこう見えて、一億番目の適格者なんだよ」

「最早《もはや》世間の皆《みな》さんは原付《げんつき》ばりにエヴァ乗れるんですねっ！　って、そんな言い訳はどうでもいいです！　ほら、座りなさい！」

「うぅ……」

座り直したくーちゃんに、私は深く嘆息《たんそく》しながら声をかけます。

「……くーちゃん。私には、そんなに長所がありませんか」

「そ、そんなことないよ！　アンズにだって……アンズ如《ごと》きにだって、いいところは沢山《たくさん》あると思うよ！」

「うん、なんか今軽く見下《みくだ》された気がしますが、そこはくーちゃんらしく日本語を間違《まちが》ったのだと信じましょう。それで……私の長所は？」

「えと……それは……」

くーちゃんは私から視線を下げ、なにやら私のベッドをジッと見つめていたかと思ったら、なにか思いついたかのようにハッと顔をあげました。

「そ、そう！　ベッド！　アンズはずっとベッドの上にいるから、ベッドのエキスパートだと思います！　つまり、アンズは『床上手《とこじょうず》』！」

「げほっ！」

私は思わずむせてしまいました。くーちゃんは無邪気《むじゃき》に「大丈夫《だいじょうぶ》？」と首を傾《かし》げてきます。こ……この子は、何を自信満々に言っているのでしょう。どうやら彼女は「床上手」の意味をきちんと理解していないらしく、一人、うんうんと頷《うなず》いています。

「そうだよ。アンズのいいところはトータル二つ！　『珍《めずら》しい名字《みょうじ》の床上手』！　それこそ、栗花落杏子《つゆりあんず》の全てだよ！」

「くーちゃんくーちゃん、びっくりです。今までの辛《つら》い闘病《とうびょう》生活でも折れなかった私の鋼《はがね》の心が、この瞬間《しゅんかん》、完全に砕《くだ》け散りましたよ」

「どうしたの？　アンズにも長所があるって分かって、嬉しくないの？」

「うん、それで私がどうして喜ぶと思ったんでしょう。……出来れば、他の長所が欲しいのですが……」

「んー……。アンズの長所といったら、もう、あとは私の友人であることぐらいしかないと思うよ？」

「私の人生って一体なんなのですかっ！」

「アンズっ、闘病生活に挫《くじ》けちゃ駄目だよ！」

「今のは病気に屈《くっ》した台詞《せりふ》じゃありませんよっ！」

全力でツッコンで嘆息していると、くーちゃんはどこか不満げな様子で告げてきました。

「でもアンズは、私にとって誰《だれ》よりも大切な、世界で一人だけの友達、だよ？」

「っ」

あまりに素直で唐突《とうとつ》なその好意に、私は思わず顔を紅《あか》くしてしまいます。

くーちゃんは構《かま》わず続けてきました。

「私をこんなに幸せで楽しい気持ちにしてくれるのはアンズだけだもん。だから、アンズはそれだけで、すっごく素敵《すてき》な人だと思う」

「う……そ、そうですか」

「？　アンズ？」

ちょこんと首を傾げてくりくりした瞳《ひとみ》で私を見つめるくーちゃんから、思わず視線を逸らしてしまいます。

………。

くーちゃん、可愛いすぎるぅうううううううううううううううううううう！

な、なんなのでしょうこの気持ち！　百合《ゆり》⁉　百合なのですか⁉　そうなのですか？

栗花落杏子！　ああ、もう、お持ち帰りたい！　いや今はこの病室が私の部屋みたいなものだから、既《すで》にお持ち帰っているとも言えますけどっ！

もうっ、こんな可愛いくーちゃんに友達が私以外いないなんて、ホント信じられな——

「………」

「アンズ？　さっきからどうしたの？」

「………あ、いえ」

浮かれていた気持ちが、すっと引いていきます。代わりに私の心に入り込んだ感情は

——不安。締《し》め付《つ》けられるような、不安でした。

最初はくーちゃんが誰かにとられてしまう不安かと思いました。私は、自分でも思って

いる以上に、くーちゃんに入れ込んでしまっているみたいですから。でも、どうやらこの不安は、そんな可愛い嫉妬《しっと》の問題ではないと、すぐに気付きました。

むしろ、それは「逆」でした。

くーちゃんが誰かに心を開くのが、怖いんじゃないのです。

くーちゃんがこのまま私にしか心を開かないのが、怖いんです。

どうして今まで気付かなかったのでしょう。そして、なぜ、今気付いてしまったのでしょう。

背筋にぞくりと悪寒《おかん》が走ります。

それは……自分が最初にこの病気の深刻さを知らされた時を遥《はる》かに超《こ》える、おぞましい感触《かんしょく》でした。

もし。

もし……私が「いなくなった」ら、その時、くーちゃんは……この、私に依存《いぞん》しきってしまっている愛《いと》おしい友人は、どうなってしまうでしょう。

冷《ひ》や汗《あせ》が額《ひたい》をつたいます。

今までも、家族や友人のことを考えなかったわけではありません。大切な人が悲しむことも、それ以上に単純な「終わり」に対する恐怖《きょうふ》も、当然ありました。

でも……今回のそれは、全く異質な恐怖でした。

なぜならこの子には……「覚悟《かくご》」が無い。私を失うかもしれないという、覚悟が。

私が……病状をごまかして、ばかりいたから。くーちゃんを不安にさせたくなくて……ずっと普通《ふつう》の友達でいたくて……何も……何も言えずにいた、せいで。

その行為《こうい》こそが、「最悪の事態」をより最悪にするのだと、気付きもせずに。

「アンズ、もしかして体調悪いの!? えと、えと、どーしたら……な、ナースコールを!」

私の蒼白《そうはく》な顔を見て、私以上に青い顔をするくーちゃんに、私は精神力を総動員して、笑顔を見せます。

「大丈夫ですよ、くーちゃん。なんでもないです」

「な、なんでもなくないよ！ なんか凄《すご》く顔色悪いもん、アンズ！」

「大丈夫です。ずっと言っているように、私は検査――」

それでいいのか、と自分に問いかけます。本当のことを、くーちゃんに告げるべきではないのか。いや……それより、こうなったら、くーちゃんを突《つ》き放《はな》してしまうのが、本当の優しさではないか。

様々な想《おも》いが私の中を一瞬《いっしゅん》のうちに駆《か》け巡《めぐ》り、しかし頭の悪い私には「最善の方法」なんて思いつくはずもなく、頭が真っ白になっていきます。

そんな中で。

そんな中で最後まで残ったのは……やっぱり、くーちゃんの、笑顔で。

どんなにそれが許されない行為であろうと……くーちゃんと一緒《いっしょ》に居たいっていう、一番単純で、素直な願いで。

だからこそ私は……。

「……検査入院、なんですから。顔色が悪いのは、長所が全然無かったことに対するショックでこうなっただけですよ。はぁ……くーちゃんは、残酷《ざんこく》ですね」

そう苦笑《にがわら》いで告げると、くーちゃんは途端《とたん》に、今までとは違《ちが》った意味で慌《あわ》て始めてしまいました。

「あ、ご、ごめんなさい……。で、でも、ホントに、アンズにはいいところが沢山あって、それは……うぅ、私じゃ言葉に出来ないけど、でも……でも本当に大好きで……」

「はい、ありがとうございます。私も、くーちゃん大好きですよ」

「あぅ」

照れるくーちゃんを見つめ、私はそのまま、少しだけ会話を逸《そ》らします。

「だからこそ、くーちゃんには、もっともっと多くの人と接してほしいなって、思いますよ？　くーちゃんのいいところ、皆さんにも知って貰《もら》いたいですから」

「え？　あ……それは……」

こういう話題になった途端、相変わらずくーちゃんは沈《しず》み込んでしまいます。今まででなら私はここで更に話題を逸らしたでしょうが……今日ばかりは、それをぐっと堪《こら》えて、くーちゃんを真摯《しんし》に見つめます。

「くーちゃんは、どうしてそんなに他人を怖がるんですか？」

「それは……だって……私には、何もないから……」

「何もない？」

それは、どこかくーちゃんらしくない言葉でした。私は疑問に思ったことを口にします。

「くーちゃんは、割と根拠《こんきょ》のない自信を持っている子だと思いますが……」

「うぅ、酷《ひど》いよぅ。こ、根拠はあるもん！　私は、やれば出来る子だもん！」

そうです。これがくーちゃんの本質なのです。親戚《しんせき》に甘やかされて育ったせいか、悪く言えばわがままで、よく言えば積極的な子なのです。なのに……一歩外に踏《ふ》み出すと、途端に真逆の大人しい子に変貌《へんぼう》してしまいます。それこそ、一人の友達も出来ないほどに。

「くーちゃん。私は、くーちゃんはもっとそういう部分を普段《ふだん》からさらけ出して、いいと思いますよ？」

「……駄目《だめ》だよ、そんなの」

くーちゃんは椅子《いす》の上で膝《ひざ》を抱《かか》え込むように座ります。下着が見えてしまっていましたが、話に水を差したくないので、指摘《してき》はしません。……け、決してくーちゃんの下着見えてラッキー等とは思ってませんよ？　ゆ、百合じゃないですよ？

「どうして、駄目だと？　そんなの、やってみないと――」

「やってみたら……駄目だったんだよ」

「一度駄目でも、次は――」

「次なんかないんだよっ！」

「え？」

くーちゃんは、一瞬激昂《いっしゅんげっこう》して……すぐに、「あ」と声をあげ、膝を抱え込んで顔を伏《ふ》せてしまいました。

私が呆然《ぼうぜん》としていると、くーちゃんはゆっくりと話し始めました。

「……みんなとね、違う幼稚園《ようちえん》だったから……」

「？」

「転校生……とは、ちょっと違うんだけど。幼稚園から小学校に上がる時、親の都合《つごう》で引《ひ》っ越《こ》して、こっちに来たから……。それまでの友達とか小学校には誰もいなくて……」

「それは、よくあることじゃないですか？　私はもうちょっと街の方で育ちましたが、幼稚園から小学校に上がった時、私もそんな感じでしたよ？　初対面の子ばっかりでしたし」

「それは……そうなんだけど。でも、ちょっと違うの。私が行った小学校は本当に田舎《いなか》で人数少なかったから……幼稚園の子達がそのまま小学校に上がって、全員同じクラスだったの。だから……私が加わった時には、もう、私以外、皆《みんな》、友達同士で」

「ああ……それは、ちょっとハードル高いですね。でも子供ですし……」

「うん。私も、仲良くなれると思ってたよ。新しい友達出来るって、思ってた」

そこでくーちゃんは一息ついて……そして、絞《しぼ》り出すような声で、告げた。

「でも、無理だった。私、こんなだから……ワガママだから……皆に、受け入れて、貰えなくて」

膝をぎゅうっと一層強く抱えてそう嘆《なげ》くくーちゃん。でも、私はどこかホッとしていました。どうやら、くーちゃんに友達がいない要因は、ただ単純な……こう言ってはなんですがありふれた「デビュー失敗」でしかないようで。

それぐらいならば、そこまで悲観的になることではないと――

「それから六年間……」

「え？」

「中学も入れたら、八年間……」

私の楽観的な考えを打《う》ち砕《くだ》くように、くーちゃんが呟《つぶや》きます。

「誰《だれ》にも、受け入れて、貰えなかったから」

「………え？」

最初は彼女が何を言っているのか、分かりませんでした。

私はよく意味が分からず、当然の疑問を口にします。

「そんな、デビュー失敗したぐらいで、六年間ずっと溝《みぞ》が埋《う》まらないなんてこと……」

「あったんだよ。誰も……誰も、私と仲良くしては、くれなかった」

「えと……もしかして、くーちゃん、いじめられて……」

「ううん。そんなこともなかったよ。それに、皆、いい人だったと思う。ただ……私は『いなかった』だけ。そこに、ずっと、『いなかった』だけ……なんだ」

「どうしてそんな……」

意味が分かりませんでした。中学生ならいざしらず、小学生の子供達がそんなに根気よく何年もクラスメイトに……特に田舎で人数も少ないはずのクラスメイトに無関心でいられるなんて、そんなこと……。

私の疑問を察したのか、くーちゃんはゆっくりと説明してくれます。

「最近知ったことだけど……というか、もう今更《いまさら》言われてもっていう感じなんだけど……最初はね、大人達のね、問題だったらしいの」

「どういうことですか？」

「んと……私も、よく、分からないけど。うちのお父さんは会社の社長さんで……こっちに新しい工場を造りに来てて……それで、なんか、地元の人達とちょっとゴタゴタしてたんだって」

「田舎ではありがちな話ですね。では、工場建設に関して反対運動でも？」

「ううん。そんなに大きな話じゃないと思う。実際、もうすっかり和解しているし、お父さん達、今はみんな仲良しだし」

「そうなんですか？　じゃあ何も問題なんか……」

「……うん。でも、引っ越して来てすぐの時は、大人達も皆……私に……私達にどう接するべきか決めあぐねてたんだって。だから、子供にも『あんまり桜野《さくらの》さんのとこの子に近付かないように』って言っていたらしくて。それもあって皆……最初、よそよそしくて」

「なるほど……」

「でもそういうの、私、知らなかったから……。友達作ろうって張り切って……だけど、全然、受け入れて、貰えなくて」

「…………」

「そのうち……大人達の問題が解決した頃《ころ》には、もう、私、クラスメイトに自分から何も言えなくなっていて……皆の方も、私を『省《はぶ》いておく』のがいいって空気になってて……だから私も、変に話しかけて、状況《じょうきょう》が悪化するのがどんどん怖《こわ》くなっていって……」

「くーちゃん……」

くーちゃんは、顔を見せないようにしているものの、泣いているようでした。これは……過去の話ではなくて、今もまだ続いている、彼女の問題なのでしょう。

「でも……一番怖かったのは……友達が出来ないことじゃ、ないんだ」

「え？」

「私が一番怖かったのは……」

くーちゃんはそこで言葉を句切り……そして、溜《た》まりに溜まった想いを吐《は》き出すように、苦しげに告げました。

「私は、こういう自分が、結構、好き……だったからっ。こんな駄目な私でも……お父さんやお母さんに褒《ほ》められた自分を……全部否定なんか、されたく、なかったからっ」

「くーちゃん……」

ようやく彼女の全てが分かりました。

そして。

ようやく、自分のすべきことが分かりました。

「大丈夫《だいじょうぶ》だよ……くーちゃん。くーちゃんは、とても素敵な、優しい子です」

「アンズ……」

膝から上げた彼女の顔は、涙《なみだ》でぐしゃぐしゃになっていました。

だからこそ私は、それに、満面の笑みで返します。

「大丈夫。くーちゃんの素晴らしさは、私が保証しますから。貴女《あなた》は自信を持って、友達を作っていいんですよ」

「う……うぁぁぁ。アンズ……私は……私はっ」

「焦《あせ》らなくていいんです。ゆっくりでいいんです。少しずつ……前に進んでいきましょう。くーちゃんは、それが出来る子でしょう？　なんせ、『やれば出来る子』なんですから」

「うん……うぁ……うん！」

しゃくり上げるくーちゃんの頭を、私は左手で、ただただ優しく撫《な》でます。

そう。

それが今の私に出来る――

既《すで》に左腕《ひだりうで》しか満足に動かなくなっていた私に出来る、精一杯《せいいっぱい》の行動でした。

＊

最後の言葉が、こんな汚《きたな》い字でごめんね、くーちゃん。こんなことなら、左手で字書く練習しておけばよかったね。

くーちゃん。手術のこと、ずっと黙《だま》っていてごめんね……って、書いていて気付いたけど、くーちゃんがこれを読んでいる時って、もう全部終わってて、くーちゃんも全て知っている可能性高いですね。

んー、そういう意味でこの手紙を書いていたつもりは無かったんだけど、じゃあ、これって「遺書」なのかもしれないですね。なんかそう言うと背筋が張っちゃいますけど、あんまり重くうけとめないで欲しいです。少なくとも私は、「冷蔵庫にプリンがあります」みたいなのと同じ気持ちで、これ書いていますから。

でも、そういうことなら、前書いたのもちょっと真面目《まじめ》に書き直しておこうかな。折角《せっかく》ですもんね。

話を戻《もど》しますね。

くーちゃん。


私の手術は、恐《おそ》らく失敗します。

私を大切に想ってくれている方々のことを考えると心が痛むのですが、でも、奇跡《きせき》を盲目的《もうもくてき》に信じることと、「終わり」に備《そな》えることは、ちょっと違《ちが》うと思うんです。だってこの手術は……打つ手が全て無くなってしまっての、苦肉の策なんです。お医者さんからも期待はしないように言われていますし。

勿論《もちろん》、失敗したとて、術後も私は生きていると思います。それが、どれだけの期間かは分かりませんが。

でもその私はもう……くーちゃんと笑顔で喋《しゃべ》れる私では、ないと思うんです。

自分の体のことは自分が一番よく分かる……なんてことは思ってないのですが。でも、予感がするのです。この手術の後の私はもう、少なくとも今までの自分では、ないって。だから私は、くーちゃんにこの手紙を遺《のこ》すことに決めました。

くーちゃん。今貴女は、もしかしたら……いえ、確実に、私のことで悲しみの底にいることでしょう。

悲しまないで、とは言えません。逆の立場だったら、私はしばらく立ち直れないと思いますから。だから……私のことは、素直に悲しんでほしいです。

逆にくーちゃんがまったくケロッとしてたら、私はショックですよ（笑）。

だから、くーちゃん。もし良かったら、私のために泣いて下さい。

それは、やっぱりちょっとだけ、嬉《うれ》しいですから。

でもね、くーちゃん。

私の死を理由に人付き合いを恐れるような、そういう甘えたことは、しないで下さい。

それは、私のためでもなんでもありません。

私は、貴女の言い訳道具になるのだけは、まっぴらごめんです。

……ねえ、くーちゃん。世の中に「幽霊《ゆうれい》」というのがいるのかいないのかは、よく分かりませんが。もし私が幽霊になって、くーちゃんの生活を見守ることが出来るのなら。

これからのくーちゃんが沢山《たくさん》の友達を作らないと、凄《すご》く、怒《おこ》りますからね。

これからのくーちゃんが沢山の幸福を手に入れないと、凄く、怒りますからね。

これからのくーちゃんが沢山の笑顔を見せてくれないと、凄く、怒りますからね。

ふふっ、勝手な要求ばかりでごめんなさいね。でも、どうあったって、私の死はくーちゃんを縛《しば》ると思うんです。

なら、どうせなら、私好みの縛り方を、させて欲しいんです。

くーちゃんが、もし、私の死に何かを感じてくれるのなら。

私の最後のワガママに、付き合ってやって下さいね。

…………。

本当はね、くーちゃん。

いやだよ。
こんなに字が汚いのはね、本当はね、左手で書いているからだけじゃ、ないよ。
そんなわけ、ないでしょう。
ないじゃない。
いやだよ。
いやに決まっているよ。
怖いに、決まっているじゃない。
死にたくないよ。
悟《さと》ったフリしてヘラヘラして、くーちゃんのことばっかり心配しているように見せて。
そんなの……ホントは、嘘《うそ》だよ。
私は、死にたくなんか、ないんだよ。
無理だよ。諦《あきら》めるなんて……受け入れるなんて、もう、無理だよ。
くーちゃんと出会っちゃったから。
くーちゃんとの未来が、見たく、なっちゃったから。

くーちゃん。

くーちゃんは自分が子供だって。ワガママだって。他人とは違うって、そんな風に言うけれど。

それは違うんですよ。

この世界にくーちゃんが思うような「大人」なんて、一人だって、いないんですよ。

皆《みんな》、皆、根っこは子供のままなんです。ただ仮面をつけるのが上手《うま》くなっただけで。

本当は皆、くーちゃんと同じ。

無邪気《むじゃき》で。

ワガママで。

臆病《おくびょう》なんです。

ほら、くーちゃんの保護者面《づら》していた私だって。

いざ終わりに直面したら、こんなに……こんなにみっともなく震《ふる》えて、紙を涙でくしゃくしゃに汚《よご》してしまうような……そんな、弱い人間なんです。

でもね、くーちゃん。

私は、そんな私が、好きだよ。

くーちゃんは、こんな私を、小さい人間だって馬鹿《ばか》にする？　違うよね。くーちゃんはそういう人じゃない。いえ、くーちゃんだけじゃない。

皆、そうだよ。

失敗したら、ごめんなさいすればいいんだよ。

転んだら、また立ち上がればいいんだよ。

挫《くじ》けたら……友達に、家族に、励《はげ》まして貰《もら》えばいいんだよ。

簡単なことなんです。それでいて、何より難《むずか》しいことでもあるんですけど。

でもくーちゃん。

くーちゃんは、「やれば出来る子」、でしょう？

くーちゃんはもう、ごめんなさいも、立ち上がることも、出来るよね？
あとはもう、友達が出来たら、くーちゃんは、無敵だよ。

だからくーちゃん。

友達を沢山作ること。

これが、最後の契《ちぎ》りです。

………。

じゃあね、くーちゃん。

私も、ちっぽけな人間らしく、最後までみっともなく足掻《あが》いてくるよ。

くーちゃんの最初の大親友　栗花落杏子

【最終話～最初の一歩～】

「あ、紅葉《あかば》さん」

クラスメイトに声をかけられ、私は窓の外にやっていた視線をゆっくりと教室に戻《もど》した。

私に話しかけてきた生徒は勿論《もちろん》のこと、クラス全体に妙《みょう》な緊張感《きんちょうかん》が漂《ただよ》っている。

しかし私はそれらを全く意に介《かい》すこともなく、外を眺《なが》めていた時と全く同じ、何にも興味を示さない色を失った瞳《ひとみ》で彼女を見つめた。

「なに？」

「あ、あの……昨日のＨＲで配《くば》られたプリント、先生に頼《たの》まれて回収しているんだけど、さ。えと……」

「ああ。……はい」

私は机の中に入れていたプリントを取り出すと、彼女の抱《かか》えていた束《たば》の上に載《の》せて、再び窓の外を眺めた。しかし、気配がまだ消えない。ちらりと様子を窺《うかが》うと、特徴《とくちょう》も無く名前も覚えてない級友女子はまだそこに居《い》た。

「なに？」

「え……あ、あの。えと……そうだ、紅葉さん、今日の放課後、うちのクラスの女子何人かで遊びに行こうかって話があるんだけど……一緒《いっしょ》にど――」

「遠慮《えんりょ》しておくわ」

相手が言い切る前に断る。クラスには先程よりピリッとした空気が張《は》り詰《つ》めていた。明らかに自分の態度が原因なのだろうけど、正直、どうでもいい。以前の私ならこういうのにも気を遣《つか》っていたのだろうけど、今となっては……全て、馬鹿《ばか》らしい。

私が誘《さそ》いを先回りしてまで断ったにも拘《かか》わらず、彼女はまだ私の前に居た。……そうだ、思い出した。確か彼女はつい一昨日《おととい》選出されたばかりの、このクラスの委員長だ。名前は忘れたけど。なるほど、委員長様は輪に溶《と》け込めないクラスメイトに配慮《はいりょ》して下さっているというわけね。

「………………」

くだらない。

私は彼女が再び何か切り出す前に、釘《くぎ》を刺《さ》した。

「余計なお世話、お節介《せっかい》、まあ色々言いたくはあるのだけれど。その善意自体には、一応感謝の意を示しておくわ。ありがとう」

「え？　あ、その……」

戸惑《とまど》う委員長様に対し……私はその背後《はいご》のクラスメイト達への牽制《けんせい》も込めて、スッと目を細める。

「だからそのご立派な善意を総動員して、今後は私、紅葉知弦《ちづる》に『話しかけない』という善行を、全力で遂行《すいこう》していって頂《いただ》ければ嬉《うれ》しいわ」

ニッコリと口元だけ微笑《ほほえ》ませる。クラスの緊張感は、最早《もはや》ピークに達していた。

「あ、そ、そん――」

「…………」

彼女が何か反論しかけていたのも構《かま》わず、私は再び外を眺めた。数秒もすると名前も知らない委員長様は去って行き、クラスからは溜息《ためいき》と、そして私に対するなんらかの文句が囁《ささや》かれ始めた。雑音ではあるが、些末《さまつ》なことだ。ある程度嫌悪感《けんおかん》を抱《いだ》かれるぐらいが丁度《ちょうど》いい。直接絡《から》んでこられる可能性をぐっと低くできる。

碧陽《へきよう》学園に入学して、約二週間。

いつも一人でボンヤリしている私が、クラスから浮《う》いているのは自覚していた。というより、自分からそうなるよう行動していた。

理由はとてもシンプル。人と関《かか》わりたくない。それだけ。

人間嫌《にんげんぎら》い、なんて高尚《こうしょう》なことを言うつもりはない。

私はただ単に、疲《つか》れた。それだけだった。人に、じゃない。恐《おそ》らく、全部に。

この学校に来る少し前、つまり中学時代、私は、人間関係において大きな過《あやま》ちを犯した。

当時の私は私なりに最善の手を打っていたつもりだったのに、結局はそれが、全て裏目に出た。それは自分にとっても相手にとっても最悪の結果をもたらしたと言っていい。

しかしかといって、例《たと》えば今の私がタイムリープでもして昔の私に乗り移ったとしても、何かが出来るとは思えない。今のこのザマを見れば当時の行動が失敗だったのは疑う余地も無いことだけれど、では、一体どうするのが正解だったのかと考えたところで、私には未《いま》だに答えが分からない。

いや、どのみち私という人間と彼女という人間の運命が交差した時点で、全ては手遅《ておく》れだったのだろう。

あんな想《おも》いは二度とごめんだ。人はそれを後ろ向きな決意と罵《ののし》るかもしれない。臆病風《おくびょうかぜ》に吹かれていると笑うかもしれない。

でも私は……いくら情けなくとも、たとえ誰《だれ》からどう思われようとも、もう人と深く関わるつもりはなかった。

都合《つごう》が良いことに、人の心の距離《きょり》というものは、丁度「腕《うで》二本分」らしい。一方から手を伸《の》ばすだけでは、決して届くことはない。たとえ両方がお互《たが》いに伸ばしたところで、少し方向がずれればまず交わることはない。

だから私は、誰にも手を伸ばさずに、更《さら》には伸ばされた手も引っ込めて貰えるよう生きることにした。

それで全ては上手《うま》くいっていた。昔から他人の行動を読み、操《あやつ》る術《すべ》には長《た》けている。中学時代の一件でこそそれは裏目に出たものの、その反省を踏《ふ》まえた今となっては、最早私の予測を超《こ》えた事象などそうはないというものだ。

……ただ一人。

「紅葉さんっ、紅葉さんっ！　聞いたよ！　なんで一緒に遊びに行かないの⁉　なんで⁉　なんか予定あるの？　そんなの明日《あした》にしちゃえばいいんだよ！　一緒に遊ぼうよ！」

「…………」

私の纏《まと》う空気もクラスの空気も読まず、小動物のような騒々《そうぞう》しい少女がぴょこぴょこと近寄ってきた。私は深く嘆息《たんそく》し、クラスメイトに向けるそれより、一段と冷えた視線を彼女に向け、威圧《いあつ》する。

「……どうしても、外《はず》せない用事があるんです。私のことは放っておいてくれませんか、桜野《さくらの》さん」

他の人間ならば冷《ひ》や汗《あせ》を流して逃《に》げるような鋭《するど》い視線で睨《にら》むも、しかし彼女……不本意ながら唯一《ゆいいつ》名前を覚えてしまったクラスメイト、桜野くりむは頭の上に「？」マークを浮かべ、キョトンとした様子で子供のように首を傾《かし》げる。

「そうなの？　どんな用事？」

「どうしてそんなことまで、貴女《あなた》に話さなければいけないのですか」

「そんなのっ、友達だからに決まっているよ！」

いつから私はこの子の友達になったのだろう。思えばこの高校生に見えない少女は初日からこうだった。まるで自分を中心に世界が回っているかのように誰彼《だれかれ》構わず話しかけ、相手の都合など考えもせずにイベントを押し付け、そのくせ肝心《かんじん》な計画は何一つ上手く立てられず、結果周囲にフォローされては「えへへ」と馬鹿みたいに笑っている。

無計画、無能、無邪気《むじゃき》、無配慮に無遠慮《ぶえんりょ》……ないない尽《づ》くしの、まるでわがままな赤ん坊《ぼう》が言葉だけ手にしたような、私には全く理解出来ない人種。

そしてその能天気少女は少女で、いつも遊びに付き合わない私に妙な関心を持っているらしく、こうして大きなお世話レベルじゃない、迷惑《めいわく》以外の何物でもない要求を押し付けてくる始末。

私は彼女の真《ま》っ直《す》ぐすぎて直視に耐《た》えない瞳から視線を逸《そ》らし、答える。

「そうですか。友達だと言うのでしたら、遊ぶのを嫌《いや》がっている私に無理強《じ》いはしないでくれませんかね」

「何言っているのっ！　友達と遊ぶのがイヤな人なんて、いるわけないよ！」

「勝手な価値観ですね。友人と遊ぶのが好きではない人間だって、世の中にはいるでしょう」

「あ、私のこと友人だって言ってくれた！　わーい！　友達友達！」

ぴょんぴょん跳《は》ねながら桜野さんが私の手を握《にぎ》ってくる。……全てを客観視して心を殺していたつもりの私でも、これには流石《さすが》にイライラとしてきた。話が嚙《か》み合わないにも程がある。仕方ない、レベルを下げて話そう。

「貴女の論理で言うならば……そうですね。私と貴女はそもそも友人関係ではありませんから、一緒に遊んでも楽しくありません。これで納得ですか？」

「だったら一緒に遊んで友達になろうよ！　そうしたらきっと楽しいよ！」

「…………」

もう反論するのも馬鹿らしい。私は彼女をまともな交渉《こうしょう》が通じない相手だと断定し、もう無視を決め込むことにした。窓の外を眺める。

「ん？　どうしたの？　あ、もしかしてゆーふぉー飛んでるの⁉　見せて見せて⁉」

「ちょ、貴女、なに机の上に身を投げ出しているのっ！　って、下着見えるじゃない！」

唐突《とうとつ》に私の机の上に半身を乗り出して窓の外、上空を見ようとする桜野さん。私は慌《あわ》てて彼女のスカートを押さえ、クラスメイト達に下着大公開という事態を防いだ。……って、どうして私がこんな……。目の前にお尻《しり》が来たから、思わず隠《かく》してしまったわ。

しかし桜野さんはそんなことを全く気にした様子もなく、ＵＦＯを探《さが》し終えると、机から降りてぶーぶー文句を垂《た》れてきた。

「紅葉さんの嘘《うそ》つきっ！　ゆーふぉーいなかったよ！」

「いや、ＵＦＯいるなんて一言も言っていないでしょう。ただ空を見ていただけよ」

「どうして？」

「どうしてって……ぼんやり空を見ていたって、別にいいでしょう」

「紅葉さんは、空を見るのが好きなの？……入院もしてないのに？」

「は？　入院？」

もうこの子が何を言っているのかまるで分からない。論理的でないにも程がある。

私は大きく溜息《ためいき》を吐《つ》いて返す。

「とにかく、私は貴女と喋《しゃべ》っているより、空を見ている方がよっぽど有意義なんです」

「嘘だよそんなの。紅葉さん、元気じゃない」

「はい？　だから何を言っているんですか、貴女は。元気だと空を見てはいけないんですか」

「うん」

なんの躊躇《ちゅうちょ》もなく頷《うなず》く彼女に思わず面食らう。趣味《しゅみ》悪く聞き耳を立てている他のクラスメイト達もまた、桜野さんの意味不明発言に苦笑い気味だ。

私はもう頭が痛くなってきていたので、この子供をはいはいとテキトーにあしらうことにした。

「では空は見ません。景色を、ボーッと眺《なが》めることにします」

「それも駄目《だめ》だよ。だって紅葉さん、元気だもん」

「……ごめんなさい、私には貴女の言葉が、一つも理解できないわ」

「どうして？　だって紅葉さんも私も、歩けるよ？　走れるよ？　色んなところに行って、色んな人と喋れるんだよ？　なのに、なんで空とか景色ばかり見るのさ」

「出来ることは全部やらなければいけないんですか？　じゃあ私はナイフを振《ふ》り回して無

差別に人を傷付けることも出来ますが、それも、やらないといけないですか？」

私は正直かなりイライラしていた。思わず、物騒《ぶっそう》な例えをこの無邪気な少女にぶつけてしまう。しかし彼女は全く怯《ひる》んだ様子もなく答えてきた。

「そんな楽しくないことはしなくていいよ。でも、楽しいことはどんどんやらなきゃ、駄目なんだよ！」

「それは一体誰の基準なのですか。貴女は知らないかもしれませんが、私は、人を虐《しいた》げるのが割と好きなんですよ。他人が苦しむ姿を見るのは、なかなかに愉快《ゆかい》です」

冷たく微笑むと、桜野さんではなくクラスがざわついていた。……実際それは、私の心からの言葉だったからかもしれない。中学時代の反動だろうか。あの頃《ころ》自衛にばかり回って抑《おさ》えつけていた本来の気質《きしつ》が、最近は再び首をもたげている。私の言葉にはいつも以上の冷たさが宿っていた。

しかし、それでも、彼女は全く意に介《かい》さない様子。

「そうなの？　じゃあ私をいじめていいよ」

「……は？」

何を言っているのこの子は。呆然《ぼうぜん》とする私に、桜野さんは相変わらずの笑顔で答える。

「だって紅葉さん、それが楽しいんだよね？　じゃあ私いじめていいよ。私も紅葉さんとじゃれるの楽しいし。これで、友達！」

「なにを……言っているの、貴女は」

私は段々、この子の無邪気な笑顔が恐ろしくなってきた。クラスメイト達は「また桜野が変なこと言っているぞ」程度にしか捉《とら》えていないようだったが……私は、寒気に肩《かた》を震《ふる》わせてさえいた。


不気味。


そう感じずにはいられない。無邪気にニコニコ、フレンドリーに話しかけてくる能天気なだけの少女だと思っていた。だけど……私は今、この子の笑顔が心底気持ち悪い。なんだこれは。無邪気とかそういう次元の話じゃない。

この子は歪《ゆが》んでいる。著《いちじる》しく。

「………」

「どうしたの？　紅葉さん？」

〈キーンコーンカーンコーン……〉

喉《のど》から何か言葉を絞《しぼ》りだそうとしていると、休み時間終了《しゅうりょう》を告げるチャイムが鳴った。

桜野さんは「わわっ、教科書用意しないとっ」と何事も無かったかのように慌てると、ぴゅーっと自分の席に戻《もど》っていく。クラスメイト達もまた私と桜野さんの攻防《こうぼう》が終わったことでそれぞれの準備に戻り、緊張感《きんちょうかん》も何もかもがうやむやに霧散《むさん》してしまった。

…………。

桜野くりむの笑顔から感じたあの「気持ち悪さ」は、一体なんだったのだろうか。

自分でも、彼女の何に気圧《けお》されたのかが、よく分からなかった。

実際今日までの二週間、傍《はた》から見ていて「うざったい奴《やつ》」と思ったことは数知れずあったけど、今回みたいにゾッとした経験は一度としてなかった。

なんなのだろう、これは。

「……執念《しゅうねん》？」

ぽつりと呟《つぶや》き、席に着く桜野くりむを眺める。筆箱を机から落として派手に中身をぶちまけては、「わにゃー!?」とか言って涙目《なみだめ》になっていた。

……考えすぎ、か。

ふと、他人に関わらないと言いつつ彼女を目で追ってしまっていた自分に気付き、ぶるんぶるんと頭を振る。

関係無い。

桜野くりむという少女がどういう存在だろうと、私はただ彼女をテキトーにあしらっていれば、それでいい。

深く踏《ふ》み込む必要なんて、どこにもない。

教室に教師が入ってきて授業が始まると、私は再び窓から空を眺めた。残念ながら今日も快晴だ。

＊

「紅葉さんっ、一緒《いっしょ》に帰ろっ！」

放課後に入った途端《とたん》、桜野くりむが相変わらずの笑顔でアホな誘《さそ》いをかけてきた。

私は自分の鞄《かばん》を持ち、彼女から視線を逸らしつつ答える。

「貴女はクラスの子と遊びに行く約束があったでしょう」

「あ、忘れてた」

「……嘘でしょう？」

休み時間に私を散々《さんざん》誘っておいて、なんなんだこの子は。呆《あき》れて物も言えずにいると、桜野くりむは更《さら》に驚《おどろ》くべき行動に出た。

「かよちゃん、かよちゃん！」

私を最初に誘ってきた子……委員長に、声をかける桜野さん。そして――

「私、今日は紅葉さんと帰るから、遊ぶの抜《ぬ》けるねー！」

「あ、そうなんだ。わかった。じゃあね、桜野さん、また明日《あした》」

「うん、また明日――」

「ちょっと待ちなさい」

「わにゃっ」

ちっこい桜野さんの襟《えり》を摑《つか》んで引き寄せる。

「貴女、何を勝手なこと言っているの？」

「うにゃあ、放して、放してっ。このままじゃ、私が小さい子みたいだよー！」

「いや実際小さいでしょう」

ジタバタと暴れる桜野さんを放したら余計面倒《めんどう》そうなので、そのまま拘束《こうそく》しつつ続ける。

「誰《だれ》が、いつ、貴女と帰ることになったって？」

「紅葉さんが、今日、私と帰ることになったの」

「どうして？」

「だって紅葉さんが私と帰りたいって言って――って痛い痛い！　アホ毛引っ張らないで！　って私はアホじゃないよ！　失礼な――痛いいちゃい！　ごめんなさい！」

ボケて痛がってセルフボケツッコミして痛がって謝っていた。……ちょっと面白い。

「とにかく、私は貴女と帰る約束などした覚えはないわ」

あんまりいじめすぎても寝覚《ねざ》めが悪いので襟を放すと、桜野さんは頭を「うー」とさすった後、なぜか「えへん」と胸を張って答えてくる。

「安心してっ！　私も約束した覚えはないよ！」

「ある意味余計不安になったわ、貴女という人間の精神構造が」

「じゃ、帰ろっか、紅葉さん！」

「ええ、そうですね。じゃあ桜野さん、私が教室を出て四万数えたら、追ってきて下さい」

「分かった！　いーち、にー……」

さて、さっさと帰って今日は先日借りたスプラッタ映画でも見ようかしら――

「さーん……って、長いよ！　そんなに数えたら、一緒に帰れないよ！」

「ああ成程《なるほど》、このレベルの違和感《いわかん》には気付かれるんですね。小賢《こざか》しい子」

「酷《ひど》い言われようだよっ！　紅葉さんは、一体私をなんだと思っているのさっ！」

「階段に座り込む集団、ラン○スタ、読み終わったドラゴンエ○ジ、告知ゲスト、中ボス、放置自転車、無理矢理貸された友人のお薦《すす》めＤＶＤ、自制心、良心」

「色々忙《いそが》しい子ね」

「邪魔《じゃま》なら邪魔って言おうよっ！　って、自制心と良心は邪魔だと思っちゃダメだよっ！」

「では桜野さん、お元気で。大丈夫《だいじょうぶ》よ、貴女なら必ずやり遂《と》げられるわ。私も、何かあったら、その時はきっと力になるから」

私はそう優雅《ゆうが》に微笑《ほほえ》んで、その場を去ろうと——

「なんで終盤《しゅうばん》まで再登場無いサブキャラ的去り方するのさ〜！　待ってよぅ〜！　うぅー！」

桜野さんが涙目ですがりついてきてしまった。……鬱陶《うっとう》しい子だ。

「なんなんですか、貴女は一体。新手《あらて》のストーカー？」

「違《ちが》うよ！　私はただ一方的な好意を押し付けて、勝手で異常な主張を掲《かか》げて付きまとうだけの、善良な小市民だよ！」

「人は、それをまさにストーカーと呼ぶわ」

「とにかくっ、一緒に帰ろ？」

「イヤです」

「イヤです」

まさかの断り返しだった。……そうだった。この子には、常識的な論理が通じないんだった。

私は額《ひたい》に手をやりしばし悩《なや》んだ後……とりあえず、ここで無駄《むだ》に時間を浪費《ろうひ》するよりはストーカー付きでも帰宅した方が賢明《けんめい》だと考え直し、仕方なく折れることにする。

「……分かったわ。じゃあ一緒に帰りましょう、桜野さん」

「ホント⁉　やったー！　これでまた、友達一人ゲットだよー！」

「いやされてませんから、ゲット」

「ふっふっふ……二人きりになっちまえば、こっちのもんだぜ……」

「桜野さん。なぜか分かりませんが、今、貴女がとても誰かに似ている気がしました。これから先の時間軸《じく》で出会うであろう、誰かに」

「？　でじゃびゅ？」

「むしろ未来視というか……いえ、なんでもないです」

いけない。私まで変なこと言い出した。それもこれも、この私のペースを悉《ことごと》く乱す桜野くりむのせいだ。

私は一つ嘆息《たんそく》すると、桜野さんの準備などには構いもせず、教室の外へと歩き出した。

＊

「待ってよぅ〜、紅葉さ〜ん」

私の歩行速度についてこられないらしい桜野さんを完全に無視して、私は先を急ぐ。

しかし校門を出たあたりで、小走りで駆《か》けてきた桜野さんにガッチリと腕《うで》にすがりつかれてしまった。

「歩くの速いよぅ、紅葉さん。……ふぅ」

「貴女が遅《おそ》いだけだと思いますよ。それに、イヤなら付いてこなくても――」

「イヤじゃないよ！　大丈夫！　ここからは、紅葉さんの腕にしがみついて行くから！」

「それは私がイヤなんですが」

……厄介《やっかい》なのに目をつけられたものね。拒絶《きょぜつ》オーラをこれでもかというほど放っているはずなのに、どうして放っておいてくれないのだろう。その感性が分からない。

私の腕に絡《から》みつくことでまんまと歩行速度ダウンに成功した桜野さんは、そのまま隣《となり》を歩きながら私の顔を覗《のぞ》き込んでくる。

「ねぇねぇ、紅葉さん、楽しいねっ」

「いえ全く」

どうでもいいけど、これ、傍《はた》から見たら完全に百合《ゆり》カップルね。この子は、人に対する距離《きょり》感《かん》の計り方が根本的に分かってない気がする。

「ねぇねぇ、紅葉さん、この後どうする？」

「どうもこうも、帰りますよ。それ以外何があるっていうんですか」

「えー！　すぐ家に帰るなんて勿体《もったい》ないよ！　部活もしてないのにっ！」

「私はむしろこうやって貴女と無為《むい》に過ごしている時間の方が勿体ないと感じますが」

「えへへ、照れるなぁ」

なぜか褒《ほ》め言葉《ことば》として受け取られた。ホントコミュニケーションの成立しない子だ。まあそれならそれで、私も私のやり方を貫《つらぬ》き通すのみ。

その後も私は桜野さんの寄り道誘いには一切乗らず、まっすぐに家を目指《めざ》した。うちはバスで帰った方が多少早いぐらいの位置にあるのだけれど、正直桜野さんと隣同士《となりどうし》に座って帰るのなんてごめん被《こうむ》るので、今日はただただ歩いていた。

計十分ほど歩いたところで、唐突《とうとつ》に私の右腕が重くなった。見れば、すがりついていた桜野さんが完全に体重を預けている。この娘《むすめ》っ子《こ》は……。

「そんな疲弊《ひへい》するなら、無理に私の帰宅に付き合う必要なんてありませんよ」

私の言葉に、しかし桜野さんはぶるんぶるんと首を横に振《ふ》って拒絶の意を示す。

「い、一緒に帰るんだもん！」

「なぜ」

「友達だからっ！」

「…………」

相変わらずの勝手な主張。ほとほと呆れる。しかし……。

「……はぁ、……はぁ」

「…………」

どうも、彼女は本当に辛《つら》そうだった。額に汗《あせ》をかき、息が乱れている。

……考えてみれば、それもそうか。

私の腕にしがみつきつつ、更には十分間絶えることなく私に喋《しゃべ》りかけながらオーバーペースで歩くというのは、想像以上に疲《つか》れる動作だろう。今日が普段《ふだん》より陽気だったことも災《わざわ》いしたのかもしれない。

私は道の先に小さい、誰もいない児童公園を見つけると、何も言わずそちらに足を向けた。そうして、ベンチの前まで来たところで、桜野さんがきょとんと私を見上げる。

「えと……紅葉さん？　ここが、紅葉さんのうちなの？」

「失礼ですね。私にだって家はちゃんとあります」

相変わらず察しない子だ。……まあいい。私はドスンと乱暴にベンチに腰《こし》を下ろすと、鞄《かばん》から読みかけの小説を取り出してページを捲《めく》った。

「折角《せっかく》いい天気なので、今日はちょっと、ここで読書でもしてから帰ることにします」

「んにゃ？　そうなの？　じゃあ、私も一緒《いっしょ》に座る！」

「……どうぞご勝手に」

何が嬉《うれ》しいのか、桜野くりむは私の隣に腰掛《こしか》けると、足をパタパタやりながら鼻唄《はなうた》を歌い始めた。……本当に同学年なんだろうか、この子は。

時間を無駄にするのも馬鹿《ばか》らしいので、私は宣言通り小説を読みふけり始める。

三分もすると、息が整ったのかそれとも暇《ひま》を持て余《あま》したのか、桜野さんが鼻唄を中断して私に声をかけてきた。

「ねえねえ、紅葉さん、なに読んでるの？」

「……貴女には関係無いことです。勝手にご想像下さい」

「にゃ？　じゃあ……えっと。……紅葉さん、白昼堂々そういうのはどうかと思うよ……」

「何を想像したのですかっ！」

何か不本意な勘違《かんちが》いを受けていた。仕方ないので、正直に言うことにする。

「推理小説ですよ。好きなんです、アリバイとかトリックとか、殺人とか拷問《ごうもん》とか」

「推理小説に拷問ってつきものだったっけ……」

「ああ、じゃあ訂正《ていせい》します。登場人物が悉《ことごと》く不幸そうな小説が、私は好きです」

「うん、なんかその訂正は聞きたくなかったかな」

「そうですか。では私は読書に戻《もど》りますので」

そう言って、私は再び活字を目で追い始める。第三の死体が見つかる場面だった。第一発見者の婦人が喚《わめ》き、関係者一同が部屋に集結する。……好きだとは言ったものの、あまり面白くは無かった。集中力が持続しない。

そろそろ再び帰路につこうかと思っていると、桜野さんが唐突に、脈絡《みゃくらく》の無いことを言い出した。

「紅葉さんは、私に似ているよねっ」

「…………」

その言葉に、私は小説をぱたんと閉じ、そして――

「いにゃにゃにゃにゃ⁉　あ、あきゃばしゃんっ、いにゃい、いにゃい！」

気付けば桜野さんの頰《ほお》を思いっきり横に引っ張ってやっていた。……お、意外と伸《の》びるわね、この子。なめらかな肌触《はだざわ》りといい、マシュマロ伸ばしているみたいで結構面白いかも。

「いにゃいっ！　いちゃいっ！　やめへっ！　やめへよっ、あきゃびゃしゃん！」

「誰《だれ》が、誰に、似ているですって？」

「にゃきゃら、あきゃばしゃんぎゃ、わひゃひに――」

「何を言っているのか分からないわ、桜野さん。ちゃんと喋りなさい」

「ちゅままれているきゃらだよっ」

「え？　なに？『私の頬の伸びはこんなもんじゃないよっ！』ですって？　なんという自信なの、桜野くりむ」

「いっへない！」

「感動したわ。その心意気に免《めん》じて、回転運動も加えてあげましょう」

「うにゃーん、うにゃーん、うにゃーん、うにゃーん、うにゃーん」

遂《つい》に桜野さんが全自動洗濯機《せんたくき》的音声を発し始めた！　なにこれ、すっごい面白――こほん！　い、いけない。なんか楽しくなりすぎていた。

少し反省して桜野さんを解放すると、彼女はほっぺを押さえながら怒濤《どとう》の如《ごと》く怒《おこ》ってきた。

「いじめだよっ！　これは、高校生活最初のいじめとしてっ、私の『まいにち、えにっき』に記《しる》されることとなる勢いだよっ！」

「あら、休み時間に貴女、いじめていいとかって言ってなかったかしら」

「それとこれとは話が別だよ！　いじめるときは、その都度《つど》その都度ちゃんと被害者《ひがいしゃ》の了《りょう》承《しょう》を得た上で、いじめなきゃダメなんだよっ！」

「それは最早《もはや》いじめじゃなくて『女王様と下僕《げぼく》』みたいな関係じゃないかしら」

「とにかくっ、今後私の許可無く『ほっぺたをいじる』のは禁止っ！」

「……まあ、それはいいとして。話を戻すけど、誰と、誰が、似ているですって？」

「へ？　なんの話だっけ？　サ○エさんに出ている『ア○ゴさん』の声と、ドラ○ンボールZの『セ○』の声が似ている、っていう話だっけ」

「それは似ているどころか中の人が同一人物よ……って、若○さんの話じゃなくて。貴女と私が似ているとか言ったでしょう」

「あ、うん！　私と紅葉さんって、よく似ているよね——ってうにゃあ！　ほっへひゃいひるのきんしにゃって——」

「黙《だま》りなさい。貴女に拒否権《きょひ》はありません」

私は淡々《たんたん》と彼女の頬を伸ばした。しかし彼女は涙目《なみだめ》で反論してくる。

「しょんにゃ、おうびょうだよー（そんな、横暴だよー）」

「何をニヤけているのですか。私は本気で怒っているのですよ」

「あきゃびゃしゃんぎゃほっへひゃひっはってるきゃらひゃよ！（紅葉さんがほっぺた引っ張ってるからだよ！）」

「まったく、ニコニコしていれば全て許されると思ったら大間違《おおまちが》いですよ！」

「りふひんひゃひょー！（理不尽《りふじん》だよー！）」

ただでさえ成り立たないコミュニケーションが本格的に崩壊《ほうかい》しているので私は仕方なく彼女を再び解放した。にゃーにゃーと文句を垂《た》れる桜野さんを「シャラップ！」の一言で黙らせ、私はこんこんと語る。

「いいですか、桜野さん。私と貴女の共通点など、おおよそ人類の雌《めす》であることぐらいしかないのですよ。それを似ているとは、どういう了見《りょうけん》ですか」

「そ、そんなことないよ！　えっとね、頭のいいところとかね、背が高いところとかね、大人びているところとかね、ないすばでーなところとかね、あと他にも――うにゃーん、うにゃーん、うにゃーん、うにゃーん」

「黙りなさい洗濯機。貴女、自分に対する認識がおかしいんじゃないかしら」

「うぅ……ほっぺたいじり禁止令が全然守られないよ……」

ほっぺたをさする桜野さんに、私は厳《きび》しい視線を向ける。

「とにかく、今すぐ取り消しなさい。私と貴女が似ているところなど、一つも――」

「でもでもっ、特に『臆病《おくびょう》』なところとか、そっくりだもん！」

「…………は？」

その、指摘《してき》に。

今までのふざけた怒《いか》りではない……なにか、心の奥底からもっと黒い感情が浮《う》かんできた。

私は桜野さんの頬をいじることもなく……しかし、今までにない冷たさを視線に宿らせて睨《にら》み付ける。それを発している自分自身でさえ底冷えするような、そんな、冷徹《れいてつ》な目つき。

しかしそれでも彼女はまったく怯《ひる》んだ様子がなかった。

「紅葉さんはっ、私に似てるもん！　絶対！　絶対そうなんだよっ！」

いや、それどころか、雰囲気《ふんいき》を変えた私に対するリアクションの一つもない有様《ありさま》。……これはもう、度胸《どきょう》があるとかそういうレベルの話じゃない。休み時間に感じた「気持ち悪さ」が再び彼女から感じられた。

一見無邪気《むじゃき》に思えるその瞳《ひとみ》を、ジッと見つめ返す。そして……気付いた。

この子の目は。

私を見ているようで、全く見ていない。

いや、物理的に私を見てはいるけど、私の言葉や行動を、その心は何一つ受け入れようとしていないと言うのだろうか。

「紅葉さんは、友達作るのが怖《こわ》いんでしょ？　そうなんだよね？　ね？」

「………」

いつの間にか、私の方が気圧《けお》されていた。さっきまでは少し汗ばむほどの陽気だったはずなのに、今は、全く違《ちが》う意味での汗が額《ひたい》に滲《にじ》む。

無邪気どころか……いっそロボットのような、その濁《にご》りの無い……濁りのなさ過ぎる瞳に恐怖《きょうふ》を感じる。

この子は。

先日から、彼女とあまりにコミュニケーションが成り立たない理由が理解出来た。

一見無邪気で活発で楽しげで、高校生活をエンジョイしているように見える、この子は。

実際には、まだ誰にも心を開いてなんか、いやしないんだ。

そこにあるのは……まるで、プログラミングされたことを忠実にこなしているだけの、感情を持たない存在。

否《いな》。感情を、押し殺している、存在。

それはまるで。

非常に不本意ながら。


確かに、今の私、だった。


「紅葉さんっ、怖いのは分かるよ？　怖いよね、新しい友達作るのって。凄《すご》く怖いよ。拒《きょ》絶《ぜつ》されるんじゃないかって、否定されるんじゃないかって、傷付けられるんじゃないかって」

桜野さんが、何かに操《あやつ》られるように、ぐいぐいと私に迫《せま》ってくる。その顔は相変わらずの笑顔だ。でも……なんだろう……これは。

「でもね、でもね！　怖がってちゃ、ダメなんだよ！　前に進まないと、いけないんだっ！　そうやって、そうやっていかないと、友達は、出来ないんだよっ！」

彼女は心のこもらない動作で、私の手をぎゅっと握《にぎ》ってきた。

「…………」

ああ、腹が立つ。浅い。あまりにも浅い論理。言われるまでもない。そんなことはとっくに分かった上で、私はこういう私を選んだんだ。分かった風な口をきくな、たかが二週間ばかりの付き合いしかないクラスメイトふぜいが。

お前に何が分かる。

お前に、大切な人と結局めちゃくちゃに傷付け合うことしか出来なかった人間の、何が分かる。

なんて腹の立つヤツ。

なんて浅はかなヤツ。

なんて押しつけがましいヤツ。

なんて……

なんて、悲しい顔をするヤツ。

「紅葉さんっ、だから友達を――」

「もういいから」

「っ⁉」

気付いた時には、私は彼女の頭をぎゅっと胸に抱《だ》き寄《よ》せていた。すると彼女はほっぺたをいじられた時のようにわたわたと暴れ出す。

「わ、わわっ、なにっ？　え、え？　紅葉さん？　へ？」

どうやら、プログラミングで動くロボットらしく、予想外の事態には素《す》で戸惑《とまど》ってしまうらしい。……そうか、彼女が「気持ち悪かった」のは、本当にこういう子供な部分と、妙《みょう》な歪《ゆが》みで子供な部分が混在していたから、なんだ。

私は、自分でも何がしたいのかよく分からないまま、気付けば彼女の頭を撫《な》でていた。

「ねえ……桜野さん。そんなに無理に、友達って、作らなきゃいけないもの？」

その私の問いに。予想通り、桜野さんは激しく噛《か》み付いて来た。

「そんなの当然だよっ！　友達は、作らなきゃダメなんだよ！　一杯《いっぱい》っ、一杯っ、一杯っ！　沢山《たくさん》っ、沢山っ、沢山っ！　作らなきゃ、ダメなの！」

「どうして？」

「どうしてって！　そ、そっちの方が楽しいに決まっているからっ！　そうじゃない学校生活なんて、もうやだからっ！　な、なにより、それが、約束だからっ！」

約束、という言葉の意味はよく分からなかった。ただ……なんとなく、彼女が躍起《やっき》になって……もはや執念《しゅうねん》と言えるほどの感情で、「友達を作る」という目標ばかりを優先していることは、伝わってきた。

ああ……この子は、確かに私と似ていて……でもそれでいて、真逆なんだ。

片や、友達を作るという事に必死で。

片や、友達を作らないという事に必死で。

……なんて滑稽《こっけい》。そんなの、最初からコミュニケーションなんて成り立つわけないじゃない。

「ふふっ」

「？ な、なに笑ってるのさ、紅葉さん！ わ、私、十八番《おはこ》のモノマネ『もしド○えもんがネコ型ロボットだったら』とか披露《ひろう》してないよ！」

「その一周して斬新《ざんしん》なモノマネが貴女にとって鉄板らしいのはさておき。私が笑ったのは、なんだか馬鹿《ばか》らしくなったから、よ」

「？」

胸に抱きしめていた桜野さんの頭を、くいと少し放す。そうして、少しだけ水分を含《ふく》んだ様子の彼女の瞳を見つめ、私は……一つ、問いかけることにした。

「ねえ、桜野さん」

「うん？　なぁに？」

きょとんと首を傾《かし》げる彼女に。私は……私は、彼女からまともな答えなんか期待できそうもない……だけど訊《き》かずにはいられなかった質問を、投げかけた。

「たとえ……たとえ最後にはわかり合えず、そして傷付け合うことしか出来なかったとしても、友達は……それでも必要、なのかしら？」

それは奏《かなで》とのことがあって、ずっと悩《なや》んで……だけど、答えなんか出るはずもない命題。だから、正直こんな子供な少女に訊《たず》ねたところで、どうせ「それでも友達はいた方がいいと思う」とか「一概《いちがい》にはなんともいえないけど」なんて、曖昧《あいまい》な答えが来るに決まってて――

「必要に決まってるでしょ！」

「…………え？」

その、彼女のあまりの「らしくない」剣幕《けんまく》に。私は一瞬《いっしゅん》、硬直《こうちょく》してしまっていた。

桜野さんは、私の肩《かた》を掴《つか》んで、今までにない強固な意志を宿らせた瞳で……さっきまでの歪んだ執念などはカケラもない純粋《じゅんすい》な瞳で……彼女の心からの言葉を、ぶつけるように吐《は》いてくる。

「たとえ相手のこと全然わかってあげられなくたって、出会ったことで傷つくこともあったとしたって！　たとえ……たとえ、凄く悲しい別れ方することになったたって！　私は……私は、アンズと友達になれて良かったもん！　アンズと出会ったから、今の私があるんだもん！　それをっ……。……っ！　二度とっ！　二度と『友達が必要無い』とか、そんな悲しいこと私の前で言わないでっ！　紅葉さんでも、ゆ、許さないんだからねっ！」

桜野さんは涙《なみだ》を流していた。

……正直、心が冷め切っている今の私には、彼女の涙の理由なんか分からない。それどころか、「こんなただの会話で泣いて、ばっかみたい」という感想まで抱《いだ》く始末だ。

でも。

奏。

私も、馬鹿みたい。

こんな、こんな、子供の……何も知らない子供の、簡単な、言葉で。

私も、貴女と出会ったことは決して無駄《むだ》じゃなかったんじゃないかって、思っちゃったのよ。

我《われ》ながら自分の単純さにほとほと呆《あき》れる。ずっと悩んできたことが、桜野さんの言葉であっさり救われている自分があまりに悲しくて……そして可笑《おか》しくて。思わず忍《しの》び笑いを漏《も》らしていると、彼女は私を気持ち悪そうに見つめてきた。

「……紅葉さんって、結構意味分からないよね」

「いやそれだけは絶対貴女に言われたくないのだけど」

キッパリ反論すると、桜野さんは「うぅ」と恥《は》ずかしそうに縮こまる。もしかしたら、感情的になってしまったのを後悔《こうかい》しているのかもしれない。

…………。

「ねえ、桜野さん。私、貴女の友達に、なりたいわ」

「え？　え……ええ!?　こ、これは予想外だよっ！　ま、ま、まさか紅葉さんから告白されるなんてっ！」

「告白って。……まあいいわ。それで、どうなの、桜野さん」

「ど、どうって……。当然いいに決まってるよ！　わーい、これで紅葉さんも友達だ！　やったね！　また一人、ゲットだぜー！」

ベンチから立ち上がり、エアポケ○ンボールを掲《かか》げて嬉《うれ》しがる桜野さん。

私はそんな彼女の様子を見守りながら、言葉を、付け足した。

「ええ、これで、私にとって……そして桜野さんにとって、高校で最初の友達が、出来たわね」

「うん！……うん？」

私の言葉に首を傾げる彼女。数秒後、ようやく違和感《いわかん》に気付いたらしく、私を振《ふ》り返って大きくツッコミを入れてくる。

「ち、違《ちが》うよ！　私、もうクラスメイトに沢山友達いるもん！　紅葉さんは、三十番目ぐらいの友達だもん！　しかも扱《あつか》い的には、ベト○ターぐらいだもん！」

「今しがた友達になった人間になんなのかしらその言い草。……まあいいわ。とにかく私は、貴女の……飾《かざ》らない、『本当の桜野くりむ』の、最初の、友達よ」

「本当の……私？　うにゃ？　えと……脱《ぬ》ぐと『だいなまいとばでー』な私のこと？」

「それは完全に幻想《げんそう》の桜野くりむだと思うけど。……ねえ、桜野さん。貴女にとって友達って、何？」

「な、何って……えっと、お喋《しゃべ》りしたり、遊んだりする人……だよ」

「じゃあ、さっき言ってた『アンズ』っていう子も、『お喋りしたり、遊んだりする』だけの、人だったの？」

「っ！　そ、それは……」

桜野さんの顔が引きつる。

私は……彼女の本当の友達として、最初の忠告をすることにした。

「貴女にとって『友達を作る』っていうのは、ただ喋ったり遊んだりする人を増やすってことなの？　貴女の言っていた『アンズ』っていうのは、その程度の子だったの？」

「ち、違うっ！　違うもんっ！　アンズは……アンズはっ！」

「そう。だったら、今の貴女のしていることは、なんなの？」

「い、今の私？　私は……私は……」

そう言って、桜野さんは黙《だま》り込んでしまった。呆然《ぼうぜん》と、何かを見失ったかのように、公園にぽつりと立つ少女。そこに居たのは、もう、歪んだ空元気《から》と積極性を持った「桜野くりむ」ではなかった。

約束に縋《すが》って、ガムシャラに行動でもしないと今にも折れてしまいそうな心を必死で奮《ふん》起《き》させてきた、弱々しい、華奢《きゃしゃ》な、一人の女の子でしか、なかった。

だからこそ。

だからこそ、私は……「本当の桜野くりむの最初の友達」として、立ち上がり、彼女を後ろから優しく抱《だ》きしめる。

「紅葉……さん？」

「ねえ、桜野さん。私は、貴女の事情はよく分からないけど。何かの約束のために、頑張《がんば》らないといけないのかもしれないけど。でもね、桜野さん。『貴女じゃない貴女』に出来た、『友達と呼べない友達』で、その約束は、果たされたことになるのかしら？」

「……それは……違うと……思う。アンズは……そういうこと言っていたんじゃ……ないと、思う」

桜野さんは、今までの強気な様子は微塵《みじん》もなく、不安そうにぎゅっと拳《こぶし》を握《にぎ》りしめて呟《つぶや》く。

「でも……私……わ、わかんないから。だって私……私、そのままじゃ、友達、出来ないから――」

「そんなことないわ」

私はキッパリと否定した。

「実際私は、作られた貴女に興味はなかったもの。本当の貴女に、惹《ひ》かれたんだもの」

「あ、知ってる！　そういうのって、れずびあん、って言うんだよね――いひゃひゃひゃ！　いひゃい！　いひゃいよ！　ほっへまひゃひっはっへー」

「素《す》だとしても、そういう無配慮《むはいりょ》なところは正直どうかと思うけど」

「う、うー。私も、紅葉さんのそういうバイオレンスなところはどうかと思うよ……」

「……でもね、桜野さん」

私はそこで一拍《いっぱく》おいて。そして、この、根が凄《すご》く魅力《みりょく》的な子に……ちゃんと、言ってあげることにした。

「本当の桜野さんは、きっと、『やれば、出来る子』だと思うから」

「――」

次の瞬間《しゅんかん》。

桜野さんの瞳《ひとみ》から、再び一筋の涙がこぼれ落ちていた。正直私はまさかここで泣かれるとは思っておらず、あたふたと慌《あわ》てる。

「え、あの、え、ちょ、桜野さん、ごめん、なにか私傷付けるようなことを？　ごめんなさい、その、ずっと人とちゃんと接してなかったから、そういう配慮が私も——」

「ううん、違うの。違うんだよ、紅葉さん。……ううん」

そう言うと、桜野さんは私から離《はな》れて、くるりと振り返った。指で軽く目尻《めじり》の涙を拭《ぬぐ》い……そして、初めて見る『心からの笑顔』で、告げてくる。

「私、高校で最初の友達が知弦で、凄く、凄く嬉しいんだよ！」

「…………」

「？　ち、知弦？　どうしたの？　あ、急に名前で呼んだから怒《おこ》っちゃった？」

か。

か。

か。

「可愛すぎるわよこんちくしょおおおおおおおおおおおおおおおおおおおお！」

「わにゃ――――⁉　ちょ、ち、知弦、なに、なにしてるの⁉　なんで私の体中に頬《ほお》ずりするの⁉　や、やっぱり知弦、れ、れず、れずび――」

「もうそれでいいわ！」

「いいの⁉」

「ああ、桜野さん、桜野さん……。いえ、くりむ。いや……」

こ、こ、この可愛らしさ、いえ愛《いと》おしさは、もう、名前で呼ぶぐらいじゃ満足出来ないわ！　最初の友達？　違うわ！　これはもう……これはもう、私の、ペットよ！　そう、ペット！　愛玩動物《あいがんどうぶつ》！　となれば、これはもう、名前を付けてあげないとね！

ええと、くりむだから……クリムゾン……中二病っぽいわね、可愛くないし……。クリムゾン……つまり紅《あか》。紅。アカちゃん。アカちゃん？　い、いや、それは流石《さすが》にどうなの、私。よりにもよって奏につけられてた自分のあだ名をつけるって、そんなの――

「ど、どうしたの知弦？　うんうん唸《うな》って……。あ、頭痛いの？　えと、じゃあ、なでなで、なでなで、なでなで――」

「もうアカちゃんでいいわぁ――――――――――――！」

「何が⁉　何がなの⁉　知弦⁉」

「むにむに、むにむに。ああ、このほっぺた、取り外《はず》して持ち帰れないものかしら……」

「にゃ⁉　な……なんか最初の友達が猟奇的《りょうき》な『れずびあん』だったよ――――！　わ――――ん！　アンズ――――――！　こういう友達沢山《たくさん》はかなりイヤかもだよ――――！　うわぁ――――ん」

「はぁはぁ、アカちゃん可愛いわ、はぁはぁ」

こうして。

彼女の……いや、私達の『第一歩』は、この日、踏《ふ》み出された。

追記　そう、今思えばこれが知弦のドSやド変態としての、第一歩だったんだよ……

桜野くりむ

【エピローグ～卒業式当日～】

「運転手、金はいくらでも出すから、五分で碧陽《へきよう》学園まで行け」

空港を出てタクシーに乗り込むなり、枯野《かれの》さんは横柄《おうへい》に告げた。続いて俺も乗り込みドアが閉まる中、運転手のオヤジさんは薄《うす》くなった頭をぽりぽり掻《か》いて苦笑《にがわら》いを返す。

「いやぁ、お客さん、それは無理ですよ。いくら急いでも、ここからだと二十分はかかるんじゃないかなぁ」

そう告げながらも、カーナビを碧陽学園にセッティングして車がゆるゆると動きだす。

……こちらの事情を知らないから当然なのだが、運転手さんに真剣味《しんけんみ》は無かった。

しかしそこに、枯野さんはカチンと来たらしい。声を荒《あら》げ、更《さら》に注文する。

「私は急げと言っている。もっとアクセルを踏《ふ》め。こんな田舎《いなか》なのだ、二百キロ出しても問題なかろう」

「いやいやお客さん、そんなわけないでしょう。それに、最近の警察は意地悪なところで測定してますからねぇ。田舎だからこそ余計に、気は抜《ぬ》けないんですよ」

「構《かま》わん、行け」

「いやいやいや、お客さん、話聞いてます?」

運転手さんも若干《じゃっかん》イライラしながら、常識的な速度での運転を続ける。枯野さんは枯野さんで貧乏揺《びんぼうゆ》すりを開始していた。……基本的に俺の問題なのに、この人、すっかり入れ込んでいるな……。飛行機の中で話していても思ったけど、案外人間味のある人なのかもしれない。かなり歪《ゆが》んではいるが。

枯野さんと運転手さんが険悪に問答《もんどう》を繰《く》り返す中、俺は窓から外を眺《なが》める。

「お前も何か言ってやれっ、クソガキッ! お前のために急いでいるんだろうっ!」

枯野さんが俺にも文句を促《うなが》すが、しかし、俺は苦笑いを返すだけに留《とど》まった。

……正直なところ、複雑な気分だったのだ。

急ぐ気持ちは当然ある。何がなんでも卒業式に間に合いたいっていう願いは、変わらずずっと胸にある。

でもどこかで。

卒業式に出たくない自分も、ずっと、居《い》て。

いざ地元に戻《もど》ってきて碧陽学園までの道を急ぐという段になって、その複雑な気持ちが……痛みが、強さを増してきてしまったのだ。

(俺は……卒業式に参加して、皆《みんな》に、何が、言いたいんだ？)

飛行機を降りてからずっとそんなことを自問している。ここまでは、ただガムシャラに動いてきた。だけど碧陽学園が近付いてくるにつれて……段々と妙《みょう》な緊張感《きんちょうかん》が俺の体を満たしてくる。

おめでとう。別れたくない。寂《さび》しい。これからも笑顔で。俺はずっと皆が大好きだ。もっと一緒《いっしょ》に居たい。ずっと一緒に居たい。

沢山《たくさん》の想《おも》いが自分の中でぐちゃぐちゃしていて、何が本音《ほんね》なのか分からない。何を伝えたらいいのか、分からない。

「だからっ、無理だって言っているでしょう！」

「日本の交通規則など知ったことかっ！　そんなもんはどうとでもなる！　いっそ人をはねとばしても構わんから、とにかく急げっ！」

「いいわけないでしょう！　なんなんですか貴方《あなた》は！」

「私か。私は……。……そうさな、お前の、父だ」

「な、なんですってぇー!?」

「だからアクセルを踏むのだ、息子《むすこ》よ」

「わ、分かった、親父《おやじ》！……って言うわけないでしょう！　うちの親父は三年前に亡《な》くなりましたよ！」

「それもこれも、全てお前が下らぬ倫理観《りんりかん》で法定速度を守っていたせいだな」

「普通《ふつう》に老衰《ろうすい》ですがっ！」

「ふん、お前の父親のことなど知ったことか。無駄口《むだぐち》叩《たた》いている暇《ひま》があったら、急げ！」

「アンタが自分からうちの親父のこと振《ふ》ってきたんだろうが————！」

……なんか枯野さんと運転手さんが壮絶《そうぜつ》な口ゲンカをしていた。……こうして見ると、大人ってなんなんだろうな……。

赤信号で車が停車する。そこでもまた枯野さんが「こんな地平線まで車の居ない場所で律儀《りちぎ》に赤信号を待つ意味があるのかっ！」などと食ってかかっている。この人、ホント自分の認めたルール以外守ろうとしないな……。

俺はなんだか色んなことが虚《むな》しくなり、一人シニカルに微笑《ほほえ》んで窓から外を——

「よっ」

「…………」

〈コンコンッ、コンコンッ〉

「…………」

外を見たら、バイクに跨《また》ったフルフェイスの特攻服《とっこう》が、窓をノックしつつ俺にコンタクトを取ってきていた。

…………。

「あ、コラッ、テメェッ、顔逸《そ》らすな！　なにシカトしてんだ！　おらっ、こっち向け！」

〈ゴンゴンッ！　ゴンゴンッ！〉

俺が華麗《かれい》にスルーしていると、更に強く窓を叩いてきやがった。フルフェイス下から伸《の》びる長い赤髪《あかがみ》がヤケに鮮烈《せんれつ》で……やはりどう足掻《あが》いても関《かか》わりたくない。

「ゴルァ！　杉《すぎ》なんとか！　お前が杉なんとかなのは分かってんだぞ！」

全然分かってないじゃねーかよ名前。

声から判ずるに女性のようだが、その割に充分《じゅうぶん》にドスが効《き》いていて威圧感《いあっかん》がハンパない。

これには流石《さすが》に口ゲンカしていた大人両名も気付いたらしく、何事かとこちらを見た。

「お、お客さん、お知り合い……ですか？」

運転手さんが顔を強《こわ》ばらせて訊《たず》ねてくる。当然だ。イマドキ特攻服に「夜露死苦！」と書いて恥《は》ずかしげもなくバイクに跨っているヤツなんて、色んな意味で危ないにも程がある。

「おい、クソガキ、いつからお前の珍妙《ちんみょう》な仲間達にあんなのが加わった？」

枯野さんも失礼な疑問を投げかけてくる。俺は嘆息《たんそく》しながら答えた。

「いや、流石の『変人友人大集合』の特性を持つ俺でも、アレとはファーストコンタクトなんですが……」

「しかし、フルフェイス越《ご》しだが、なにやらお前を睨《にら》み付けているようだぞ」

「そう……ですね」

ちらりと様子を窺《うかが》う。途端《とたん》、再び窓を強く叩きながらの怒号《どごう》。

「おらっ、シカトこいてんじゃねぇよテメェ！　こちとらダチからの頼《たの》みでこんな田舎くんだりまでバイク飛ばして来てんだっ！　煩《わずら》わせてるんじゃねぇよ！」

「……ダチからの頼み？」

気になることを言うヤツだ。最初はアレな人が絡《から》んできたのかと思ったが、どうも多少事情が違《ちが》う気もする。

赤信号もまだ変わる様子が無く、仕方ないので、運転手さんに頼んで窓を開けて貰《もら》った。

……正直こっちも、迷いがあるとはいえ急いでいるのは事実なので、ちょっとイライラした対応を返す。

「なんなんですか。用事があるなら、手早く済ませてくれませんか。こっちも急いでいるんで」

「ああんっ？ んだよ、その態度は！ これからアタシに世話になろうっていうヤツのクセして、礼儀《れいぎ》がなってねぇにも程があるだろっ！」

「はあ？ 世話になる？ 何を言ってるんですか」

「だーかーら！ ああ、もう、面倒《めんど》臭《くせ》ぇ！ さっさと降りろ！ 急いでいるんだろう!?」

「はい？ いや、急いでいるからこそ、降りる意味が分からな――」

「だからっ！ アタシが碧陽まで送ってくっつってんだよ！ いいから降りろ！」

『！』

瞬間《しゅんかん》、俺と枯野さんは目を見合わせる。この時ばかりは敵同士ながらそこに素早い意思《いし》疎通《そつう》が行き交《か》い、直後、俺は迷うことなくドアを開いた。特攻服もバイクを移動させてドアを避《よ》け、更に俺にヘルメットを投げてくる。

「おらっ、早く乗れ！ 説明は後だっ！」

「は、はい！」

多少の戸惑《とまど》いはありながらも、俺は彼女の後ろに跨った。瞬間、こんなキャラのクセして髪からいい香《かお》りが漂《ただよ》う。

不思議なアンバランスさと正体不明さに戸惑いつつも体にしがみつくと、走り出す直前、背後《はいご》から枯野さんが叫《さけ》んできた。

「事情は全く分からんがさっさと行けっ、クソガキッ！」

「はいっ、枯野さんっ！『利用できそうなものは最大限利用しろ』ですよね！」

「そういうことだっ！」

「じゃあいくぜっ！しっかり摑《つか》まってろ！」

瞬間信号が青になり、それと同時にバイクが急発進する。ミラー越しに戸惑う運転手さんの表情が見えたが、あっちは枯野さんに任《まか》せるとしよう。

急加速に耐《た》えられるよう、改めてしっかりと彼女の体に摑まる。……しかし、いくら待っても、想像したほどの加速はこなかった。速度的には、さっきのタクシーと大差無い。

俺は不思議に思い、声を上げる。

「あのっ！」

「うわっつ!?　かー、そんな大声出さなくても聞こえるっつうの！　ヘルメットにマイクついてっから！」

振り向くことなく、赤毛の特攻服から答えが返ってくる。俺は未《いま》だに少々怯《おび》えながらも訊ね返した。

「すいません。……えーと、あの、もっと飛ばさないいんですか？　法定速度ギリだぞ！」

「ああん!?　充分飛ばしてんだろうがっ！　見ろっ！　法定速度守るんですか？」

「え？　あ、いや、ええ。……ほ、法定速度守るんですか？」

「はぁ!?　んなもん、たりめぇだろうがよ！　事故ったらどうすんだ！」

「で、ですよね」

そのまま。静かに田舎の道路を法定速度で走るバイク。…………。……あ、鳥がチュンチュン囀《さえず》っている音さえ聴《き》こえる。実に平和だなぁ。…………。

「あ、あの～、こんなこと訊《き》くのもなんですが、こう、もっと爆音《ばくおん》的なもの鳴らしたりとか、しないいんですか？」

「ああん!?　なに言ってんだテメェ！　んなもん鳴らしたら、周辺住民の皆様《みなさま》に迷惑《めいわく》かかるだろう!?　んなことも分かんねぇのかっ！」

「す、すいません」

「ったく、最近の若者はよぉ……」

「…………」

なんか怒《おこ》られた。…………。……うん、昨日から俺は、一体何をやっているのだろう。幼馴染《おさななじ》みと幽霊《ゆうれい》旅館泊《と》まって、ツンデレ枯野さんと飛行機乗って、今や初対面の赤毛特攻服とのんびり田舎《いなか》の道をバイクで走っている。

………。

おおよそ、大事な卒業式当日の行動ではなかった。

「うぅ……」

なんか泣けてきた。特攻服が「うぇ!?」と戸惑いの声を漏《も》らす。

「な、なに泣いてんだよテメェ！」

「いやもうなんか、あまりに状況《じょうきょう》がシュールでシュールで……」

「し、失礼なヤツだな！　なにがシュールだよ！　人に迎《むか》えに来て貰っといて——と、おい、曲がってあぜ道入るから気をつけろよ」

「？　あ、はい」

途端、宣言通りバイクは左折、舗装《ほそう》されていない狭《せま》い田んぼ道に入った。これは……。

「碧陽行くなら、こっち通るのが断然早《はえ》ぇかんな」

「あ……なるほど。これは、同じ速度でもタクシーより断然早く着く……」

ようやく一つ納得した。彼女の言う通り、あのままタクシーでちんたら遠回りするよりは、バイクでこういう道を通る方が大分早い。

そのまま、さっきより更《さら》にのどかな田園風景の中を、特攻服と二人静かに走る。

「……………シュールだ……」

「ああ!? さっきからうるせぇな、テメェは！ なんなんだよ！ なにが納得いかねぇんだよっ！」

「す、すいません。いや……あ、そもそも、貴女《あなた》は誰《だれ》なんですかっ！」

「アタシ?……ふ、名乗る程の者じゃあ、ねえさ」

カッコつけられてしまった。……う、うざい！ なんなんだコイツは！ 赤髪で特攻服着ているクセにバイクは改造した形跡《けいせき》もなく法定速度は守り爆音を鳴らすでもない。全体的に、なにか間違《まちが》った「カッコつけ」をしているようにしか思えない。

俺のそんな考えはどうやら当たりだったようで、田園風景の中を走っていると、ふと、田んぼ作業をしていたおばあちゃんに声をかけられた。

「おー、アンズちゃん、今日も元気だねぇ」

「おー、田辺《たなべ》のばあちゃん！　アタシはいつも元気だぜー！　へへ、んじゃ、今日もちょっと『走って』くっからよぉー！」

「気をつけるんじゃよー」

「おー」

………。

想像を絶するほどほのぼのしたやりとりが交わされていた！　なんぞこれ！

「ええと……あ、アンズさんとおっしゃるのですか？」

「ん？　ああ、まあな」

ふと、どこかで聞いた名前の気がした。……聞いた？　いや、読んだのか？　漫画《まんが》？　小説？　まあどちらにせよ創作キャラか。ありがちな名前だし、そうだよな……。

なにか引っかかって黙《だま》り込んでいると、アンズさんが小さく切り出してきた。

「……くーちゃん」

「はい？　なんですか？」

「くーちゃんは、碧陽で楽しそうか？」

「？　くーちゃん？」

？　なんかこれも聞いた……いや、読んだ覚えのある名前な気がするが……うーん？

俺が悩《なや》んでいると、アンズさんは言い直した。

「桜野《さくらの》くりむは、碧陽で楽しそうかって訊いてんだよ」

「へ？　会長？　ええ、まあ、楽しそうだと思いますよ。っていうか、それ言ったら碧陽の誰より楽しそうなんじゃないでしょうか」

「そっか」

「？」

なぜかアンズさんの声は弾《はず》んでいた。……？　会長の……関係者なのか？　あ、そういえば、なんか時折暴走族の音みたいな着メロに設定している友達から電話かかってきてたな。それがこの人なのか？　そう考えると多少納得出来る。つまりダチっていうのは、会長のことなんだろう。正直二人の接点がまるで見えないけど、そう考えると自然だ。

「アンズさん、会長に……桜野くりむさんに頼まれて迎えに来てくれたんですか？」

「あ？　言ってなかったか？」

言ってないです。色々説明不足です、貴女。

「そーだよ。くーちゃんの頼《たの》みなら、アタシは断れねぇーからな」

「くーちゃん……。……くーちゃんねぇ」

なーんか喉《のど》の奥に小骨が引っかかっている。会長を……くーちゃん。全然聞いたことのない渾名《あだな》のはずなのに、どっかで、「読んだことがある」気がする。なんだっけなぁ……これ。読んだってことは……原稿《げんこう》か？　ん？　原稿？　ああ、そういやちょっと前に、会長の過去話やるにあたって貰った資料に、そんなのがあったような——と何か思い出せそうなところで、アンズさんが声をかけてきた。

「なあ、杉なんたら」

「杉崎《すぎさき》です」

「ああ、そうそう、熊吉《くまきち》」

「杉崎です」

少なくとも落語で出てくるうっかり者みたいな呼び方はやめてほしい。

「お前さ、くーちゃんとは……どういう関係だ？」

「ん？　会長とですか？　そんなの当然、ハーレム王と嫁《よめ》の一人っていう、爛《ただ》れた——」

〈ぐわん！〉

「うわわわわっ！　な、なんで急にそんな荒《あら》っぽい運転するんですかっ！」

「いや、ただ後部座席のヤツ落とそうと思っただけなんだ。すまねぇな」

「ああ、いえ、そういうワケなら……て許すはずないでしょう！　なにを素直に殺意吐露《とろ》してるんスか！　な、なんなんですかっ！」

「それはこっちのセリフだ。テメェ、くーちゃんを毒牙《どくが》にかけたりしたら……どうなるか、分かってんだろうな」

今まで以上の、ドスをきかせた声。それは今までの……ふざけた、カッコだけのものとは明らかに違《ちが》った。俺は少し怯《ひる》みながらも答える。

「し、知りませんよ。な、なんだっていうんですか」

「いや普通《ふつう》に殺すけど」

「普通に答えた！……………。……………」

「どうした？　ビビッたか？　ハッ、そんな腑《ふ》抜《ぬ》け野郎《やろう》にくーちゃんは任《まか》せ――」

「貴女になんと言われようと、俺は、会長に手を出しますよ」

「な、テメェ！」

「うるさい！」

「っ！」

俺は彼女にしっかり摑《つか》まっているくせに盛大に逆ギレを起こしてやった！　お、俺にだって譲《ゆず》れないものはある！

「アンタが会長の友人だろうがなんだろうが知ったことかっ！　俺は会長が好きだ！　心から好きだ！　だから俺はアンタになんと言われようが、会長を毒牙にかけようとするぜ！　なんせ大好きだからなっ！」

「…………」

「お、俺を排除《はいじょ》しようってんなら、そうすりゃいいさ！　だけど少なくとも俺は、自分から手を引いたりしないからなっ！　お、覚えておけ！」

なんか最終的に妙《みょう》に小物臭《くさ》いセリフになってしまったが、言いたいことは言いきった。

……送って貰《もら》っておいて何を啖呵《たんか》切っているのかというのもさておき。

アンズさんは、しばらく黙っていた。何を考えているのかは分からないが、とりあえず、乱暴に運転することもなくバイクを走らせる。

しばらくして、ようやく田園から街中に入ったところで遂《つい》に赤信号につかまってしまった。その隙《すき》に……彼女は何かを仕切り直すかのように、一旦《いったん》フルフェイスを脱《ぬ》ぎ去り、外の空気を堪能《たんのう》する。

「ぷはぁ」

「――――」

鮮《あざ》やかに染まった紅蓮《ぐれん》の髪《かみ》をたなびかせるその女性は、息を呑《の》むほどに美しく。……それだけに特攻《とっこう》服姿なのが、なんだか凄《すご》く残念だった。

彼女はフルフェイスを脱ぎ去ったその顔で俺の方を振《ふ》り向き、今までの態度にそぐわない……どこか儚《はかな》げな笑顔を覗《のぞ》かせてきた。

「私も、くーちゃんが大好きなんですよ」

「？」

それは、今までの乱暴な口調とは一変《いっぺん》した、別人のような言葉だった。しかし……その目はあまりに真摯《しんし》なので、特にそこを指摘《してき》することもなく、俺は彼女の言葉を聞く。

「……あの子はね、いっつも電話では『友達沢山《たくさん》出来たよ！』って私に言ってくれますけど……ねぇ、杉崎君」

「は、はい」

「貴方《あなた》から見てくーちゃんは……本当の意味で、ちゃんと友達、作れて……いますか？」

そんな質問をするアンズさんの瞳《ひとみ》は、どこかとても不安げで。それによって、彼女がいかに会長を……桜野くりむを案じているのかが伝わって来る、そんな瞳で。

でも。

だからこそ、俺は、それに少しだけ腹を立てて、答えた。

「そんなの、俺に訊《き》くようなことですか？」

「え？」

「あんな魅力《みりょく》的で輝《かがや》いている人に、友達が出来ないなんてこと、あるわけないでしょう」

「……でも」

まだどこか煮《に》え切らない様子のアンズさんに、俺はイライラする。

「でも、じゃないです。っていうか、なんなんですか貴女は」

「え？」

「保護者気取りですか？　いや、たとえ親だとしたって、冗談《じょうだん》じゃない。桜野くりむを……うちの会長をなめないで下さい」

「っ！」

「……少なくとも今の会長は、貴女に心配なんかして貰わなくていいくらい、素晴らしい女の子です。俺がこんなにも惚《ほ》れ込んでいるのが、いい証拠《しょうこ》じゃないですか。それを、友達が出来るかどうか心配とか……俺は、おこがましいことだと思います。というか、会長は貴女にそんな風に心配されるのを、望んじゃいないと思います」

無垢《むく》な彼女をただ子供扱《こどもあつか》いするだけなら、まだいい。だけど……それと、彼女の力を信じないことは、全く別の問題だ。

俺がすっかり腹を立ててしまっていると、アンズさんは、どこか柔《やわ》らかい声で笑った。

「ふふっ……そう、ですね。すいません。私ったら、昔のクセがまだ抜《ぬ》けないで……」

「あ……いえ。すいません、俺も、なんの事情も知らないのに」

「いえ、いいんです。むしろ、言って貰って良かったです。そうですよね……私は、くーちゃんのことを心配するあまり、彼女を甘く見てしまっていたのかもしれません。……ありがとうございました、杉崎さん。……貴方がくーちゃんの傍《そば》に居てくれて、本当に良かった」

「あ、いえ……」

な、なんかそう丁寧《ていねい》に接されると、どうにも照れてしまっていけなかった。そんなやりとりをしている間にも信号が青になってしまったので、アンズさんは慌《あわ》ててフルフェイスをかぶり直してバイクを発進させた。俺も彼女の体に再びしっかりとしがみつく。

……し、しかしこうなってくると、特攻服の女とはいえ、彼女にしがみついているのが妙に恥《は》ずかしくなってきた。さっきの殊勝《しゅしょう》な態度といい、髪から香《かお》る仄《ほの》かな香りといい……なんかこう、ここに来て落ち着いた大人のお姉さん感がハンパない。こ……これはヤバイ。照れる。俺の心拍《しんぱく》もかなりドキドキ――

「……んじゃっ、改めて、碧陽まで飛ばすぜぇえ！　いぇぇええええ！」

「だからなんなんですかその二重人格！」

そして飛ばすとか言いつつ結局法定速度だし！　俺の疑問に、彼女はアクセルをふかしながら答えてくる。

「昔ちょっと難病で入院してた期間があってな！　その間中、アタシはずっとこう思ってたんだ。『元気になったら、思う存分走り回りたい』って！」

「入院ストレス大爆発《だいばくはつ》かっ！　いやそれにしたって走り方は本当にこれでいいの⁉　なんか間違《まちが》ってない⁉」

「念願叶《かな》って、今や毎日チーム……『安全運転紅蓮隊《たい》』のヘッドとして、仲間と走り回っているぜ！　ほー！　風になるぜぇー！　千の風になるぜぇー！」

「いや千の風にはなっちゃ駄目《だめ》でしょう！　折角《せっかく》退院したのに亡《な》くなるフラグですよ！」

「まあ、くーちゃんは今のアタシを見ると毎回『私の知っているアンズは……もういないんだね』って凄く悲しそうな顔するけどなっ！　あっはっは！　死んだわけでもあるまいに！　あっはっは！」

「あっはっは、じゃねぇよ！　なに俺を散々脅《さんざんおど》しておいて、自分が会長悲しませてんだよっ！」

「いやいや、そもそも、手術の奇跡《きせき》的成功直後、くーちゃんが『アンズが元気になってくれて本当に良かったよぉ〜！』って泣くもんだからさ。そこはほら、親友の願い、一念発起《ほっき》して……チームの一つも立ち上げて更《さら》なる元気さをアピールするっつうもんだろ」

「努力の方向性がおかしいでしょう！　会長、可哀想《かわいそう》すぎるでしょう！」

「くーちゃんったら、一時期今の『ヘッドとしてのアタシ』を全く認めず、手術前のアタシとの約束を守るために執念《しゅうねん》燃やしてたことさえあるかんなぁ」

「アンタどんだけ会長傷付けてんだよっ！　実は俺に何か言う資格一番ねぇ人なんじゃねーの⁉」

「あっはっは」

「その笑い方、なにも誤魔化《ごまか》せてないからね⁉」

な、なんて極端《きょくたん》な生き方の人なんだろうか。なんとなく、会長の親友でありながら俺達に今まで紹介《しょうかい》してくれなかった理由がよく理解出来た。これは……俺でも、紹介したくない。昔がマトモだったらしいだけに、余計会長的には残念な子なのだろう。

そんなやりとりを交《か》わしつつ、バイクは市街地を抜け、いよいよ碧陽学園に近付いてくる。なんだかんだあったが、タクシーで来るよりは大分短縮されていた。……まあ、それでも間に合うかどうかは結構微妙《びみょう》なのだが。

学校がかなり遠目に見えてきたあたりで。アンズさんは、本来のアンズさんの方で、俺に語りかけてくる。

「……くーちゃんのこと、宜《よろ》しくお願いしますね、杉崎さん」

「……とはいえ、今日で卒業、ですけどね」

しんみりと答える。しかし……アンズさんは、とても優しい声色《こわいろ》で、言ってくれた。

「あら、卒業は、全ての終わりでは、ないでしょう。……人の死でさえ、ただの終わりなんかでは、ないのですから」

「……アンズさん」

「……あの子の、ある意味において『最初の卒業式』を……いい思い出に、してあげて下さい」

そんな、アンズさんの願いに。

俺は……今までのウジウジした迷いを完全に切り捨《す》て、そして、ただ一つの想いだけを持って、ハッキリと、答えた。

「任せて下さい。最っ高の卒業式に、してやりますよ！」

背後からのフルフェイス越《ご》しで、見えるはずもないのだけれど。アンズさんは……優しく笑ってくれたように、思えた。

「じゃあ飛ばして行くぜぇっ、熊吉！」

「はいっ！　杉崎ですけど！」

そうして、俺達は碧陽学園へと向けてフルスロットルで走り出した。

「……まあ、法定速度で、ですけどね」

「ああっ、この流れでもそこはあくまで厳守するんですねっ！」

【えくすとら～渡《わた》す生徒会～】

朝　校舎玄関《げんかん》前　紅葉《あかば》知弦《ちづる》の場合

遂《つい》にこの日が来てしまったわ。

二月十四日、バレンタインデー。

女子が好きな男子にチョコレートを贈《おく》るという、なんとも気が滅入《めい》るイベントだ。

……いえ、去年までの私だったら、そこまで嫌《いや》がる理由もなかったはず。私の場合、普《ふ》段《だん》の行い、またオーラが功を奏しているのか、クラスメイトの男子から義理チョコをたかられることもないし。時折女子生徒から本命チョコを渡されてしまうことと、浮かれている周囲が普段より五割増しでうざったい以外は、そこまで意識することもなかった。

でも今年は、話が別。

そう。

不覚にもチョコレートを渡したい相手が出来てしまった、今年に限っては。

「ああ……もう、どうしたらいいのよ……」

玄関周辺の柱に身を隠《かく》して彼を……キー君を待《ま》ち伏《ぶ》せしつつ、鞄《かばん》の中を覗《のぞ》き込む。

用意したのは、街の百貨店で買った少し高めのビターチョコレートだ。包装もシックに、出来るだけシンプルにまとめてある。……実に「私らしい」装《よそお》いだった。

「うん……て、手作りは、ないわよね。そ、そうよね。これでいいわよね」

昨日から……いや、数日前から何度したか分からない自問を繰《く》り返す。……実のところ、今までの人生で私は義理チョコさえ誰《だれ》かにあげたことがなかったのだ。

どんなことにせよ「初めて」は緊張《きんちょう》する。

特に私はなまじ他の様々な部分において周囲より「大人」な振《ふ》る舞《ま》いをしているため、こういう所で失敗すると他の人よりダメージが大きい。

「お、おかしくないわよね？　生徒会の後輩《こうはい》の男の子に、買ったチョコを渡す。……うん、なにも変なところはないわ。…………。……ないわよね？」

なにせ経験がないだけに、自分がなにか見当外《はず》れのことをしているんじゃないかと気になって仕方ない。普段ならいくら未経験のことでも、知識さえあればそこそこの自信を持って行動出来る私なのに。この……バレンタインというイベントに関してだけは、どうしてだか、頭でいくらシミュレーションしようとも落ち着かなかった。

「お、落ち着きなさい、紅葉知弦。な、何をドキドキしているの。べ、別に告白しようというわけでもあるまいし。そう、これは、別に本命とかじゃないのよ。そう。いつもお世話になっている後輩の男の子にあげる、いわば義理の……義理の……」

……自分で言っておいて、なんか「義理」という言葉に傷ついてしまった。な、なんなのよっ、私っ！……やっぱり訂正《ていせい》！

「ぎ、義理ではないわ、うん。義理じゃないけど……ほ、本命とも違《ちが》うんだからねっ！」

なぜか一人ツンデレ劇場を始めてしまった。お、落ち着きなさい、私。ふぅ。……そう、別に、何チョコと定義する必要はないじゃない。そ、そうよ、ここは……いつものように、はぐらかせばいいのよ。

「こほん。『……はい、キー君、チョコよ。……あらあら、うふふ、そんなに喜んじゃって。え？　本命ですよねって？　ふふっ、それはどうかしらね』」

………………。……完璧《かんぺき》だ。完璧よ、知弦。いつもの私のキャラだわ。それよ。それでいきましょう。

そう決意した矢先、遂にキー君が眠《ねむ》そうな顔をしてやってきた。私は柱に身を隠したまま、ぐっと構《かま》える。……ちなみにこんな朝っぱらから不審者《ふしんしゃ》ばりの待ち伏せ行為《こうい》に至ってしまっているワケは、彼にチョコを渡すまであまりに私の精神状態が不安定なので、早いうちにさっさと済ませてしまおうと思ったからだ。放課後、生徒会室で他のメンバーにいじられてもシャクだし。

キー君が徐々《じょじょ》に近付いてくる。……よ、よし！　行くわよ！　やるわよ、知弦！

私は計画通り、極《きわ》めて自然に……偶然《ぐうぜん》を装って彼に接触《せっしょく》することにした！

「びゅーひゅるるるるー。……ぎぎぎ。ぎぎぎ。……あ、アラキークングウゼンネ」

「おわ⁉　知弦さんが柱の陰《かげ》から超《ちょう》不自然なロボット的動きで出現した！　ど、どうしたんですか⁉」

「アラキークングーゼンネ」

「荒木《あらき》君？　ああ、荒木に用事ですか。お、丁度《ちょうど》いいところに！　荒木ー！　知弦さんがなんか用事あるって——むぐっ！」

キー君がなぜか全く無関係の男子生徒を呼び止めようとしてしまったので、私は慌《あわ》てて彼を——亀甲縛《きっこうしば》りにして猿《さる》ぐつわをかませた。しめてトータル二秒の惨劇《さんげき》だった。

「むぐがががが⁉　あいううんえうかっ！（何するんですかっ！）」

「ご、ごめんなさいキー君。つい咄嗟《とっさ》に……」

「ほっふぁにひっほうひはりはへふんへふかっ、あふぁふぁふぁ！（咄嗟に亀甲縛りが出るんですかっ、貴女《あなた》は！）」

「それはそうとキー君、今ちょっといいかしら」

「ひょふふぁいふぇふひょっ！（よくないですよっ！）」

キー君が何を言っているのか全然分からない。仕方ないので、私は彼の猿ぐつわと亀甲縛りを解《と》いてあげることにした。さっきから玄関前で何事かと登校中の生徒達に大注目を浴びている件に関しては、今は考えないことにする。

拘束《こうそく》を解かれたキー君は、手首についた縄《なわ》の痕《あと》をさすりながら涙目《なみだめ》で私を見てくる。

……可愛いわぁ、キー君。

「知弦さん……俺、なんか昨日の会議で貴女を怒《おこ》らせるようなことでもしたのでしょうか……」

「？　別にそんなことないわよ。ああ、亀甲縛りの件なら気にしないで。深い理由はないから」

「余計気にしますよっ！　せめて何か理解可能な理由が欲しかった！」

「とにかく、そんなことはどうでもいいのよキー君。話脱線《だっせん》させないで」

「俺にとっては『亀甲縛り事件』が完全に本線なんですけどっ！」

キー君がガタガタと五月蝿《うるさ》いが、私は無視して自分のペースで進めることにした。

よし……いくわよ！

「はいキー君、チョコよ」

「この流れで急に⁉　なんかすげぇ不気味なんですがっ！」

「……あらあら、うふふ、そんなに喜んじゃって」

「なんですかその圧力！　よ、喜べばいいんですか？　えと……あ、ありがとうございます、チョコ。なんていうか……流れはアレでしたけど、その嬉《うれ》しいは嬉しいです」

あ、喜んで貰《もら》えたわ。……なにこれ、嬉しい。嬉しいわ。なんなのこれ。胸がぽわぽわして……次のセリフが、すっかり飛んじゃったじゃない！

ええと……なんだったかしらね。そうそう、気持ちをはぐらかす……だったわね。

よし。

「え？　毒物ですよねって？　ふふっ、それはどうかしらね」

「なんか凄《すご》い可能性示唆《しさ》されたぁ――――――――！」

ああ、キー君あんなにはしゃいじゃって。ふふっ、可愛いんだから。

ふぅ、なんだかもう胸が一杯《いっぱい》で大満足だわ！　さ、早く教室行ってアカちゃんでもいじろうかしらっ！

「じゃ、じゃあねキー君。よいブラッディバレンタインを！」

「なんですかその捨《す》て台詞《ぜりふ》！　知弦さん!?　知弦さぁ――――ん!?」

キー君の嬉しそうな悲鳴を背に、私は足取り軽く今日という一日を開始した。

一時限目後休み時間　廊下《ろうか》　椎名《しいな》深夏《みなつ》の場合

遂にこの日が来てしまったぜ。

二月十四日、バレンタインデー。

女子が好きな男子にチョコレートを贈るっつう、なんとも納得いかねぇイベントだ。

そもそも、なんで男子から女子じゃ駄目《だめ》なんだよ。愛の告白イベントだっつうなら、必ず女子が渡す側である必要ねぇだろうが。ったく、もやもやするぜバレンタイン――

「あ、し、椎名先輩《せんぱい》！　これ！」

クサクサしながら廊下を歩いていると、背後《はいご》から走って追いついてきたらしい後輩《こうはい》女子にチョコレートを渡されてしまった。

「ん、ああ、サンキュ――」

「きゃあ――！　わ、渡しちゃったー！」

「…………」

　お礼を言い終わる前に、彼女は付《つ》き添《そ》いらしい友達集団の中に戻《もど》っていってしまった。

あたしは彼女達に軽く手を振って微笑《ほほえ》むと、受け取ったチョコを上着の左ポケットに突《つ》っ込《こ》んで歩き出した。

……女子からチョコレートを貰うのは今日だけでもう四度目だ。例年通りならば、これから更《さら》に増えることだろう。

……バレンタインにもやもやする理由の二つ目が、これだ。同性とはいえ好意を寄せて貰えること自体は嬉しいっちゃ嬉しいんだが、かといって、どう対応したものかがイマイチ分からない。

あたしにチョコをくれる女子には、友達的義理でくれるヤツ、憧《あこが》れの感情でくれるヤツ、そして本気の好意でくれるヤツっていう3パターンがある。さっきの後輩は憧れ、という感じだろう。それはいいし、義理も問題無い。問題なのは本気だった場合で、当然その気がないあたしは毎年断らざるを得ないわけだが……これが、気が滅入る滅入る。

自分に好意を抱《いだ》いてくれる人間のことを、嫌《きら》いなわけがない。なのに、その嫌いじゃないヤツを自分の言葉で傷付けなきゃいけないのだ。あたしが、何か悪い事したか？　という気分になる。いや、相手だって悪くない。あたしも相手も誰も悪くないのに、お互《たが》い傷つくとは、なんて割に合わないイベントなんだ、バレンタイン。

そういうことがここ数年積み重なって、あたしは、正直バレンタインに良いイメージを持っていなかったし、当然「浮かれる」なんてことはあるはずもなかった。

………………。

今年までは。

「うっし！　んじゃ……わ、渡すぜっ！」

廊下で気合いを入れ直す。周囲の一般《いっぱん》生徒達が「びくんっ！」と反応してしまっていたが、今日ばかりは気を遣《つか》ってなんかいられない。

なんせ、あたしはこれから初めて、鍵《けん》に……好きな男に、チョコレートを渡すのだからっ！　貰うんじゃない！　渡すんだ！　自発的に！

「……くぅ！　なんだこりゃあ！　立場が違うと、こうも違うのかよっ！　なんかもう……昨日から楽しみで楽しみで仕方ないぜっ！」

ゲシゲシと傷つかない程度に壁《かべ》を蹴《け》る！　近くを通りかかった知り合いから「し、椎名さん？　大丈夫《だいじょうぶ》？」と声をかけられてしまったが、んなこたぁどうでもいい！

あたしは前日から用意してあったチョコレートを、さっき後輩から貰ったチョコを入れた方とは逆の右ポケットから取り出して眺《なが》めた。……数日前に手作りを試したら盛大に失敗し、最終的には等価交換《こうかん》の原則を無視して物質を錬金《れんきん》できる奇跡《きせき》の石が誕生してしまったけど、それは要《い》らないのでゴミ箱に捨てて、仕方なく近所のデパートで買った普通《ふつう》のチョコなのだが。しかしあたしが気に入っていつも食っているチョコだから、アイツに喜んで貰えたらやっぱ嬉しい。

チョコをしまい、あたしは鍵を捜《さが》して男子トイレの方へと歩き出す。そもそも鍵は毎日このタイミングでトイレに行くのを知っていて、アイツが教室を出て少ししてからその跡を追っていたのだ。いくらなんでも、教室で渡すのは流石《さすが》に落ち着かねぇーからな。

果たしてあたしの目論《もくろ》み通り、トイレから帰る途中《とちゅう》らしい鍵とばったり出くわした。

「ん？　よぉ深夏、お前もトイレか？」

「ああ、男子トイレにちょっとな」

「そうか、じゃあな——って、ええ!?　な、ちょ、お前、男子トイレに一人でなにしに行くつもりなんだよっ！」

しまった。返答を間違《まちが》った。ええと……。

「訂正訂正《ていせい》。ええと……そうそう。おい、鍵、ちょっとお前付き合えや」

「男子トイレに⁉　なに⁉　俺もしかして今からシめられるんスかっ、深夏姐《ねえ》さん！」

「誰《だれ》が姐さんだ誰がっ。ち、違《ちげ》ぇよ。……こほん。トイレじゃなくて、お、お前に用事があんだよ、鍵」

「俺に？」

「あ、ああ」

……あ、あれ、おかしいな。どうしたんだあたし。心臓がバクバクして、顔が熱くて、運動もしてないのに体中から汗《あせ》が噴《ふ》き出してきている。へ、変だな。バレンタインのことを考えている間はあんなに楽しかったのに。い、いざ鍵と面と向かうと、妙《みょう》にドギマギしてしまって仕方ない。

「……おーい、深夏？　どうかしたか？　風邪《かぜ》か？」

「え、いや、あ、その」

っつうか、なんでそんなに察しが悪《わり》ぃんだよお前はっ！　普段《ふだん》なら「おおっ、遂《つい》に俺に愛の告白か深夏！　よっしゃ、どんと来い！」ぐらいは言うくせにっ！　今日だって朝から教室で――

「さぁてクラスメイト女子の皆《みな》さん！　俺の鞄《かばん》にはまだかなりの余裕《よゆう》があるぜ！　お、おいおい、押すなって！　順番順番！　ははっ、人気者は大変だなぁ！」

と「一人で」やっていたクセに！　なんで実際にチョコ渡しに来た時に限って、そっちに発想がいかねーんだよっ！　ったく、これだから鍵は……。

と、とにかく、折角《せっかく》用意したんだ、チョコ渡さねーと……。

「お、おい鍵。て……手を出せ」

「ん？　手を？……お、俺の手首切らないと約束する？」

「あたしお前からどんな風に思われてんだよっ！」

流石のあたしでもこれからチョコを渡そうとしている男にそんな風に言われると若干凹《じゃっかんへこ》む。鍵は「わ、わりぃ」と一応謝罪した後、素直に手を出してきた。

あたしは「お、おぅ」と顔を紅《あか》くし、緊張《きんちょう》しながらも……「左ポケットから」それを取り出し、そして、彼の手の上に載《の》せた！

「み、深夏。これって……」

「お、おぅ……そうだぜ……」

顔を真っ赤にしながらも……鍵の掌《てのひら》の上にある「それ」を確認して——告げる。

「そりゃあたしがさっき後輩から貰《もら》ったチョコだっ！」

「なんの嫌《いや》がらせだ！」

激昂《げっこう》した鍵に思いっきり突き返されてしまった！　あたしはそれを受け取り、ポケットに納めながら今度は後悔《こうかい》で顔を紅くする！　し……失敗した！　あまりにテンパって逆のポケットから出してしまったぜ！　渡して、見て、ようやく気付いた。

「ったく、な、なんなんだよ……」

鍵が呆《あき》れる中、あたしは「すまんっ」と謝り、ごそごそと逆のポケットを探《さぐ》るが、あまりに焦《あせ》ってしまっていて中々自分のチョコが掴《つか》めない。

「ああ、あれでもない、これでもない……」

「お前のポケットは四次元ポケットか何かなのか？」

「あ、あった！　てろれろん！　地球破壊爆《はかいばく》だ——いや、違《ちが》う、これじゃない」

「お前今何出そうとしたよ！　なあ！」

「うるせぇなぁ、焦《あせ》らせるなよ。手が滑《すべ》るだろ」

「そのポケット内でのミスは致命的《ちめいてき》すぎる！　だ、黙《だま》ってます」

「…………。……ふひひ。まあ待てよ……焦るな焦るな……アレは逃《に》げたりしねぇよ。ほら、頬張《ほおば》れば一口ですぐ夢見心地《ごこち》さ……」

「お前俺に校内で何渡そうとしてんの⁉」

緊張で手が震《ふる》えるわ、そうしている間にも鍵が喋《しゃべ》りかけてくるわで、もう自分でもなに言ってんだかよく分からなかった。

数秒間の格闘《かくとう》の後、あたしはようやく準備したチョコレートを引っ張り出すと、鍵に「ほらよっ」と押しつける様に渡す。

「ん？　あ、これって、もしかして深夏……」

「お、おう。そう、お前の想像通り……ば、ばれ……ばれ……」

「ああ、そうだよな、二月十四日にくれるものなんて、当然バレンタイ――」

「バレットM82A3だよ」

「なんで対物ライフルなんだよっ！　全然想像通りじゃなかったよ！」

「いや、あたしはお前の正確なツッコミにびっくりだよ。……あ、もしかして鍵は、M82A3より、M99の方が好みだったり――」

「しねぇよ！　っていうかこれサイズ的に絶対ライフルとかじゃないよなぁ⁉」

「う……」

くぅ……なんだってんだあたし！　なんで素直にバレンタインチョコレートだと言えね

ーんだっ！　あたしはガックリと肩《かた》を落とす。

「す、すまねぇ、鍵。あたしらしくもねぇ……。つい、か弱い女の子みてぇに、大型セミオート式狙撃銃《そげきじゆう》の名前で照《て》れ隠《かく》ししちまったぜ」

「お前の中でのか弱い女の子のイメージを今すぐ修正して頂《いただ》きたい」

「と、とにかく。ホントはその……ば……ばれ……バレンタインの、チョコレートなんだ」

「お、おぅ。……正直大分前から想像ついてたけど……その、さ、サンキュな、深夏」

「あ、ああ」

「…………」

「…………」

なんだかお互い妙にいたたまれなくて、視線をチラチラと合わせては逸《そ》らす。う、うぅ……なんだってんだ。こんなつもりじゃなかったのに！　あ、あたしは鍵が好きだし、最近じゃ普段からそう言ってんだから、別に、チョコ渡《わた》すぐらい普通のことだと思ってたのに！　なんで……なんでこんな気恥《きは》ずかしいんだよっ、ちくしょう！

あたしは思わずいつもの悪態をついてしまう。

「か、勘違《かんちが》いすんなよなっ！　あたしはただ、お前が好きなだけなんだからなっ！」

「どういうこと!?　あまりに斬新《ざんしん》なキャラすぎるぞお前！」

「その……バレンタインだから、ここぞとばかりに好意示しただけなんだぜっ！」

「だからなんでそんなデレデレセリフをツンデレ口調で言うんだよ！　俺はどうリアクションするべきなんだよっ！」

「じゃ、じゃあなっ！　あ！　昨日真冬《まふゆ》のヤツは手作りで一生懸命《いっしょうけんめい》チョコ作ってたから、ちゃんと受け取ってやれよな！　たとえ不味《まず》くても美味《おい》しいって言って、イチャイチャの一つもしてやるんだぞ！　抱擁《ほうよう》やキスは基本NGだが、雰囲気《ふんいき》にもよる！　頑張《がんば》れ！」

「いやいやいや、もう俺はお前という人間が何を考えているのかよく分からないよっ！」

「くぅっ！……あたしも分からねーよ！　お、覚えてやがれー！」

「ああっ！　深夏が……あの深夏が小物セリフで去っていくだと!?　ホントにどうしたんだお前！　デレ化以降、精神構造の複雑さが周囲と段違《だんちが》いだぞー！」

鍵のウダウダとウザったいセリフを背に、あたしは駆けだした。

……なんだかんだとあったが、なぜだか、顔がにやけて仕方なかった。

放課後・会議前　生徒会室　桜野《さくらの》くりむの場合

遂にこの日が来てしまったよ。

二月十四日、バレンタインデー。

女子が好きな男子にチョコレートを贈《おく》るっていう、逆にしたらいいイベントだよ。

まあ私は皆《みんな》から「くりむちゃん、チョコあげる〜」って貰えるから、全然いいんだけどねっ！　やー、碧陽学園はパラダイスだよ。うっはうはですなぁ。

「ここは私のハーレム！」

どっさりと抱《かか》えていたチョコの山を生徒会室の机に置いて、ほかほか気分で叫《さけ》んでみる。

うふふ……いやぁ、人気者は困っちゃうねぇ。うちの某《ぼう》副会長のように口だけの子とは、ワケが違うのだよっ、ワケが！

「さぁて、どれから食べよっかなー」

ぐふふ、よだれが止まりませんなぁ。でもこれ、毎年家に持って帰ったらお母さんに「あらあら、じゃあこれは私がオヤツの時間に少しずつ出してあげますね」と回収されてしまうから、要注意なんだよ！　でも持って帰らないわけにもいかないし、隠してもおけないから……このウハウハ気分は、今だけの宝物なんだよ！

そんなわけで、私は誰より早く生徒会室に駆け込んで、いい気分を堪能《たんのう》させて貰っているのだ。うーん、うっとりするねぇ。あまあまさんの山だよ。

《ブルルルルル》

「うにゃ？」

チョコ鑑賞会《かんしょうかい》を行っていると、マナーモードにしたままだったケータイがポッケの中で震えだした。私は至福《しふく》の時を邪魔《じゃま》された気分で、不機嫌《ふきげん》な声で出る。

「もしもし。魚の骨をのどに詰《つ》まらせたらいいと思う」

『急に⁉　く、くーちゃん、私です、私』

「なんだ、アンズかぁ。……鳥の骨をのどに詰まらせたらいいと思う」

『ランクアップした⁉　な、なんか不機嫌ですね、くーちゃん。てっきり、バレンタインである今日は上機嫌《じょうきげん》だと予想していたのですが……』

「アンズが電話してくるまでは上機嫌だったよ」

『……最近くーちゃん、私に冷たいですよね……なぜなんですか……うぅ』

「自分の胸に手を当てて考えたらいいと思う」

『胸に手を当てて？…………。ああ、なるほど、私がくーちゃんより巨乳《きょにゅう》だか――』

電話を切った。さて、私はこのあまあまの山の攻略《こうりゃく》に取りかかるとしようか――。

《ブルルルルル》

またケータイが震えた。……凄《すご》く面倒《めんど》臭《くさ》かったけど、私は通話ボタンを押す。

「もしもし。人の骨をのどに詰まらせたらいいと思う」

『大惨事《だいさんじ》ですねっ！　もうなんか色んな意味で大惨事ですねっ！』

分かっていたけど、アンズだった。

「……なぁに。私は今、忙《いそが》しいのだよ。堕《お》ちた親友にかまけている時間は、無いのだよ！」

『お、堕ちたって……。くーちゃん、私が何をしたって言うのですか』

「髪染《かみそ》めた！　高校進学やめた！　バイクで走り回ってる！　ヘッドモードの時は言葉が乱暴！　奇跡《きせき》の生還《せいかん》！」

『最後のは別にいいじゃないですかっ！　なんですかっ！　くーちゃん的には手術の失敗を願ってたのですかっ！』

「……少なくとも、私の知るアンズは、手術失敗したことになってる」

『ああっ、今の私を黒歴史認定ですかっ！　でも最初から言ってたじゃないですかっ、私は退院したら外を走り回りたいって！』

「そういう意味だとは思ってなかったんだよっ！　まあ確かにアンズのへっぽこさを考えると、優等生キャラよりそっちの不良さんキャラの方がしっくりきているけどさ……」

『ひ、酷《ひど》い言い草です。くーちゃんにそんなこと言われたら……私……私……』

「あ、アンズ……ごめん、い、言い過ぎ――」

『思わずバイクで走り出しちまうぜぇ――――――――――！　ヒャッハ――――――――――！』

「そういうところがイヤなんだよっ！」

『冗談《じょうだん》はさておき、くーちゃん』

「絶対冗談じゃなかったよ！　電話口から風の音してたよ今！」

　まあアンズはヘルメットにマイクつけているから、電話持ったまま運転してたわけではないと思うけど。

　アンズは一旦《いったん》仕切り直して、声をかけてくる。

『くーちゃん、バレンタインおめでとうございます』

「いや、別に誕生日じゃないんだから……」

『でもくーちゃん。今年も沢山《たくさん》、チョコ貰ったんですよね？』

「え？」

『お友達沢山、出来たんですよね？』

「あ……。……うん。出来た」

『おめでとうございます、くーちゃん』

「ん……ありがとう、アンズ」

『いえいえ。……じゃあ……アタシ、今から風になるんでヨロシクゥ！』

「……ホント、アンズは私の心の中だけに生きておくべき存在だったと思う」

『サラリと酷いことをっ！　く、くーちゃんなんか嫌《きら》いですっ！　チョコの食べ過ぎでおデブさんになっちゃえばいいんですっ！』

「妙《みょう》な集団のヘッドさんになるよりはいいよ……」

『え？　くーちゃんも既《すで》に妙な集団のヘッドじゃないですか』

「うぐっ」

安全運転紅蓮隊《ぐれんたい》と碧陽学園生徒会は確かにどっちもどっちな気がするよっ！

『ふふっ、くーちゃんと私は、やっぱり似た者同士なんですね』

「いやいやいや、その結論には異議を申し立てるよ！」

『さてさてくーちゃん。あんまり電話していても仕方ありません。チョコに夢中になるあまり、渡《わた》すチョコまで食べちゃわないようにするんですよ？』

「し、失礼なっ！　そんな失敗はしないよっ！」

『あ、今年は渡す人いるんですね』

「え？　あ……」

『じゃ、くーちゃん、良いバレンタインを〜！』

「ああっ！　ちょ、ちょっとアンズ！」

慌《あわ》てて呼び止めたけど、時既に遅《おそ》し。アンズは風になってしまったようだった。

通話の切れたケータイをポッケにしまいながら、ぶつぶつと呟《つぶや》く。

「べ、別に、私が自発的に渡そうと思ったんじゃないもんっ。す、杉崎《すぎさき》があんまり催促《さいそく》するから、それで、し、仕方なく用意しただけだもんっ！」

誰《だれ》もいないのに言い訳をしてしまったよ！　うぅー！　へっぽこでグレちゃっててヘッドさんなのにまだ変なとこ鋭《するど》くてっ！　だからアンズ嫌い！

「あれ？　会長なんか呼びました？」

「す、杉崎!?」

――と、ジタバタしていたら本当に杉崎が来てしまった！　うにゃー！

「な、なんで杉崎がここにいるのっ！」

「な、なんでと言われても……生徒会役員なんで……」

「解雇《かいこ》」

「ええ――!?　なんですかその衝撃《しょうげき》の展開！　なにがどうしてそうなったんですかっ！」

「う、うるさいなぁ！　とにかく、こ、ここは私のハーレムなの！　杉崎は、タイミングいい時しか入って来ちゃ駄目《だめ》なの！」

「た、タイミングいい時って……」

杉崎の疑問に、私は照れをまぎらわすために一息に説明する！

「ただの学生でしかなかった主人公が成り行きから軍で開発されていた最新式のロボットに搭乗《とうじょう》、そのまま戦争へと巻き込まれることになるんだけど、なんだかんだで連戦連勝、エースにまでなって、もう敵なしと調子に乗っていたら敵軍に強い機体が現れて、慢心《まんしん》も手伝ってボッロボロにされて、なんとか生還はしたけど犠牲者《ぎせいしゃ》は出てしまうわ、味方には責められるわで精神的にもズタボロで、もう戦うことが怖《こわ》くて怖くて戦場にも出られなくなって、一時的に第一線を退《しりぞ》いて田舎《いなか》の村に逃《に》げ帰るんだけど、平穏《へいおん》な日常と優しい村人達の中で段々と本来の自分を取り戻《もど》して、大切に想《おも》う人も沢山出来て……だけどそんな折に村へ敵軍の悪逆非道な部隊がやってきて村が蹂躙《じゅうりん》されて、『くそ……力が……力が欲しい！　もう一度戦うための、力が！　倒《たお》すためじゃない！　自分のためじゃない！　今度は守るための……力が！』って意志を新たにしたその時、そこに空から新たな主人公専用機体が——っていうぐらいのタイミング」

「無理ですよ！　生徒会室入るだけのことがどんだけハードル高いんですかっ！　とにかく、俺は俺で仕事あるんで、座りますよ」

「うぅ……」

私の命令にも従わず、杉崎は定位置に座ってしまった。うにゃ……アンズが変なこと言うから、さっきまではなんともなかったのに、ドキドキしてきちゃったよ……。うぅ、杉崎のチョコ買っている時は、全然こんなじゃなかったのにっ！　なんなのさっ、もう！

私がむーむー唸《うな》っていると、何か気を遣《つか》ったのか、杉崎が話しかけてきた。

「そ、そういえば会長、なんか電話してたみたいですけど……誰ですか？」

「え？　う、うん……まあ……」

な、なんて答えたらいいのやら。らしくなく苦笑《にがわら》いをしてほっぺたを掻《か》いていると、杉崎も複雑そうな顔になってしまった。

「えと……電話といえば、出会ったばかりの頃《ころ》も、ケータイ見つめて切なそうな顔をしていたことありましたよね……」

「あ、あー……まあ……」

そういえば、そんなこともあったかもしれない。杉崎が見ているとは思わなかったけど、確かに私はたまに、ケータイでアンズの……髪が黒かった頃のアンズの画像を眺《なが》めて、溜《ため》息《いき》を吐いている。……はぁ。アンズ、昔はあんなに真面目《まじめ》そうだったのになぁ……ふぅ。

また切なそうにしてしまっていると、杉崎はなにか妙なことを言い出した。

「はっ！　ま、まさか……昔の男とか……そういう……。……い、いやいや！　それは踏《ふ》み込んじゃいけないことだろっ、俺！　お、男としてど、どんと構えていなければっ！」

「？　なに言っているか分からないけど……うん。その、ケータイの件に関してはあんまり触《ふ》れないでくれるとありがたいかな……」

今のアンズと比較《ひかく》しちゃうと……はぁ。落ち込んじゃうんだよ。

「はぅ！　か、会長がやたら大人びた表情を！　こ、これはやはり……」

「……杉崎。いなくなってしまった人のことをずっと想うって……辛《つら》いんだよ」

ああ、昔の真面目だったアンズ、カムバック！

「あわわっ！　そ、そうですか。……ごくり。これは会長の過去……想像以上の壮絶《そうぜつ》さかもしれない！」

「……ふぅ。でも本当に可哀想《かわいそう》なのは、お父さんとお母さんなんだよ。子供が……あんな過《あやま》ちを犯すなんて――ね」

ご両親は生きているだけで嬉《うれ》しいって言うものの……目は若干《じゃっかん》笑ってないんだよねぇ。

そりゃ退院した途端娘《とたんむすめ》がアレだと……はぁ。また、中途半端《ちゅうとはんぱ》なグレかたで、外見こそ大幅《おおはば》に変わったけど芯《しん》から悪い子になったわけじゃないから、咎《とが》めることも出来ず余計に複雑
――と、あれ、なんか杉崎が汗《あせ》をダラダラ掻いてこっちを見ながらなにか呟いている。

「あ、過ち……両親が出てくるぐらいの……。……うあぁっ！　もう、ケータイ小説的発想しか俺の中に無いー！　くぁっ！　会長が……会長がそんな壮絶な過去持ちだったなん

てっ！　お、俺は男として、本当に正面から受け止められるのかよー！　うがぁー！」

「す、杉崎、どうしたの？　あ、そうだ。杉崎、はい、バレンタインチョコ」

「重――――――――――――――――――――――――――――――――い！」

「ふへ？」

大分落ち着いてきたので流れでチョコを渡すと、杉崎は受け取りながらダーッと涙《なみだ》を流してしまった。

「重いよっ！　会長、このチョコ今の俺にはとても重いよ！　重すぎますよ――！」

「そ、そうかな。ふわふわした感じの、軽い食感のチョコなんだけど……」

「俺は……俺は、どうしたらいいんだぁ――――――――！」

「普通《ふつう》に食べたらいいんじゃないかな……」

何を言っているんだろう杉崎は。相変わらずわけの分からない子だよ。

私が呆《あき》れた顔で頬杖《ほおづえ》をついて見守っていると、杉崎はしばらくなにやら一人でぶつぶつと気持ち悪い呟きを漏《も》らしていた。二分程それが途切《とぎ》れなく続いたかと思ったら、唐突《とうとつ》にピタリと制止し……今度はなにかとても吹《ふ》っ切れた顔で私に爽《さわ》やかな……爽やかすぎて逆に気持ち悪いという現象がこの世にあるんだと教えてくれるような笑顔を、私に向けてきた。

「会長……会長の気持ち、しかと受け取りました！　ありがとうございます！」

「あー……うん、まあ、部下だしね」

笑顔が気持ち悪いとはいえ心からの言葉らしい杉崎の感謝に、思わず頬杖をついたままぷいと視線を逸《そ》らしてしまう。うぅ……杉崎はホントずるいよっ！　私のことを子供だ子供だって言うくせに、こういう時は自分の方がよっぽど子供だもん。

「へっへー。会長からチョコかぁ、嬉しいなぁ」

そ、そんな無邪気《むじゃき》に喜ばなくたっていいでしょ！　うぅ……なんかほっぺたが熱くてしょうがないよっ！

「う、浮かれないでよっ！　そ、それは、好きとかそういうんじゃなくて……」

えーと、なんて言うんだっけ、本命じゃないチョコ……あ、そうそう！

「そう！　ギリギリなんだからねっ！」

「ギリギリなんですか!?　何が!?　法律的に!?」

「ふへ？　いや、そうじゃなくて、えーと、そう！　疑似《ぎじ》チョコなんだからねっ！」

「チョコでさえないんですか!?　これ、じゃあ一体なんなんですかっ！」

「え？　だから……。うーんと……。ぎ、ぎ……銀シャリ？」

「白米!?　最早《もはや》チョコを模《も》してさえいないの!?　じゃあ要《い》りませんよ！　米より、ギブミーチョコレート！」

「そうそう、ギブチョコギブチョコ！」

「何が!?　どういうこと!?」

あれぇ、おかしいなぁ。ギブチョコじゃないっけ、本命じゃないチョコ。……まあいいや。こういう時はアンズを見習って……。

「あっはっは」

「なに笑ってるんですか会長!……はぁ。それにしてもこれ、チョコじゃないのか……」

ガックリとしてしまう杉崎。あれ……な、なんか、悪い事したかな。

……………。

あぁっ、もう！　いいや！　本命だと思いたければ、思えばいいよっ！

「ちょ、チョコだよ！」

「え？」

「そ、それ！　正真正銘《しょうしんしょうめい》、チョコ！　あと、何チョコかは知らないけどっ、その……お、男の子にチョコあげるのはそれが初めてっ！　それだけっ！」

「え？……あ……。……あ、ありがとうございます」

「ど……どういたしまして」

私の言葉を受けて、杉崎はいつものようにはしゃいだりせず、なんだか照れくさそうにポリポリと頭を掻いて鞄《かばん》にそれを大事そうにしまっていた。

………。

なんだか分からないけど……私も、気付いたらほっぺたが緩《ゆる》んでいた。どうしてなんだろう。怖い映画見たわけでもないのに、胸がとくんとくんしているよ？

……ちょっと考えてみたけど、やっぱり、よく分かんないや。

二月十四日　付近一帯　椎名真冬《まふゆ》の場合

遂《つい》にこの日が来てしまいました。

二月十四日、バレンタインデー。

女子が好きな男子にチョコレートを贈《おく》るという、現代学園を舞台《ぶたい》にしたライトノベルなら消化する義務があるイベントです。というわけで、真冬達も例に漏れず、巻き込まれてしまっているわけですが。

「まったく、趣味《しゅみ》の時間が減るのでやめてほしいものですね！」

朝、真冬はぷんぷんと怒《おこ》りながら、昨日の夜用意した手作りチョコレートを鞄にしまいます。実は一週間程前から練習もしましたので、失った趣味時間は膨大《ぼうだい》です。なので真冬、今日は若干クサクサしていますよ。

「……とにかく、今日で全部終わりです。さっさと渡《わた》して、速《すみ》やかにいつもの自堕落《じだらく》生活に戻るのです！」

真冬は後ろ向きの決意を固めると、今日はお姉ちゃんを待たずに少し早めに家を出ることにしました。

＊

先輩《せんぱい》の登校時間は事前に一週間、チョコ作りと並行して綿密リサーチしておきましたので、丁度玄関《ちょうどげんかん》あたりでジャストで出会えるよう、真冬は学園へ向かいます。……趣味時間を散々無駄《さんざんむだ》にした真冬は今や「無駄」というものに敏感《びんかん》になっているのです！

「なんてスタイリッシュなのでしょう、真冬！　悪魔《あくま》も泣き出しますね！」

自分を自分で褒《ほ》め称《たた》えます。決して、決して「いやリサーチ時間の方が無駄なのでは……」とか言っちゃいけないのです！　無駄に洗練された無駄のない無駄な動き、などではないのです！

——と、真冬の予定通り、丁度校舎玄関前で先輩を捕捉致《ほそくいた》しました。少し前方だったので、真冬は小走りで先輩に駆《か》け寄《よ》ります。

「せんぱ——」

「びゅーひゅるるるー。……ぎぎぎ。ぎぎぎ。……あ、アラキークングウゼンネ」

「——い」

声をかけようとして、思わずストップします。な、なぜか気持ち悪い動きをした紅葉先輩が、先に杉崎先輩に声をかけてしまったのです。

不測の事態です。動揺《どうよう》して真冬はさっと柱の陰《かげ》に隠《かく》れました。紅葉先輩の出て来たものより、一つ手前の柱です。あまりに近くなので気付かれる恐《おそ》れがありましたが、様子を見る限り二人ともなにやらテンパってしまっているようで、こっちには目もくれません。

というか、先輩が亀甲縛《きっこうしば》りされてました。あ、朝っぱらから玄関でどういうプレイなのですかっ、お二人っ！

しばし噛《か》み合わない問答《もんどう》の後、先輩は解放されました。そして、なにやら不思議な流れで紅葉先輩がチョコを渡します。……ああ、亀甲縛りの件は謎《なぞ》ですが、紅葉先輩も真冬と同じく、バレンタインチョコを渡したかったのですね。納得で——。

「？」

なぜだか、真冬の胸がちくりとしました。ええと……嫉妬《しっと》でしょうか？　でも先輩がお姉ちゃんをはじめとする役員さんから貰《もら》うのは想定してましたし……。……？

自分でもよく分からない、なんとなく「悔《くや》しい」に似た感情に戸惑《とまど》っていると、紅葉先輩は笑顔で不吉《ふきつ》なことを言って去ってゆきました。

さて、では予定が多少変わってしまいましたが、さっさとこのチョコを渡して……。

「……へへ。なにはともあれ、知弦さんからチョコかぁ。嬉しいなぁ」

「…………」

先輩がなにやらとても温かい……ハーレムとか言っている時とはまた違《ちが》う、本当に嬉しそうな顔をなさっていました。それを見て真冬は——なぜか、足が、踏み出せなくなり。

結局、朝はチョコを渡せずじまいとなってしまったのでした。

＊

「……やっぱりモヤモヤします！　さっさと行ってくるに限るのです！」

「？　どうした椎名」

　一時限目が終わった後激しく立ち上がると、隣《となり》の席のアキバ君（本名・秋峰葉露《あきみねはろ》君）が不思議そうに声をかけてきました。真冬は鼻息荒《あら》く、それに答えます！

「生徒会活動の時に渡せばいいと思っていましたが、授業中なんだかずっとモヤモヤしたのです！　モヤモヤまふぅーずなのです！」

「お前の意味不明発言に今は僕がモヤモヤしているわけだが」

「とにかくっ！　こうなったら、この休み時間に渡してしまいます！　往々にしてサブクエストは時間経過でなくなってしまうものなのです！　つまり善は急げです！」

「じゃあそのサブクエスト云々《うんぬん》のセリフはバッサリ要らなかったと僕は思う」

「では、行ってきますです！」

「ああ、このクラス外での奇行《きこう》も程々にな」

　いつもクールで無表情なアキバ君（真冬的にシスコンの疑いあり）がいつも通りどうでもよさげな目で見送る中、真冬はクラスを出ます。数ヶ月前から急に過保護になったクラスメイトさん達に多少邪魔《じゃま》はされましたが、実力行使で振《ふ》り切ります。

　休み時間は短いです。真冬は急いで先輩のクラスへ向かうことにしました。

　しばし早足で歩いていると、都合《つごう》のいいことに、先輩が丁度男子トイレから出て来ました。真冬は急いでその背を追います。よし、今度こそ！

「せんぱ――」

「ん？　よぉ深夏、お前もトイレか？」

「――い」

声をかけようとした所で、先輩が前方に向かって親しげに声をかけました。見れば、お姉ちゃんが居ます。どうやらバッタリ出会ってしまったようです。……姉の見ている前でチョコを渡すというのもちょっと微妙《びみょう》なので、真冬は様子を見守らせて頂くことにしました。近くの男子トイレの入り口に隠れます。

「……あの、すいません、椎名さん……だよね？　その、ここ、男子トイレだけど――」

「五月蠅《うるさ》いです！　ちょっと黙《だま》ってて下さいなのです！」

「す、すいません……」

トイレに来た男子生徒が不審《ふしん》げに真冬を見ていますが、そんなことは問題ではありません。……早く、去ってくれないものでしょうか、お姉ちゃん。真冬がチョコ渡す時間、なくなってしまいます！

しばらく先輩とお姉ちゃんのやりとりを見守っていると、お姉ちゃんは先輩の手に何かを渡しました。

「あれは……もしかして、バレンタインチョコでしょうか?」

と思いましたが、なぜか先輩が怒《おこ》って突《つ》き返しました。やりとりが聞こえないので、意味が分かりません。お姉ちゃんは焦《あせ》った素振《そぶ》りを見せた後、再び、何か渡しました。どうやら今度こそバレンタインチョコみたいです。多少いつもの漫才《まんざい》的やりとりがあった後、二人の間に妙《みょう》な雰囲気《ふんいき》が漂《ただよ》います。どうやらお互《たが》い、照れて頬《ほお》を赤らめているようです。

「……お姉ちゃん……」

不思議な気分です。さっきのちくりとした痛みとは似ているけど……違います。これは……なんでしょう。「寂《さび》しい」に似ているでしょうか。

そのまま二人のやりとりを、ぼーっと見守ってしまいます。気付けば、もう先輩はいませんでした。

「……教室に帰ります……」

誰《だれ》にともなくそう告げると、真冬は男子トイレから出て(色んな人に注目されてました)、とぼとぼと自分のクラスへと帰りました。

＊

「べ、別に放課後でも何も問題ないんですっ！　むしろ、さ、最初から放課後に渡そうと思ってましたともっ！」

放課後になった途端《とたん》立ち上がってそう告げると、隣の席のアキバ君が相変わらず抑揚《よくよう》のない声で無感情な瞳《ひとみ》をこちらに向けて来ました。

「椎名はいつも、誰に話しかけてるんだ？　隣の僕は何か答えるべきなのか？」

「それにしても時間を無駄にしました。休み時間にチョコ渡しに行く度《たび》、やれ隠れファンだのやれクラスメイトのアイドルさんだのにチョコ渡されていて、全然渡す隙《すき》が無いとは」

「…………。……なぁ、それ、僕に言ってる？　帰っていいか？」

「時間限定クエストとはいえども、最悪、今日中にクリアすれば問題ないのです。効率を考えるならば、メインストーリーで向かう生徒会室にてサブクエストも消化出来るというのは最良の選択《せんたく》とさえ言えるはずっ」

「…………。じゃあな、椎名。またあし――」

「話の途中《とちゅう》で帰るとは何事ですかっ、アキバ君！」

「委員長席替《せきが》えをお願いします！　早急に！」

アキバ君がなにやら失礼なことを言っていましたが、まあいいです。

真冬はアキバ君と委員長さんが席替えするだのしないだので揉《も》めている間に、さっさと生徒会室へと向かうことにしました。教室を出ると「あいつ話の途中で帰りやがった！」とアキバ君の声が聞こえてきましたが、きっと真冬には関係無いでしょう。

さて、先輩はいつも早めに来ているので、役員の皆《みな》さんが来る前に渡してしまいましょう。真冬は今度こそと気合いを入れて生徒会室に向かいます。

しかし……。

「う……まあ、少々予想はしていましたが……」

生徒会室に到着《とうちゃく》してそぉっと様子を窺《うかが》うと、案の定《じょう》、先輩だけじゃなく会長さんまでいらっしゃいました。会長さんがこんな早く居ることは珍《めずら》しいですが、今日はもうとことんタイミング悪い日なので、そう驚《おどろ》きもしません。

「そ、そういえば会長、なんか電話してたみたいですけど……誰ですか？」

「え？　う、うん……まあ……」

なにやら二人が話しています。少し状況《じょうきょう》を見守っていると、やはりというか、会長さんが先輩にチョコを渡しました。多少やりとりのあった後、お互い照れた表情を見せます。

「そ、それ！　正真正銘《しょうしんしょうめい》、チョコ！　あと、何チョコかは知らないけどっ、その……お、男の子にチョコあげるのはそれが初めてっ！　それだけっ！」

「え？……あ……。……あ、ありがとうございます」

「ど……どういたしまして」

………。

あれ、どうしたんでしょう真冬。胸がきゅっとします。これは……後悔《こうかい》、でしょうか。なんなんでしょう、今日は。チョコを渡せないだけで、ずっとモヤモヤしっぱなしです。

……………ふぅ。

って、何を落ち込んでいるのでしょう、真冬はっ！　いつだろうと渡せばいいだけじゃないでしょうかっ！　何も凹《へこ》むことなんてないハズですっ！

「よし、会議後に渡しましょう！　最初からそう考えてましたともっ！」

誰かに虚勢《きょせい》を張りつつ、真冬はそのまま少し生徒会室の様子を窺った後、そろそろ良いかなというタイミングで入室し、会議に参加したのでした。

＊

しかし、バレンタインの神様はどうやら真冬が嫌《きら》いなようでした。

会議後、先輩が雑務をしたり下校したりバイトしたり帰宅する隙に声をかけようとしますが――

「せんぱ――」

「よぉ杉崎。ほら、雑務を労《いたわ》って顧問《こもん》がチョコやるぞチョコ。なんだ、チ○ルチョコの何が不満だ。よし、受け取ったな？　受け取ったよな？　じゃあ、お返し期待しているぞ！　なぁに満漢全席ぐらいでいいさ！　じゃあな！」

「せんぱ――」

「あ、杉崎君、あまったチョコあげるー！　あはは、杉崎君は本命じゃなくても全力で喜んでくれるから、あげがいあるよねー」

「せん――」

「あらぁー？　杉崎君今日もバイト頑張《がんば》ってるわねー。えらいえらい。あ、そうだ。はい、チョコレート。余り物のお菓子《かし》でごめんねぇー。……そういえば、小夜子《さよこ》ちゃんが『胸に挟《はさ》んであげたら男性は喜ぶらしいですよ』って言ってたから、よいしょ――ってどうしたの、杉崎君、鼻血垂らして。え？　そんなことしなくていいって？　そうなの？　あ、はいティッシュ。……杉崎君はしょっちゅう鼻血出すよねぇー。あ、もしかしてチョコ要らない？　え？　それは要るの？　最近の子はよく分かんないなぁー」

「せ――」

「あ、お兄ちゃんお帰りなさい！　うん、来ちゃった。えへへ。すぐ帰らなきゃなんだけどね。はい、チョコレート。……なにその顔。だ、大丈夫《だいじょうぶ》だよっ！　手作りじゃないよっ！　もう……そんなに怯《おび》えないでも。お兄ちゃんは勿論《もちろん》だけど、林檎《りんご》だってトラウマなんだからねっ、あの『お兄ちゃんバブルスラ○ム化事件』！　ホント一時はどうなることかと思ったよねー。でもでも、今となってはいい思い出――じゃあないねごめんなさい調子に乗りました。と、とにかく、これ今年のチョコ！　これ食べてレッツ・ゴー・トゥ・ヘル！　え？　あれ？　お兄ちゃんなんでチョコ返すの？」

「……せんとく――」

「あの、これ、貰《もら》って下さい！　あ、私ですか？　今通りがかっただけの通行人です！」

というわけで最早、奈良《なら》のとあるマスコットキャラ名さえ言えない有様《ありさま》です。

「……はぁ」

もう放課後どころか夜。お姉ちゃんから「早く帰って来ないと夕食全部食うぞ」というジョークじゃない脅迫《きょうはく》まで受ける時間になっても、未《いま》だ真冬はチョコを渡せていませんでした。今日得たものと言えば、せいぜい「神様もフェイントに引っかかるんだ……」という、どうでもいい知識のみです。

現在先輩は近所のスーパーで食料品を物色《ぶっしょく》してます。それを物陰《ものかげ》から鋭《するど》い眼光で睨《にら》み付ける真冬は、恋《こい》する乙女《おとめ》というよりいっそ万引きGメンです。なにがどうして、バレンタインに真冬は万引きGメン化しているのでしょう。誰か教えて下さい。

「それにしても……先輩、モテモテじゃないですか……」

不本意にも今日一日先輩に付き纏《まと》った結果、真冬は少し先輩への認識を改めていました。

というのも、真冬的には先輩、こんなに女性に親しまれていると思っていなかったのです。勿論真冬は先輩のこと大好きですし、生徒会役員の皆さんが好意を持っているのも知っていましたが、それでも、なんというかここまで「一般《いっぱん》ウケ」するタイプだとは思っていなかったといいますか。

「それに先輩……意外と、はしゃいだりしないんですね……」

普段《ふだん》の発言から、てっきり先輩はチョコを貰ったらお祭《まつ》り騒《さわ》ぎだと思っていたのですが……確かに貰った瞬間《しゅんかん》は派手に喜ぶのですが、その後、相手の方が去った後、先輩はなんだか下心からではなく、ほんのり温かい笑みを見せるのです。それがまた本当に嬉《うれ》しそうで……思わず見とれてしまうと同時に、真冬はちょっと寂しくもなるのです。

先輩が買物袋《かいものぶくろ》を両手に提《さ》げてスーパーを出たので、真冬もそれを追います。

しばらく歩いて公園に差し掛かったところで、真冬はもう若干諦《あきら》めながら先輩に声をかけます。

「戦国B○SARAさん」

「はい？」

「！」

　びっくりです。成功してしまいました！　先輩がこちらを振《ふ》り返ります。急なことに真冬は言葉を失ってしまいました。

「あれ？　真冬ちゃん。どうしたのこんなところで、偶然《ぐうぜん》だね」

「あ、いえ……偶然じゃないのですが……BASA○Aさん」

「誰がバサラさんだ。っていうかなんでバサラさん」

「失礼しました戦国さん」

「せめて真田《さなだ》幸村《ゆきむら》とか人名にはならんかね。……んで、どうしたの？」

「あ、いえ……」

　まさか声がかけられるとは思ってなかったので、もじもじしてしまいます。……さっさと渡して家に帰ってゲームしたいのにっ！　うぅ……なんなんですか、これは。

　俯《うつむ》く真冬に、先輩はどうやら気を遣《つか》ってくれたらしく、明るく提案してくれます。

「あ、丁度そこにベンチあるから座ろうか。ね？」

「は、はい……」

真冬は素直にそれに従い、二人、隣同士《となりどうし》でベンチに腰掛《こしか》けます。それでも真冬が何も言えずにいると、先輩は買物袋を横に置いて、極《きわ》めて自然に話しかけてくれました。

「そうそう、覚えてるかな、真冬ちゃん」

「え？　なにがですか？」

「ここ。丁度ここ。この公園、このベンチ」

「？…………あ」

そう言われ、真冬はハッとしました。そうです。ここは、先輩と初めて出会った場所です。あまりに余裕《よゆう》が無くて、すっかり失念していました。

「ここで俺が過労で倒《たお》れて、真冬ちゃんが介抱《かいほう》してくれたんだよね」

「そうでしたね。あの時はびっくりでした。前を歩いていた男性が急に倒れられたんで」

「ははっ、そうだよなぁ。それに真冬ちゃん、当時はもっと重度の男性恐怖症《きょうふしょう》だったもんね」

「はいです。真冬、完全にパニックでした」

「そんななのに真冬ちゃん、俺を助けてくれたんだもんな。……ホント、あの時はありがとう」

「なんですか、今更《いまさら》。そんなの全然いいですよ」

くすくすと笑ってしまいます。そして、公園の風景に目をやります。あの日は確か、雪が降ってました。だから真冬、余計に先輩が放っておけなかったのです。

そんなことを思っていると、夜空からハラハラと雪が降りてきました。

「あ、雪だね」

「そうですね。……ホント、あの時みたいです」

二人でしばらく雪を眺《なが》めます。……出来すぎた状況でした。まったく。神様は真冬に意地悪なんだか優しいんだか分かりませんね。でも……おかげで、気持ちが落ち着きました。

真冬は一度深呼吸をすると、雪を眺めたまま先輩に話しかけます。

「……先輩。今日は先輩に、バレンタインチョコを渡したかったのです。それで……真冬、一日ずっとつけ回していました。……ごめんなさいです」

「ああ、どうりでなんか視線を感じると思ったよ」

先輩が苦笑します。真冬は今になって罪悪感がこみあげてきました。

「す、すいません。皆さんがチョコ渡す場面とか、覗《のぞ》いちゃって……」

「ん？　ああ……まあ、しょうがないんじゃないかな。わざとじゃないんだし、真冬ちゃんだって、そのおかげでタイミング逃《のが》してたんでしょう？」

「う……はい。……あの、先輩」

「ん？」

真冬は少し照れながらも、鞄《かばん》からチョコを……ずっと渡せなかったチョコを、取り出します。そして、顔をまともに見られないまま、隣の先輩にそれを突《つ》き出します。

「……はい。チョコ……です」

うぅ、なんでしょう。朝はこんなに緊張《きんちょう》してなかったのに。なんだか今は、雪も降っているというのに、とても体が熱いです。

先輩はそれを「ありがとう！」と嬉しそうに受け取ってくれました。ようやく今日の目的が達成されて、ほっとします。

「それ……その、手作り、なのです」

「え、そうなの？　嬉しいなぁ、真冬ちゃんの手作りかぁ。開けてみていい？」

「え？　あ、はい。どうぞ……です」

緊張しつつ答えると、先輩は無邪気《むじゃき》に包みを開封《かいふう》し、そして、中身を取り出しました。

「おぉっ、小さなハート型チョコが沢山《たくさん》！　いやぁ、真冬ちゃんの俺に対する愛がひしひしと――」

「あ、それはただ単純に型がそれしかなかっただけです」

「そ、そうなんだ」

「あと中目黒《なかめぐろ》先輩をリアルにかたどるのと二択《たく》だったのですが……」

「わーい、ハート型最高ぉー！　ホント最高ぉ――――！」

先輩は何かに怯えるようにハート型を支持していました。どうしたのでしょうね。

そのまま、何か話題を変えるようにこちらを見ます。

「えーと、じゃあ食べさせて貰うね」

「え？　あ、いいですよ別に今じゃなくても。他にも沢山貰《もら》って――」

「あむ」

真冬が止めるのも聞かず、先輩はチョコを一つまみ口にしました。……ど、ドキドキしますです！

「ど、どうですか？」

「うん。……………………意外に美味《おい》しい！」

「意外とはなんですかっ、意外とはっ！　真冬をなんだと思っていたのですかっ！」

「い、いや、キャラ的に、そして『生徒会の一存』シリーズの作風的に、とんでもないチョコが来て、俺がそれを必死で美味しいと言うオチなのかと……」

「どういう読みですかそれはっ！　馬鹿《ばか》にしないで下さい！　イマドキ、チョコもまともに手作りできない子が居てたまりますかっ！」

「……うちの義妹《いもうと》が……。……い、いや、なんでもない。そ、そうだよね」

「そうです！　いくら真冬がへっぽこでも、チョコぐらい出来ますよ！」

「……林檎、ごめん。何も言ってあげられないお兄ちゃんを許しておくれ」

先輩が何か複雑そうな顔をしていました。理由はよく分かりません。

さて、当初の目的は果たしました。真冬は鞄を閉じて、帰る素振《そぶ》りを見せます。すると、先輩が真冬に感謝を告げてきました。

「ありがとうな、真冬ちゃん」

「？　あ、はい、どういたしましてです。……まあ先輩は他にも沢山チョコ貰っているから、真冬から貰わなくても良かったと思いますけど」

なぜだか、無意識に口からそんな拗《す》ねた言葉が出て来てしまいました。自分でもびっくりです。真冬……どうしちゃったのでしょう。

自分の発言に自分で戸惑《とまど》っていると、先輩は優しげな表情で……今日一日、チョコを貰った後にしていたあの穏《おだ》やかな顔で、真冬に笑いかけてくれました。

「なんかさ……真冬ちゃんも見てたかも知れないけど、俺、今日ずっと嬉しくてさ」

「おおー、自分に好意を寄せてる後輩《こうはい》に対してバレンタインのモテモテ自慢《じまん》とは、流石《さすが》先輩、まさに外道《げどう》ですね！」

「いやそうじゃなくて！……なんかさ。……俺、ここに居ていいんだなぁって」

「？　どうしました？　新劇場版のエヴァンゲリ○ンでも見てきましたか？」

「別にシ○ジ君に影響《えいきょう》されてるわけじゃなくて。なんつうかさ……女の子にチョコ貰って単純に嬉しいのは勿論《もちろん》だったんだけど。そんなことよりなにより、ああ、俺はちゃんと皆《みんな》の心の中に居るんだなぁって。義理だろうとチョコをくれるぐらいには、受け入れて貰えているんだなぁって。それが、嬉しくてさ」

「……はぁ。でも、らしくありませんね。先輩、いつも無駄《むだ》に自信満々じゃないですか」

「ははっ。そう見えるでしょ。真冬ちゃん。……ここだけの話、結構怖《こわ》いんだよ、俺だって。この、他人の心にずかずか踏《ふ》み入るような態度。でもね、怯《おび》えてたって、なにも得られないから。……少なくとも俺は、中学時代、臆病《おくびょう》だったせいで色々なくしたから」

「……先輩」

先輩の言葉は、不思議と、真冬の胸にも刺《さ》さりました。街灯の光を反射する雪を眺めながら、真冬は返します。

「……真冬も、臆病です。今日先輩になかなかチョコを渡《わた》せなかったのは……臆病だったからです。渡そうと思ったら、誰《だれ》かが渡した直後だろうと、ホントは渡せたのです」

「真冬ちゃん……」

「真冬は今日、先輩がチョコを貰う場面を見る度《たび》に、ずっとモヤモヤしてました。それは……その、嫉妬《しっと》もあるのですが。なにより……自分に自信が、無かったからなんです」

「自信？」

「はい。生徒会の皆《みな》さんが……先輩の周《まわ》りの皆さんがチョコを渡す度に、真冬は、自分がそれを渡す意味を失ったのです。今日最初に渡すという目標が紅葉先輩に取られてしまったのをはじめとして、お姉ちゃんや会長さん、それに他の女の子達が先輩にチョコを渡せば渡す程……真冬は、自分のチョコにどんどん価値がなくなっていく気がして」

「そんなことない！」

先輩は真冬の言葉を強く否定してきました。驚《おどろ》いて彼の方を向きます。先輩は……なぜか少しだけ気まずそうに真冬を見ていました。

「その……今だから言うけど、俺、真冬ちゃんからチョコ貰えないのかなーって、今日一日中気にしてたんだからね」

「ふぇ？　そうなのですか？」

意外な言葉に目を丸くしていると、先輩は頰《ほお》を紅《あか》くして視線を逸《そ》らします。

「そ、その、やっぱりさ……真冬ちゃんとは、変な意味じゃなくて仲良しだと思っていたから……その……全然意識されてなかったらショックだなぁと……」

「え？　そ、そんなハズないじゃないですか先輩はっ！　何を言っているんですか先輩はっ！　この何よりも趣味《しゅみ》優先の真冬が、今年はどうしても先輩にチョコがあげたくて、でもゲームや本みたいに買って渡すだけじゃなんか気が済まなくて、それでネットで作り方調べて、練習して、いくら趣味時間なくなっても、出来るだけ先輩に美味しいって言って貰いたくて……それほど真剣《しんけん》だったというのにっ」

「え……あ、そ、そっか」

「あぅ……そ、そうです」

二人、思わず黙《だま》ってしまいます。うぅ……なんですかこれは。真冬はただ……ただ……。

……………？　どうしたかったのでしょう？　真冬は、先輩にチョコを食べて貰って……それで、どうしたかったのでしょうか。

「……真冬ちゃん？」

「…………」

先輩の顔をジッと見ます。……真冬は、やっぱりこの人が大好きです。いつも真冬を気《き》遣《づか》ってくれて、だけど本音《ほんね》でぶつかってもくれて、どんな駄目《だめ》なところ見せても受け入れてくれて、一緒《いっしょ》に居たら楽しくて楽しくて。

それだけで、充分《じゅうぶん》満足で。

……………。

……本当に？　でしたら真冬は、先輩と「友達」で、このままでいいはずです。

なのに……どうして真冬は、あんなに一生懸命《いっしょうけんめい》チョコを作ったのでしょう。こんなに一日中、チョコを渡そうと頑張《がんば》ったのでしょう。

真冬は先輩の目を見て……一つ、お願いをすることにしました。

「先輩」

「ん？　なに？」

少し怯《ひる》みそうになりましたが……先輩と出会ったこの公園で、勇気を持って、要求を告げてみることにします。

「真冬を、抱《だ》いて下さい」

「がはっ！」

先輩が吐血《とけつ》して倒《たお》れました！　た、大変です！　と思ったら、咳《せ》き込むと同時に大量の鼻血を噴《ふ》き出しただけでした。いつかのように真冬が介抱《かいほう》すると、意外と早く止まった血をティッシュで拭《ぬぐ》い、元の位置に戻《もど》ります。

「まったく、なんて人騒《ひとさわ》がせな、です」

「ご、ごめん真冬ちゃん。で、でもさ……」

「あ、そうそう、さっきの軽く嚙《か》みました。抱きしめて下さい、の間違《まちが》いでした」

「なんて人騒がせな！」

「さあ、どうぞ」

「ど、どうぞって。……そ、それはそれで、よく考えるとアレだな……」

「どうしたのですか先輩。ヘタレなんですか？」

「そういうわけじゃないけど……。……で、でもなんで急に？」

「先輩。ごちゃごちゃ言ってないで、女なんて抱ける時に抱いておきゃあいいんですよ」

「なにその発言！　どうしたんだよ真冬ちゃん！」

「と、とにかくです！　決意が揺《ゆ》るがないうちに、抱きしめてみて下さいです！」

折角《せっかく》真冬が照れないように感情を殺して頑張って言っているのに！　なんですかこのヘタレ先輩はっ！　まったく！

真冬が真剣に見つめると、先輩は少し戸惑った後、「分かったよ」と真冬に向き直りました。そして、抱きしめられるよう徐々《じょじょ》に近付いてきます。

「……っ」

思わず拳《こぶし》をぎゅっと握《にぎ》りこんでしまいます。それに気付いたのか、先輩は優しげに真冬に微笑《ほほえ》みかけてきました。

「……真冬ちゃん、やっぱり男性、怖いんだよね？　どうしてそんな、無理するの？」

「そ、そんなことないです。真冬、先輩のこと、怖くなんか……」

「真冬ちゃん」

先輩は諭《さと》すように言います。

「真冬ちゃんが何を考えてそんなこと言い出したのか分からないし、当然俺だって好きな女の子には触《ふ》れたいよ。でも……それで相手を傷付けるのなら、俺は何も嬉《うれ》しくないよ」

「……先輩」

ああ、この人はどうしていつもこうなのでしょう。女の子のことを……真冬のことを最優先に考えてくれて、でもだからこそ、幸せを掴《つか》みきれなくて。自信家のクセに臆病で、よこしまなのに純粋《じゅんすい》で。……そんな先輩だからこそ、真冬は。

「でも真冬ちゃんの好意自体はありがたく受け取って——」

「先輩っ」

「っ」

真冬は、自分から彼の胸に飛び込みました。脇《わき》から背中に腕《うで》を回し、きゅっと胴体《どうたい》にしがみつくように抱きしめます。

「ま、真冬ちゃん!? ちょ、ちょっと！」

「…………っ」

必死に。自分の中の恐怖心《きょうふしん》を抑《おさ》えるように、先輩に抱きつきます。しかし……。

「ちょ、ちょっと真冬ちゃん！ 震《ふる》えてるじゃないかっ！ 無理しなくていいんだって！

俺は、そういうのを望んでいるじゃ――」

「無理じゃありませんっ！」

「!?」

「無理じゃ……ありませんっ！ 真冬は……真冬はっ、こうしたくて、こうしてるんですっ！」

「真冬ちゃん、でも――」

「男の人には触れたくないですっ！ でも、先輩には触れたいのですっ！ ですからっ！」

「…………」

「……あ」

瞬間《しゅんかん》、先輩は真冬を包み込むように抱きしめてくれました。それはまるで……真冬の知らない、父親のような温《ぬく》もりで。ただただ、真冬を安心させたい、元気づけたい、守りたい……そういう感情だけが伝わってくる、優しい抱擁《ほうよう》で。

「…………」

気付けば震えは止まっていました。止まっていましたが……。

「……うぅ」

「ま、真冬ちゃん？　どうしたの？　や、やっぱりそう簡単には……」

「いえ、あの……うぅっ」

か、代わりになんだか凄《すご》く頬が熱くなってきてしまいました！　あぅあぅあぅあぅ！　な、なんでしょうこれは！　今までは先輩と一緒に居ても楽しいとか面白《おもしろ》いとか温かいとかそういうことしか感じなかったのに！　今はなんだか……なんだかっ、いてもたってもいられないですっ！

こんなに雪が降っているというのに、真冬の体はあまりの熱さに耐《た》えられず、思わず先輩をぐいっと突《つ》き放《はな》してしまいました！

「ま、真冬ちゃん？」

戸惑《とまど》った視線で真冬を見る先輩。……だ、駄目です！　最早《もはや》、先輩の顔を見るだけで頬が熱くて仕方ありません！　なんですかこれは！

真冬は鞄《かばん》を手に取り、ベンチから立ち上がって先輩に告げます！

「せ……」

「せ？」

「せ……セクハラです――――――――――――――――――――――――――――――――――――！」

「ええ――――――――――――――――!?」

「こ、これだけ真冬の体がポッポするのはっ、えっちぃことされたからに違《ちが》いないですっ！　そうじゃなきゃ説明が付きません！」

「い、いやいやいや、真冬ちゃんから抱きついてきたんじゃないかっ！」

「責任転嫁《てんか》ですかっ！」

「どっちが!?」

うぅ、こうしている間にもどんどん顔が熱くなっていきます。真冬は、思わず先輩に背を向けて走り出しながら、叫《さけ》びます！

「ま……真冬に近付かないで下さいですぅ――――――――――――――――――――――！」

「だ……だから言ったじゃないかぁ――――――――――――――――――――――――――！」

先輩の泣きそうな叫びが夜の公園にこだまします。

それを聞きながら、真冬はただただ全力で走りました。

頭の中に残っているのは、先輩の体温。男の人の……温もり。

「うぅ……」

思い出せば思い出すほどに、体が溶《と》けそうになってゆきます。

そしてそれは……奇《く》しくも、約一年前の真冬の行動と、全く同じで。

あの時も真冬は、男性に触れると溶けて死んでしまうと思い込んでいたわけで。

でも。

「……先輩……あったかかった……です」

少しだけ違うのは、こんなに熱いのに……溶けてしまいそうなのに、どうしようもなく幸せな、この気分で。

………………。

立ち止まって考え込むとまた「かぁっ」と頬《ほお》や体が熱くなってきます！　も、もうやめです！　帰ります！　帰って、真冬は趣味《しゅみ》に打ち込むのです！

「真冬は……真冬はセクハラに屈《くっ》しないのです！」

誰《だれ》かに宣誓《せんせい》するように告げると、真冬はのしのしと雪を踏《ふ》みしめて帰宅しました。

……ただ、なぜか。恥《は》ずかしくて、死にそうで、イヤなはずなのに。

二月十四日、バレンタインデー。

今年のこの日だけは……先輩の温もりだけは、来月転校してもずっと忘れないでいたいと、真冬は心から願ってしまうのでした。

私立碧陽学園生徒会

Hekiyoh School student council

あとがき

どうも、あとがきの苦手《にがて》っぷりに拍車《はくしゃ》がかかってきた葵《あおい》せきなです。前作（デビュー作）の時なんかは語るネタもあった上に「わ、あとがきって、作家っぽいじゃん！　なんか嬉《うれ》しい！」という想《おも》いもあったのですが。

前シリーズ合わせてもうトータル十八回、合計一〇八ページも語る機会を与えられると、中々《なかなか》筆が進みません。更に私はブログなんかもやっているわ、その割には日常生活なんかゲームと執筆と睡眠で八割終わるわで、慢性的《まんせいてき》に日常ネタ不足しているわけで。

そんな人に、創作でない文章書けっていうのがそもそもおかしいのです。まったく、なんであとがきなんてあるんでしょうね！………。……ごめんなさい、やっぱりあとがき無くなったら寂《さび》しいです（ツンデレ）。

じゃあ、まず本の中身についてですが。今回は珍しく、あんまりいつも通りではないです。会話分量的にはギャグ割合がそう変わってないハズなのですが、読んだ印象としては、シリアスに感じるかもという巻です。いつもは最終話でやる話が、今回本編合間《あいま》に散らばっているもので。

シリーズの位置付け的には、クライマックス手前です。もう予想ついていると思いますが、次の十巻で本編は完結予定でございます。

裏話しておくと、十巻を区切りにするっていうのは結構前から決まっていたことでして。作中時間も一冊で一ヶ月ぐらいずつ経過していたので、どう足掻《あが》いたって主要メンバー二人は卒業するわけで、まあ普通に考えてそこで区切るのが自然な話ですしね。

いや、一巻企画当初に私は「サ〇エさんをやりたい」と言っていたので、作中時間無経過もアリではあったんですが。人間関係に主軸《しゅじく》置いている以上は、その変化も書いていきたいわけで、時間が流れないわけにはいかないという感じでしょうか。

そんなわけで、最終巻に向けての九巻でした。お楽しみ頂《いただ》けたでしょうか。

あ、朗報《ろうほう》なのかなんなのか微妙ですが、外伝の方はもう少し続きます。というのも、日、月、火と曜日シリーズで始めてしまったもので、区切り良いというのを考えるとあと四冊は出すべきだろうという話で。ドラゴンマガジン連載分やらなんやらがかなり溜《た》まっているため、それも割と埋まってはいるのですが、個人的には外伝シリーズ登場人物達の結末や、本編含めた後日談もやりたいなぁと思っているので、興味あればそっちもチェックして頂けたら幸いです。

基本的に本編は本編でちゃんと完結します。外伝はと言えば、本編キャラも外伝キャラも出せる土壌《どじょう》なので……えーと、正直内容に責任持たないお祭りでもやらせて貰《もら》えたらなぁという感じです。……ほ、本編じゃないからいいじゃない、作者が好き勝手やっても！　あ、杉崎《すぎさき》的にたとえたら、アレです。エロゲのファンディスクみたいなものです。よく言えばお祭り、悪く言えば蛇足《だそく》ですので、その辺はご理解のほどを。

生徒会シリーズは徹頭徹尾《てっとうてつび》、作者が内容に責任を持たないシリーズでございます。


さて、作品語りも終わってしまった……。唯一長々語れそうなネタなのにっ。

近況報告っ！　香港《ホンコン》でサイン会してきました！　凄《すご》く楽しかったです！

あとこのあとがき書いているの八月の某猛暑日《ぼう》ですが、本が刊行されているであろう十月の初めには広州《こうしゅう》にも行っているはずです！　楽しみ！　はい、終わりっ！

……いやもう、私のここ数ヶ月内のイベントなんて、ホントそれぐらいなんですもん。ひきこもり生活、なめたらいかんぜよ。……いよいよ何を言っているんでしょうか私は。

ゲームについて語るのも控えるとすると。こうなったら……普段ブログでも語らないようなジャンルに手を出してみるのが吉《きち》かもしれません。

というわけで、葵せきな先生、大いに美容とファッションを語るのコーナー！

えーと、あれだよ、化粧水つけなよ化粧水。あと乳液？　乳液って何？　乳の液？　なんかエロくね？　コーディネートのコツは、えーと、路上で下半身を露出《ろしゅつ》していると流石《さすが》にポリス沙汰《ざた》になるので気をつけましょう、というところでしょうか。

あれ、案外美容とファッションもイケるじゃないの、葵先生。

じゃあ次は、政治と経済について語っちゃいますか。

日本の景気を良くするためには、まず、日本の景気を良くすればいいと思います！

……葵せきなって、実は天才じゃね？　マルチな才能じゃね？　政治評論家いけね？

ようし、こうなったら、大胆にも恋愛まで語っちゃうぞ！

女ってね、恋を経験すればするほど、美しく、素敵になっていくの。だからもし今失恋していても、諦《あきら》めないで！　今の貴女《あなた》は、前の貴女よりずっと素敵よ！　勇気を出して、前へ進むの！　そうしたらほら、きっとすぐに貴女の王子様が……。

……これ、私、オネェキャラの恋愛アドバイザーとしてもやっていけんじゃね？

恐ろしい……私は私が、心底恐ろしい。あとがきを書いている最中でさえ次々と才能を開花させてゆく私。私にはもしかしたら、万能という名の才能があるのかもしれない。

いけない！　そうと分かったら、こんなところで駄弁《だべ》り小説のあとがきなんか書いている場合じゃない！　というわけで、皆《みな》さんさようなら！

――というわけにはいきませんよね、はい、すいませんでした。実に一ページに亘《わた》るただの妄言《もうげん》の数々、誠に申し訳ありませんでした。ただ反省はしておりません。だって……だって、話題無かったんだもの！　でもあとがきは書かなくちゃなんだもの！　しょうがないじゃないですかっ！　バリバリ情状酌量《じょうじょうしゃくりょう》だっていう話ですよ！

……しかし現時点でこの調子なら、葵せきな、今後どうなるのでしょう。

生徒会十巻出すという時になって、

「あとがきが書けないので、引退します。捜さないで下さい。でも夕飯までには帰ります。葵せきな」

と遺《のこ》して失踪《しっそう》する確率高いんじゃないでしょうか。本編出来ているのに、あとがきで詰まって逃げた作家、葵せきなとして後世に名を残す勢いです。

ただ皆さんお気づきの通り、不肖《ふしょう》葵せきな、「駄文」「妄想垂れ流し」だけは得意ジャンル中の得意ジャンルです。そんなわけで、今後も駄文あとがきで良ければ作家を続けていこうと思っておりますので、皆さん、温かい目でお見守り下さい。

……と、なんか締《し》めに入ったはいいものの、まだあとがきは二ページ残っているという、悪夢のような現実。最早《もはや》この話を怪談新○袋に「終わらないあとがき」として収録して欲しいレベルです。なんですかこの不条理。

えーと、じゃあ告知！　ちょっとタイミングずれてしまったのですが、コンプティークで連載中の、砌煉炭《みぎりれんたん》さんが描く四コマ漫画「生徒会の一存　ぷち」のコミックス第一巻が好評発売中でございます！

ここだけの話、この漫画、広告意図とか一切なしに、私と担当さんの間で密《ひそ》かにずっとブームでしてねぇ。毎回ネームを見るのが楽しくて楽しくてねぇ。詳しく内容説明したいのですが、砌さんの描く漫画は、もう生徒会じゃなくて「砌さんワールド」として確立してしまっているのでどうぞお手に取って読んでみて下さい。変な話、いい意味で全く原作無関係です（笑）。でもだからこそめっちゃ面白いっていう、クセになる感覚。

私と担当さんの間では、その独特の擬音《ぎおん》センスや台詞《せりふ》センスがしょっちゅう話題になります。皆さんも是非《ぜひ》周囲の友人と砌さんを語りましょう！

勿論、10mo《トモ》さんが描く本編「生徒会の一存」も好評連載中です！　水島空彦《みずしまそらひこ》さんの描く「生徒会の一存　にゃ☆」も含め、ホント生徒会はバラエティに富《と》む表現をして頂いていてありがたい限りです。原作者の私が一番楽しんでいる気がします。

最後に謝辞《しゃじ》を。シリーズクライマックスとなる今巻も美麗《びれい》なイラストで彩《いろど》って下さりました狗神煌《いぬがみきら》さん。キャラの動きに乏《とぼ》しいイラストレーターさん泣かせの物語もあと少しで完結となりました。最後までご迷惑をおかけすると思いますが、よろしくお願い致《いた》します！

更に、一巻の時から番外編や特典小説含めて全て目を通してはチェックして下さっている担当さん。こんな頭がぐんにょりするようなトーク集を何度も読んでチェックしては一緒に考えたりもして頂き、本当にありがとうございます。生徒会がここまで無事来られたのは、ともすれば行き過ぎてしまうギャグ等を上手《うま》くハンドリングしてくれている担当さんのおかげです。本編ももう終盤《しゅうばん》ですが、最後までよろしくお願い致します。

そして誰より、本編九冊目まで付き合って頂いた読者様。色々感想はあると思いますが、ここまで来たら、是非最後までお付き合い下さい！　後悔《こうかい》はさせ……ないよう全力を尽くします！

それでは、十巻もしくは先に出るであろう次の外伝の方でお会いしましょう。

葵　せきな

富士見ファンタジア文庫

生徒《せいと》会《かい》の九重《ここのえ》
碧陽学園生徒会議事録9

平成22年10月25日　初版発行

著者――葵《あおい》せきな

発行者――山下直久
発行所――富士見書房
〒102-8144
東京都千代田区富士見1-12-14
http://www.fujimishobo.co.jp
電話　営業　03(3238)8702
　　　編集　03(3238)8585

印刷所――暁印刷
製本所――BBC

2010 Fujimishobo, Printed in Japan
ISBN978-4-8291-3572-3 C0193